エルフさんの魔法料理店

妖精女王として転生したけれど、まずはのんびりお料理作りまくります！

2

夜[illegible][illegible]夢 Illustration 沖史慈宴

目次

あらすじ

病弱な高校生、樹生は食べ物への未練を残したまま神に召された。
次に目覚めたのは異世界で、姿はエルフ幼女だった！

メルと名付けられた樹生は戸惑いつつも、転生先であるメジエール村に順応していく。
健康体で食べるご馳走の数々にうなりながら、自分でも料理を作り始めるメル。
花丸ポイントというメルにしか使えない謎のシステムを駆使し、
日本の食材や調理器具を手に入れ、
気ままに作られるメルの料理に村の人々も魅了されていく。

やがて秋の季節が訪れ、メジエール村で精霊祭が催された。
メルは精霊樹の枝を奉納する“妖精女王”の大役を務め、
更にはメジエール村の病人らを治癒する奇跡を見せたのであった

― メル ―

前世は森川樹生という病弱な高校生。
転生してエルフの女の子となった。
前世の知識を生かしながら、
健康体を満喫すべくお料理に邁進中！

― アビー ―

メジエール村で『酔いどれ亭』を
夫フレッドと切り盛りする女性。メルの養い親。

― フレッド ―

アビーと『酔いどれ亭』を経営している。
メルの第一発見者でもある。

― タリサ ―

メルのお友達第1号。気が強く、
妹を欲しがっていたためメルをロックオン。

― ティナ ―

タリサのお友達、メルのお友達第2号。
大人っぽい性格。

― ダヴィ ―

メルのお友達集団『幼児ーズ』
唯一の男児。甘えん坊。

― ミケ ―

ただの猫にしか見えないが、
こう見えて妖精猫《ケットシー》族の王子様。

メルとトンキー

精霊祭が無事に終わり、メジエール村に日常が戻って来た。

以前と変わった点を挙げるなら、メルの顔が村中に知れ渡ったので、すれ違う人から挨拶されるようになったことくらいだ。

いや……。

メルの毎日は、少しだけ忙しくなった。

トンキーに朝夕の散歩をさせ、たっぷりとゴハンを食べさせ、お風呂に入れる。

これらは全て、メルがやるべき仕事だった。

「わらし、アネ。とんきー、オトォート」

「ふぅーん、弟ねぇー。ちゃんと飼えるのかしら？　大変だよぉー」

「モンダイなし。わらし、ちゃんとすゆ！」

「ちぇ……。何だよ、せっかく豚もらったのに……。潰してハムにしねぇのか？」

「ぱぁーぱ。とんきー、食ったらユユさん！」

豚肉が大好きなメルだけれど、賞品で貰った仔ブタの愛らしさにハートを撃ち抜かれ、トンキーと名付けた。

　こうなるともう、食べる訳にはいかなかった。

　メルのメンタルは、豚飼いたちのように鍛えられていない。

　だから仔ブタのトンキーは、この時点で精肉にされる運命から免《まぬが》れた。

「まぁま……。トンキーに、フクちゅくって……」

「ええっ、メルちゃん。ブタは服を着れないよ」

「わらしが、着せゆのれす」

「どうして……？　意味が分かんないよ」

　メジエール村にペット服はない。

　ペットのブタも居ない。

「だぁからー。トンキー、ブタちゃう。フク着えば、ブタと思われん！」

「あーっ。誰かに食べられちゃうと困るから、服を着せたいってことかな…？」

「うんうん……♪」

　アビーは察しが良い。

　メルのへなちょこな会話力でも、何がしたいのか気づいてくれる。

　因みに……。

　もっともメル語を理解しているのは、親友のタリサだった。

　会話の先生として、メルの言葉を正しているのもタリサだった。

「それじゃぁー。こうしようか、メルちゃん」

「んっ？」

「ママが、トンキーの服を作ってあげる。その代わりにメルちゃんも、ママがして欲しいことをするの……」

「ええヨォー」

「よぉーし。約束したからねェー」

アビーがパンと手を打ち鳴らした。

満面の笑みである。

「うん……。わらし、ヤクソクした！」

アビーの計略も知らず、メルが真面目な顔でひとつ頷く。

トンキーに服を用意して貰えることになって、メルは大いにはしゃいだ。

因みに……。

もっともメルの操縦に長けているのは、アビーだった。

「お散歩のときは、オメカシしようねぇー。ほぉーら、カワイイ」

「……くっ！」

アビーに嵌められたのだと気づいたときには、あとの祭りである。

メルはもう、ピンクのワンピースを拒絶できなかった。

何がどうあろうと、ヤクソクは約束だった。

守らなければ女児がすたる。

（ちぇっ……。まんまと、アビーに騙されちゃった）

そんな訳でメルは、ピンクのフリフリなワンピースを着せられて、トンキーと散歩に出かける。

もうヤケクソだ。

「小さなシャベルは持った？」

「あい」

ウンコを拾う道具だ。

トンキーが余所さまの家の前で粗相したときに、これを使用する。

「水筒とハンカチは持った？」

「バッチリじゃ」

ウンコを処理したら、きれいに手を洗ってハンカチで拭く。

食事処の女児たるもの、日ごろから衛生観念には気を配らねばなるまい。

「一人で遠くへ行ったら、危ないからね。中の集落を回るのよぉー」

「分かっとぉーヨ」

良い子は迷子にならない。

ましてやメルの内面は、高校生男子なのだ。

帰り道が分からなくなって泣くとか、許されざる醜態だった。

「それじゃ、気をつけて行ってらっしゃい！」

「うむっ」

カクカクと頷いては見せたけれど、やっぱり可愛らしい装いが気に掛かる。

ヒラヒラ、フリフリは、どうしても恥ずかしい。

まるで、お花になったみたいだ。

「あのなぁ、まぁま……。こえっ、脱いだらアカン？　わらし、こっぱずいわ」

「メルちゃん。ママの頼みを聞いてくれる、約束でしょ！」

「そやけどぉー」

「ヤ・ク・ソ・ク」

アビーの完全勝利であった。

トンキーの服は古くなった日除けを再利用した、シマシマのタンクトップだ。

赤と白の横シマがキュートだった。

アビーはメルに与えるものを何ひとつとして手抜きしない。

トンキーの服を丁寧に作られてしまったら、メルだって約束を守るしかなかった。

「仕方なし……！」

メルは開き直った。

ピンクのヒラヒラは恥ずかしい。

だけど、いずれは慣れなければいけないと覚悟していた。

女児として生を受けた以上は、『オシャレ』だって人並みであらねばならぬ。

そして、やがては……。

偉大なる妖精女王陛下として、世の男どもを乗りこなすのだ。

(やめやめ、ストォーップ！　何を言っているのかなぁー？　妖精女王陛下は、男に跨《また》がったりしません。だって……。そんなの、ハシタナイじゃん。絵面が悪すぎだよ)

己のイケナイ妄想に頬を染め、プルプルと恥じらう幼女だった。

因みに……。

樹生《いっき》の性知識は、中学生レベルで止まっている。

憧れは、女の子とのチューだった。

そこから先は暗黒大陸である。

未開地……。

ともあれ樹生がメルとして生きるコトに抵抗を覚えなかったのは、性的に未成熟だからである。

ジェンダーの問題はあれど、それもまた非常に薄い。

特に幼児退行化のバッドステータスが働いているせいか、最近ではアビーの胸をセクシャルな象徴として捉えなくなった。

メルにとってアビーの乳房は良い匂いがする柔らかな膨らみで、寂しくなったときに顔を埋める居心地の良い場所と認識されていた。

だから以前のように恥ずかしがらず、アビーに抱っこされて入浴する。

生オッパイを頬に押し付けられたとしても、動じることはない。

口さえ開かなければ、メルの幼児ムーブは完璧なのだ。

指しゃぶりも癖として定着し、オッパイちゅーちゅーまで、あと一息。

チョットだけ生意気《おませさん》で、寂しがりやの女児。

それがメルの正体だった。

このゆったりとした幼児の日常は、子供時代を子供らしく過ごせなかった樹生に対する、精霊さまからの贈り物《プレゼント》かも知れなかった。


トンキーと散歩することで、少しだけメルの行動範囲が広がった。

メジエール村の中央広場を出て、クルリと周囲を回るのが散歩コースだった。

テクテク歩いていると、メルに気づいた近所の小母《おば》さんたちが笑顔で声をかけてくる。

「おや、メルちゃん。美味しそうなブタだねェー」

「ぷきぃー！」

近づいて来る小母さんに、怯えるトンキー。

「やめぇーっ！」

トンキーが狙われていた。

「あれまぁ、メルちゃんや。いいもの貰ったねぇー。大きくなったら、アタシにも塩漬け肉を分けて頂戴ね」

「ピイーッ！」

肉を切り分ける小母さんの仕草に、震え上がるトンキー。

「やらんわーっ！」

近所の小母さんたちは、トンキーを食べる気満々の様子である。

心配性のメルには、小母さんたちが情け容赦のない鬼みたいに思えた。

（なんてことだぁー。トンキーに服を着せたけれど、期待していたほどの効果はなかった。何て食い意地の張った、小母ちゃんたちだ。このままでは、イカン……！）

村人たちは、誰もメルの仔ブタを盗んだりしない。

むしろトンキーが迷子になれば、『酔いどれ亭』まで届けてくれるだろう。

メルが余りにも仔ブタを可愛がっているので、揶揄《からか》われたのだ。

それなのにメルは、トンキーの身を案じていた。

トンキーも近所の小母ちゃんたちが脅かすたびに、情けない悲鳴を上げた。

「おまぁー、ネラわれとるで……。これっ、食え！」

「ぶっ、ぶっ……」

心配するあまり、メルが手を出したのは禁断の果実。

精霊樹《メル》の実だった。

これを食べさせれば、たぶん、おそらく、きっと……。

トンキーは俺つぇぇぇーっ豚に育って、誰にも襲われなくなる。

そう考えたメルは、せっせとトンキーに精霊樹の実を与えまくった。

〈メル……。ボクは心配だよ〉

ミケ王子がトンキーを眺めながら、ボソリと言った。

〈ミケは、何が心配なの……？〉

〈精霊樹の実をブタに食べさせるなんて、聞いたこともないや。きっと、とんでもない事態になるよ……〉

〈食べ過ぎて、お腹を下すとか……？〉

〈違うよ……！　そのうちトンキーは、魔獣より恐ろしい怪物になるかも……。ボクが心配しているのは、未知の危険についてだよ〉

〈なるほどォー〉

ミケ王子の話を聞いたメルは、より一層トンキーのドーピングに励むのだった。

『早く強くなれっ！』と、心に念じながら……。


トンキーの散歩から戻ったメルは久しぶりにタブレットＰＣを開き、それを発見した。

タスクバーの片隅に表示された、小さなアイコン。

手紙のアイコンである。

「チャクシンあり……!?」

ここは異世界。

スマホやパソコンなんて、売っていない。

そもそもネットワーク自体、存在しなかった。

それなのにタッチパネルには、一件の着信を知らせる手紙のアイコン。

「?????????????????」

何者かが、メールを送ってきた。

「はぁーっ。だえヨ!?」

メルはワクワクしながら、タッチパネルを操作した。

「ぬぬっ。この見おぼえがあゆ、メアドはぁー」

メルの指が興奮で震える。

そのメールアドレスは、樹生の兄、和樹《かずき》が使用していたものだ。

(これっ……。和樹兄さんからのメールだぁー。すっごく嬉しいんだけど……!)

メチャクチャ浮かれてメールを開いたメルは、内容を読んで固まった。

しょっぱい顔になる。

「いえぇー?　イエーイ!　……って、ふざけゆなし!!」

開いたメールには、和樹からの苦情と『遺影』の二文字。

遺影について思うこと……。


やあ、我儘《わがまま》な弟よ。

生前キミが、普通に写真を撮らせてくれなかったので、お葬式の遺影を用意するのに苦労させられました。

「遺影になんて使わせないぞ!」と、カメラが向けられた途端に変顔をしたこと。

樹生は覚えていますか……?

その残酷な仕打ちに、父さんや母さんは陰で悲しんでいたよ。

病弱な樹生が、自分の死を過剰なまでに意識していたことは理解する。

だけど言うべきでないことがあるのは、分かっていたはずだ。

母さんは、すっかり痩せてしまって。

とても小さくなったよ。

幾度となく父さんに注意されても、背中を丸めて泣いてばかりいる。

お葬式には、仕方がないから画像修正ソフトで作った遺影を使用しました。

少しは反省したまえ。

「こんだけ……？」

和樹からのメールは、メルが期待していたものと違った。

メルの視界が涙で滲んだ。

「わっ、わらし……。テガミ書いて、あやまったし」

異世界に転生してまで、上から目線の説教を聞かされる。

死んだ弟にマウンティングする兄とは、何様なのか!?

「ぬぉぉぉーっ。わらし……。アッタマ、きたわ！」

このままでは済まされない。

「仕返しすゅ!!」

メルは小さな悪魔のような形相になると、一心不乱でタッチパネルを操作し始めた。

タブレットＰＣに搭載された、カメラ機能を起動させる。

「ウニュニュ……！」

そして、とびっきりの変顔をする。

「ひゃっ、ひゃっ、ひゃっ」

すかさず撮影だ。

この写真を怒りの返信メールに添付して。

「いざ、ソウシン!!」

異世界転生しても、兄の挑発には弱い樹生だった。

森川《もりかわ》家の騒動

森川徹《とおる》（54）は、役所で働く公務員だ。

堅実な性格の持ち主で、平穏な日々をこよなく愛する男だった。

もっぱら休日を家族サービスに当て、頼まれたなら嫌な顔一つせずに掃除や日曜大工をこなす。

息子の和樹にしてみれば、ちょっとウザイくらいの父親である。

『和樹よ。人生に大切なのは、和の一字だ。言い換えるなら、森羅万象に感謝の気持ちを忘れないこと。自然と敬うべきものに気づく、謙虚さだな。だから、常に朗らかであれ！』

チャンスさえあれば、ひとり宗教家みたいな御託を述べる父親が、先日から苦虫を嚙み潰したような顔になっている。

（これは、親父のところにも来たな……！）

和樹にはピンときた。

母親の由紀恵《ゆきえ》（50）は、最近ようやく樹生の死から立ち直りかけていたのに、またもや軽度の鬱が再発したようで暗く打ち沈んでいる。

昨夜はキッチンで、声も出さずに泣いていた。

原因は樹生からのメールだ。

病死した樹生から、意味不明なメールが届いたのだ。

（あのメールは、親父や母さんのところにも送られていたのか……）

当初は和樹も、悪質なイタズラやインチキ宗教団体の関与を疑った。

だが件《くだん》のメール以降、特筆すべき展開はなく、思い過ごしだと結論せざるを得なかった。

そうなるともう。

考えられるのは霊界通信だ。

何しろオカルト体験なんて初めてのことだから、どう推理したところで憶測の域を出ない。

申し訳ないと思いながら、コッソリと母親のスマホも調べさせてもらった。

すると樹生から届いたメールが、フォルダーに保存されていた。

（イタズラだと思って消そうとしたのに、消せなかった……。そんなところか……？）

樹生を名乗る人物からのメールには送り手のアドレス表示が無く、返信できない。

これでは相手の意図を問い質《ただ》すどころか、正体を探るのでさえ難しい。

（メールの文面に、明確な悪意は感じられない。それだけに、母さんが削除できなかった気持ちは分かる……）

本物だったら、消せない。

消してしまったら、取り返しがつかない。

おそらくは、そう考えたのだろう。

（親父は削除してしまったのかな……？）

できれば削除される前に、自分が手に入れた情報を伝えておきたい。


夕食の片づけが一段落着いたところで、和樹は珍しく両親に紅茶を淹れながら切りだした。

「回りくどいのは嫌いなので、ハッキリ言わせてもらう。親父のところにも、樹生からのメールが届いたのか……？」

「……馬鹿を言うな。樹生は、この世に居ない。死んでしまった者から、メールなど来るはずが無かろう！」

「それはメールが来たけれど、イタズラと判断したってことで良いのかな？」

「むむっ……。許しがたい悪意に満ちた、イタズラだ。これほど不愉快な気持ちにさせられたのは、生まれて初めてのことだ！」

父親が声を荒らげ、母親の由紀恵はびくりと肩を震わせた。

もしやと思う気持ちを否定されて、泣きそうな顔になっていた。

「オレと母さんのところにも、樹生を名乗る人物からメールが届いている……。母さんには悪いけれど、黙って確認させて貰った。ゴメンね、母さん……。ちょっとだけ、心配だったからさぁー」

「そう……。樹生のコトだし、構わないわよ。その代わり和樹のところに来たメールも、母さんに見せて欲しいな……」

「ああっ。ちゃんと見せるよ。で……。話したいのは、ここからなんだ。誰かのイタズラか、そうではないのか……。そこについて話したい」

「なにか調べたのか……？」

父親は興味を引かれたようで、キッチンテーブルに身を乗り出した。

「ちょっとね。チョットだけ調べて、試してみた」

和樹は椅子の背もたれに身体《からだ》を預け、紅茶のカップに口をつけた。

大きめのキッチンテーブルには、樹生が座っていた椅子が残されていた。

「母さん。樹生が亡くなったとき、消えていた所持品があっただろ……？」

「……あの子の、デイパックとパソコン。いくら病室を捜しても、見つけられなかったわね。誰かに盗まれたかと思うと、悔しくて寝られなくなるの……。ホント忌々しい！」

「信じられないことをするやつが居ると、オレも思ったよ。だけど、そんな悪人は存在しなかったんだ」

「どういうことなの……？」

「あのタブレットPCは、樹生が持って行った」

「和樹……。いい加減な話をするのは、止《や》めないか……！」

不愉快そうな顔で、父親が和樹を窘めた。

「ちょっと待とうか……。まだ話は終わっていないんだ。お願いだから、最後まで聞いてくれ」

「……っ。オマエが、そうまで言うのなら、黙って聞くとしよう」

「ありがとう……。それじゃ、コイツを見て欲しい。オレのところに来たメールだ……」

和樹が最新型のノートパソコンを両親の前に置いた。

モニターには、樹生からのメールが開かれている。

「書いてあるだろ……。タブレットを未だに使ってるって……」

「本当だわ……。あの子……。死んでも持って行くほど、大事にしてたのね！」

「書いてあるけれど、それがどうした？」

「そうだよ、親父……。本題は、此処からなんだ……」

和樹は穏やかな笑みを浮かべた。

「まず大前提として……。何処かの誰かが、樹生を名乗ってオレたちにメールをだすことはあり得ないと思う。そもそも、そのような真似をする理由がない。少なくとも、オレには思いつかなかった……。だから、ここからの話は、オレが親父と母さんを騙しているか、樹生からのメールが本物かの二択になってしまう。だが残念なことにオレは、自分自身のアリバイを完璧に証明できない」

「うむっ……。続けてくれ……」

「いいね、二人とも……。自分たちの交友関係を疑うのは、これで終了だ。疑うなら息子であるオレを疑うんだな……。オレとしては悲しいけれど、今のように疑心暗鬼でいるより、ずっとマシだろ。親父と母さんのことは、樹生から頼まれちまったからな」

「それで、オマエは何を隠しているんだ？　まだ、他に何かあるのだろう……？」

あるに決まっていた。

それも、とっておきの爆弾が……。

本来の和樹は、オカルト的なモノに徹底して懐疑的な視線を向ける若者だった。

ネットに蔓延《はびこ》る心霊動画などは、ひとつの例外もなく作りものだと決めつけるほどに頭が固かった。

だが樹生の件となると、いつものように割り切れない。

『まやかしだ！』の一言で片づけるには、信じたい気持ちが強すぎた。

だから和樹はメールを送った。

すでに受け取り手が存在しない樹生のアドレスへ、ダメもとで……。

おセンチで未練がましい、アホのするアホな真似だった。

全くもって、お笑い種《ぐさ》である。

「オレは樹生が使っていたアドレスに、メールをだした。『オマエがちゃんとした写真を撮らせないから、遺影で苦労したんだぞ！　馬鹿タレが……』って……。その返事がこれだ！」

和樹が送ったメールに、返信が届いた。

しかも、添付ファイル付きだった。

「短いけれど、こちらがメールの内容になる」

和樹はノートパソコンを操作して、樹生のメールを表示させた。

そこには……。

『やっぱり、遺影に使うつもりでいたんだなっ！』

と書かれていた。

「そして、こちらが写真だ」

ノートパソコンのモニターに、幼女の顔がアップで表示された。

モニターに大きく映し出された、幼女の変顔。

「何をしてるんだ。コイツは……？　もう変顔なんかする必要は、ないだろぉー！」

生前の樹生は写真を嫌い、カメラが向けられると両手を頬に当て、思いきりねじくった。

樹生と幼女で明らかに違いはあるが、同じ変顔だった。

「やだっ。樹生ったら……。こんなに、カワイクなっちゃって……」

父親は呆れ果て、母親は涙を堪えながら微笑んだ。

（そこで納得するのかよ……!?）

二人とも幼女の耳が尖っているコトには、全く言及しなかった。

樹生と幼女が同一の存在であると、確信しているようだ。

その写真には、まるで魔法のような説得力があった。

そう。

心を和ませる不思議な力だ。

（どぉー見ても、エルフなんだけどな……。そこは、突っ込まないのか……？）

和樹はニヤニヤと笑いながらも、両親とのジェネレーションギャップを噛みしめた。

（親父たちとは、異世界転生の話で盛り上がれそうもないか……）

父親の徹は、和樹に輪をかけて頭が固かった。
寂しい限りである。

石焼き芋は、ご馳走です

枯葉の季節と言えば、焼き芋。

焼き栗も美味しいけれど、無い物ねだりは悲しいだけ。

花丸ショップで買える甘栗は、もう焼いてあるので地面に埋めても芽がでない。

そもそも、桃栗三年柿八年と言うことわざを思い起こすに、最低でも三年待たなければいけない。

いま食べたいのだ。

三年後のことなんて知るか！

それにしても、花丸ショップの焼き甘栗は高すぎる。

タリサたちの襲撃を喰らったら、大変なことになってしまう。

サツマイモだって、焼いてあると価格が跳ね上がるのだ。

だけど最初から育てれば、安上がりになるじゃないか。

そんな訳でメルは、花丸ショップで買ったサツマイモの苗を裏庭のあちらこちらに植えていた。

夏の暑いあいだは、蚊に刺されながら雑草むしりに精をだし、立派に育てよと祈りながら乾いた地面に水も撒いた。

面倒くさかったけれど、畑に植えるだけで『増える！』と信じて、グッと堪えたのだ。

メルだけど、メッチャ我慢しました。

そして収穫の秋デアル……。

「うぉー。イモぉー。ホウサク♪」

裏の畑で、ザクザクとサツマイモが掘れる。

トンキーも生《ナマ》のサツマイモを頬張り、上機嫌だ。

だが、人として生はあり得ない。

煮るなり焼くなり蒸すなりの、工夫が必要になる。

「イシヤキイモ、ツクゆ……！」

収穫までの長い日々、メルが思い描いていたのは金色の大学芋とホクホクの石焼き芋。

いま食べたいのは、石焼き芋。

ジュルルー。

ヨダレが垂れる。

「わらし、石ひろうで……。トンキー、ついて来い！」

「ぶっ、ぶっ……」

しかし……。

メジエール村の中央広場には、手頃な小石が転がっていなかった。

ド田舎っぽい村なのだ。

小石なんて何処にでも落ちていそうなモノなのに、大誤算だった。

だけど頻繁に荷馬車が通る都合上、石ころは中央広場からは除去されていた。

「イシーッ！　石どこぉー？」

メルの悲し気な叫び声が、中央広場に響き渡った。

サツマイモを手に入れてのお預けに、カワイイ顔が引きつっていた。

「メル……。河原で玉石を拾ってきてやったぞ……。しかし……。こんなもん、いったい何に使うんだ……？　石だぞ。石ころは硬いぞ。食えないんだぞ。ちゃんと、分かってるのか？」

「ありあとぉー。ぱぁぱ……」

相変わらず失礼なフレッドだった。

しかもフレッドは、メルが丸っこい小石を欲しがった理由も知らずに、バカにしたような態度で笑っていた。

（いくら僕が食いしん坊でも、石を食べたりしないよ……！　まったくぅー）

河原に行けば、丸い石ころなど好きなだけ拾えるらしい。

小学校の理科で学んでいたことだから、ちょっとだけ悔しかった。

（石ころ、コロコロ……。川を転がって、尖った角が取れるよぉー）

村の中央広場で苦労などせず、最初からフレッドに頼めばよかったのだ。

それにしても、フレッドの心配そうな目つきがうざい。

『料理に使うから小石が欲しい』と頼んだけれど、食うとは言っていない。

（なんでフレッドは、僕が石を料理すると思い込んでいるのさ……）

もしかして、幼児のママゴトと一緒にされているのだろうか……？

そう考えたら、段々と腹が立って来た。

（料理人なのに、遠赤外線の威力を知らぬのか……？　笑わば笑え……。あとでホクホク甘々の魅力を喰らわしちゃる！）

サツマイモを収穫してから、既に三日が過ぎていた。

フレッドが河原での石拾いを面倒くさがったので、三日も待たされたのだ。

洗って日陰で干したサツマイモは、食料保存庫に山と積まれていた。

三日のあいだにアビーは、メルが注文した耐熱手袋《ミトン》をバッチリ仕上げてくれた。

あとは石ころを洗浄《ピュリファイ》してから、魔法の鍋で加熱するだけだ。

「シンボー、たまらん……」

もう我慢の限界である。

森の魔女から貰った魔法の鍋に、洗った小石をガラガラと入れて焼く。

充分に温度が上がったらサツマイモを放り込んで熱い小石を被せ、あとはのんびりと待つだけだ。

メルが石ころを洗浄《ピュリファイ》して、鍋に放り込んでいるのを見たフレッドは、又もや心配そうな顔で言った。

「メル……。石はどんだけ茹でても、柔らかくなんねぇぞ……」

石は茹でない。

こんがりと焼いても、翳ったりしない。

フレッドが横に張りついて、アレヤコレヤと喧《やかま》しい。

「ぱぁーぱ。あっち、行け！」

メルもアビーに似て、スルー能力が低かった。


『酔いどれ亭』の店先に小さな木箱を置いて、魔法の鍋を載せた。

これで簡易屋台の完成である。

メルのお店だ。

焼き芋の販売価格は、一本で銅貨二枚（二十ペグ）にした。

大きいイモは、銅貨三枚（三十ペグ）だ。

基準は何もない。

『そのくらいで良いかなぁー』と、メルが思っただけだ。

そもそもメジエール村に、感謝の気持ちを示したくて始めた商売なのだ。

最初から儲けなど考えていない。

売れないのなら、自分のだけ焼いて食べる。

売れるようなら、どんどんサツマイモを追加していく。

幼児の屋台なので、飽きたら容赦なく閉店だ。

機嫌を損ねたら、その場で閉店だ。

まさに頑固エルフの店である。


サツマイモの皮が焦げる香ばしい匂いに、メルの鼻がヒクついた。

「やけた。やけとぉーよね……。そえでは、シショーク……！」

パックリと二つに割ったサツマイモの断面から、白い湯気が立ち昇る。

肌寒い季節には、何とも言えぬ魅力的な光景だ。

「あつ、あつ……！」

メルは焼き上がったイモを火傷しないように齧った。

「うまぁー♪」

ホクホクの甘々である。

メルの顔に、満足の笑みが広がった。

（この喜びをアビーと分かち合わなければ……！）

メルは新しい焼き芋を手に取って、『酔いどれ亭』に駆け戻った。

一頻《ひとしき》りアビーと盛り上がったメルが店先へ戻ると、幼児ーズの面々が顔を揃えていた。

お皿に置いてあったメルの焼き芋が、消え失せていた。

問い質すまでもない。

メルの焼き芋は、幼児ーズに食われてしまったのだ。

「メル……。すごく熱くて、取れないんだけど……！」

驚いたことにタリサは、焼き芋が欲しくて鍋に手を突っ込んだらしい。

「おまぁー、ユウシャか？」

「バカ言わないでよ。火傷するかと思ったわ！」

「止めておきましょうって、わたしは二度も忠告しましたけど」

「うそぉー。ティナも、もっと食べたいって言ったぁー！」

「食べたいとは言いました。でも、お鍋に手を入れるのは、危ないから止めておくようにと注意しました」

口の端に焼き芋の欠片をつけたティナが、呆れ顔でタリサを見つめた。

「メルねぇー。タリサはユウシャとチガう。ガッツキのバカ女……！」

ダヴィ坊やはメルの皮肉を解《かい》さず、ストレートな表現に置き換えた。

「フンッ……！　メルが居ないからいけないのよ。さあ、甘いのちょうだいよ」

「これっ、ヤキイモ。ヤ・キ・イ・モ……」

「はいはい、ヤキイモね。分かったから、そのヤキイモを取ってくださらないかしら？」

「ふっ、まいどありぃー。どぉーか、二マイ！」

メルはタリサから銅貨二枚を徴収した。

とは言っても、幼児ーズはトモダチ価格なので、銅貨二枚を払えば食べ放題だ。

お小遣いを持っていなければ、幾らでもツケが利く。

所謂《いわゆる》、お店屋さんゴッコみたいなモノで、メルがツケを覚えている筈もなかった。

翌日になれば、前日の借金はチャラである。

それでも自分で買ったという気分が、幼児ーズには嬉しいのだ。

だから小銭を握ってメルの店に、やって来る。

メルは木のお皿に焼き芋を載せて、一人ずつ手渡した。

そのままでは熱くて持てないと思ったからだ。

こんなとき、新聞紙が懐かしくなる。

「ホカホカであったまる。甘くて美味しいねぇー」

「これは知らないお芋の種類です。こんなに甘いのも、初めて……」

「なあ、メルねぇー。オレのヤキイモ、皮をむいてくれ。あちあち、熱くて持てん！」

手で触れるようになるまで待てばよいのだが、待てない。

ダヴィ坊やに焼き芋は、少しばかり難易度が高すぎたようだ。

「おっ、おうっ……」

メルが耐熱手袋《ミトン》をはめた手で焼き芋をつかみ、ナイフで切れ目を入れて二つに割る。

「うめぇー。サイコーに、うまいぞぉー。メルねぇー、天才じゃね？」

「ありあとぉー、デブ。たくさん、食え！」

メルは満面の笑みだ。

自分が美味しいと思うものを仲間に認めて貰えて嬉しい。

「あーっ。ダヴィだけずるい」

「わたしのヤキイモも、食べやすく切って欲しいです」

「おっ、おうっ……」

タリサとティナも、待てない派だった。

いっそのこと焼き芋を縦割りにして、スプーンで食べさせた方がよいかも知れない。

（だけど、それだとヤキイモの食べ方じゃないよ）

メルにはメルの譲れない拘りがあった。

エルフ幼児の焼き芋屋さんが近所の小母ちゃんたちに知れ渡るまで、今しばらくの時間を必要とした。

ウスベルク帝国よりの使者

『石焼き芋は、遠赤外線を用いた料理だ』と、メルは記憶していた。

だが、オーブンの原理もまったく同じであることをすっかり失念していた。

何しろ前世の暮らしでは、身近に本式の石窯《オーブン》がなかった。

電気コンロも遠赤外線なのだが、石焼き芋なので石に固執した挙句《あげく》、他のことが頭から抜け落ちてしまったのだ。

だから『酔いどれ亭』の食堂に戻り、フレッドと常連客たちが食べているものを見て驚いた。

「ぱぁーぱ。そえは、ヤキイモ……?」

フレッドはひと通りメルの作業を眺めてから、オーブンでサツマイモを調理してみた。

完成したのは、当然のことながら焼き芋である。

「グハハハハ……。見ろよメル。これが作りたかったんだろ? だったら、オーブンで事足りる」

「はうっ?」

「魔女さまから貰った鍋なら、石ころは要らないと思うぞ」

「………クッ！」

直火を使わずに、安定した高温で食材を加熱調理する。

魔法の鍋であれば、石ころが無くても可能である。

注意していないと簡単なことでも見落としてしまう、とても分りやすい実例《サンプル》だ。

「ムキィーッ。ぱぁぱ、キライ！」

料理に関してはアビーと同様、大人げのないフレッドだった。

それでメルの鍋から、石が取り除かれたかと言えば……。

そのような事態は起きなかった。

何と言ってもメルは、頑固エルフの店を切り盛りする頑固一徹な幼女である。

『石がなければ、石焼き芋ではない！』

もはや信仰とも呼べる思い込みで、フレッドの助言を退けた。

「おいおい……。反抗期には、ちと早くねぇか？」

「あなたが、メルを怒らせたんでしょ！」

アビーは呆れたような顔でフレッドを眺めた。

あからさまな上から目線だった。

ことメルの扱いに関しては、フレッドに冷たいアビーである。

二人は水面下でメルの取り合いをしていたので、これも当然の対応と言えた。

「わらし、ぱぁぱに負けん！　石のイリョクを思い知らす……。ウリアゲで、ショーブ！」

「ほぉーっ、上等じゃないか……。俺に勝てると思ってるのか……？」

ここに石焼き芋とオーブン焼き芋の戦争が、勃発した。

が……。

五日も掛からずに、勝負の結果は判明した。

『酔いどれ亭』の店先に木箱を重ねただけの屋根さえないメルの露店だが、石焼き芋の圧勝だった。

それでもメルはダメ押しとばかりに、十日ほど焼き芋戦争を引っ張り続け、フレッドをトホホ顔にさせた。

「わっはっは……。ぱぁぱ……。わらし、笑いが止まらんわ」

「ちっ、おかしくないか……？　こんなの料理勝負じゃねぇだろ！」

「そんなん、知りませんて……」

『酔いどれ亭』の客たちは、甘い焼き芋を好まなかった。

最初は物珍しさで喜んでいた常連客も、焼き芋と酒の取り合わせに顔をしかめた。

一方メルは、近所の小母ちゃんたちを味方につけて、グイグイと売り上げを伸ばした。

焼き芋と言えば、甘いものが好きな女子供のオヤツだ。

どう考えても、酒の肴ではない。

石の威力は、まったく関係なかった。

単純に、客筋と店の場所でメルが勝った。

それだけの話だった。

だが勝負の前提条件など、メルには関係ない。

勝ったら偉いのだ。

そこが大事。

「わらし、勝った。ぱぁぱ、負け！」

「………………くっ」

メルのドヤ顔は、非常に破壊力が高い。

やられると大人でもへこむ。

心の底から得意そうなので、メッチャ腹が立つ。

フレッドは悔しくて悔しくて、なんだかちょっと泣きそうになった。

フレッドに気持ち良く勝利したメルだけれど、こちらもまた無傷では済まなかった。

「ああっ……。わらしの、イモぉー。ガビーン！」

メルは勝利の余韻から醒めたとき、サツマイモを使い切ってしまった事実に気づいて号泣した。

あぁーっ。

やらなきゃよかった……。

冬になって雪がちらつき始めると、温かなものが食べたくなる。
味が濃くてコッテリとした汁物なんか、最高である。
トン汁……。
メルはトンキーを眺めながら、たらりとヨダレを垂らした。
「ぶっ、ぶっ……？」
「シンパイすゆな……！　トンキーは、食わんヨ」
食料保存庫には、メルの管理しているバラ肉があった。
黒いやつが憑《と》りつかないように監視を続け、ジックリと低温熟成させた豚バラである。
メモ用紙を貼りつけておいた。
『メルのニク……！』と記したメモ用紙だ。
きっと美味しいに違いない。
ジュルル……。
トン汁と言えば、シンプルに豆腐とネギが定番である。
だがメルは、色々な具材を放り込むつもりでいた。
キノコに蒟蒻、ニンジンとゴボウと長ネギ……。
そこに里芋が入れば、けんちん汁だ。
里芋は入れない。
里芋の代わりに入れるものは、決まっていた。

「モチ、焼いて入れゆ……！」

頑固エルフの、わがまま豚汁だった。

「さっそく、調理すゆ……！」

作業開始デアル。


一杯で銅貨五枚……。

『酔いどれ亭』のスペシャルメニュー。

本日は身体の芯から温まる、餅入りトン汁が饗されるコトとなった。

厨房に鍋を運び込み、最初に食べるのは勿論メルである。

常連客が見守る中、メルは木の椀によそった餅入りトン汁をハフハフしながら食べる。

「うまぁーっ♪」

いつもであれば……。

常連客たちはメルの食べる様子を観察しながら、注文するかどうかを決める。

醜い奪い合いにならないよう、自分の好みでなければ権利を譲るようにしているのだ。

しかし……。

今日は、譲るわけに行かない。

その覚悟が、皆の態度に表れていた。

「ひの、ふの、みの……、とぉ……？　だいじょーぶ。みんな、たべえゆ！」

メルは食堂の客数を確認して、充分な量があると伝えた。

「よしっ！」

「よぉーし！」

「いま居ないやつには、泣いてもらおう」

「おれらは、ツイていたのだ……」

わがまま豚汁は、一瞬にしてソールドアウトとなった。

その直後には。

『酔いどれ亭』の食堂で、黙々と汁を啜る男たちの姿があった。


前日から雪が降り続く、とても寒い日のこと……。

メジエール村の管理下にある桟橋へ、ひっそりと一艘の小舟が漕ぎ寄せた。

鈍色《にびいろ》の空から舞い落ちる雪は、一向にやむ気配を見せない。

桟橋の警備を任されているヨルグは、タルブ川を遡《さかのぼ》って来た小舟に警戒の視線を向けた。

灰色のフード付き外套を纏った、背の高い男性が小舟の中央に立っていた。

訪問客は、一人だけである。

一瞥した限り、武器の類は身に帯びていない。

外套の袖から覗く男性の指は繊細そうで、とても剣を扱う者には見えなかった。

「何用ですかぃ、旦那……？」

栈橋に小舟を舫《もや》いながら、ヨルグは平板な口調で訊ねた。

「初めまして、わたしの名はアーロンと申します。森の魔女さまに、お取次ぎを願いたい」

スラリとした長身の青年が言った。

「申し訳ないが、余所者は通せないんだ」

「謝罪の必要はありません。事情は心得ております。わたしはウスベルク帝国よりの使者です。ウィルヘルム皇帝陛下の親書を預かって参りました。その旨を魔女さまにお伝えください」

「むぅ……」

栈橋を見張っていたヨルグは、困り果てた様子で頭を掻いた。

「貴方《あなた》の小屋で、待たせてはいただけませんでしょうか？」

「オレの小屋は狭いし、汚いんだ」

「火に当たらせて頂けるなら、文句などありません」

アーロンは外套のフードを外して顔を見せた。

アーロンの口もとには、品の良さそうな笑みが浮かんでいた。

耳の形が人と違う。

僅かに先端が尖っていた。

「あんた、エルフかい？」

「はい……」

「魔女さまには、魔法の相談かね？」

「森の魔女さまは、わたしの師匠なんです」

ウスベルク帝国で暮らすエルフの数は、非常に少なかった。

ウィルヘルム皇帝陛下の親書を託されるエルフでアーロンと言えば、該当する人物は一人だけ。

アーロンと名乗ったエルフは、ウスベルク帝国の建国当時から代々の皇帝陛下に道を示してきた相談役だった。

「承知した……。使者殿は、オレの小屋で休んでくれ。急いで森の魔女さまに、使いをだすよ」

毛皮を着こんだ男は、アーロンを管理小屋へと案内した。

「おーい、クルト。使いを頼まれてくれないか！」

「村までか……」

「そうだ。村長に連絡して欲しい。客人が来たとな……！」

「それだけかい……？」

「ああっ。客人はアーロンと言うエルフだ。森の魔女さまに会いたがっていると、伝えてくれ」

「分かったよ。師匠《オヤジ》……」

小柄なクルト少年は、外套を羽織ると小屋の外へ出ていった。

冬の季節、メジエール村への伝令は厄介な仕事だった。

「おいバルク、仕事だぞ」

「ブルルルル……」

厩舎から引き出された馬が、鼻を鳴らす。

馬の吐息が、白い湯気となった。

先ずは、橇《そり》の支度だ。

帝国は来ない？

タルブ川からメジエール村へと続く道は平原の吹きっさらしで、何もかもが凍てついていた。

良い点をひとつ挙げるとするなら、ひどく雪が降っても道が埋まらないところだった。

新雪は平原を吹き抜ける強い風によって、何処《いずこ》かへと運ばれてしまう。

(風が痛い……。移動には難儀な風だけど……。雪が積もらないのは、ありがたい！)

冬場。

徒歩で移動する旅人には、難所であろう。

クルト少年は馬橇を走らせ、半日がかりでメジエール村に到着した。

村長宅で用件を告げると応接間に通され、しばらく待つように指示された。

「外は寒いし、えらく疲れただろ……。待っている間に、それを食べて少し休むと良いよ」

「ありがとう。ペトラさん……」

連絡係は面倒な役目だが、役得もある。

クルト少年は女中のペトラが用意してくれた料理を眺め、嬉しそうな笑みを浮かべた。

正直いって、腹ペコだった。

さっそく、お湯で割った温かな果実酒を啜りながら、テーブルに並んだ湯気を立てるご馳走に手を伸ばした。

見張り小屋では、食べられない美味しい料理だ。

四半刻も過ぎた頃、ファブリス村長とフレッドが応接間にやって来た。

「やあ、クルトくん。待たせてしまって済まないね」

「ウスベルク帝国からの客人だってな?」

「はい……。背が高いエルフの青年で、アーロンと名乗りました!」

これを聞いて、ファブリス村長は渋い顔になった。

「はぁーっ。厄介ごとだよ。精霊祭が例年になく上首尾で終わったのに、どうして厄介ごとが舞い込んでくるのかね?」

そうぼやかれても、クルト少年には返す言葉がない。

「落ち着きなよ村長。まだ厄介ごとかどうか分からないだろ。勝手に決めつけて頭を悩ますのは、アンタの悪い癖だぜ」

「あーっ、その通りだな。先ずは、話を聞くとしよう」

ファブリス村長が椅子に腰を下ろし、頷いた。

「クルト……。ヨルグは、魔女さまの符牒を確認したか……?」

「ああ、勿論だよ。フレッド隊長。『魔女さまには、魔法の相談かね？』と、ちゃんと訊ねた」

「それで……？」

「アーロンと名乗ったエルフの客人は、『森の魔女さまは、わたしの師匠なんです』と答えていた」

クルト少年はフレッドの質問に、よどみなく答えた。

「何だい、それは……？」

ファブリス村長が訝しげな顔つきで、フレッドに訊ねた。

「符牒……、つまり合言葉です。森の魔女さまから教わった、合言葉！」

「アイコトバ……？」

「魔女さまの客人が合言葉を口にしない場合、追い返せって話ですよ」

クルト少年が困ったような顔で説明した。

「魔法だの、弟子だの、フチョウだの……。わしには、意味が分からんよ」

フレッドはイライラしているファブリス村長を見て、溜息を吐いた。

「ファブリス村長……。森の魔女さまはメジエール村の住人たちが考えているより、遥かに顔が広いんだよ。それでもってな……。敵も多い」

「なんと……。あの優しげな魔女さまに、敵が居るのか!?　そいつはまた、とんでもなく物騒な話じゃないか……」

「さらに付け加えるとだ。魔女さまが自分の弟子を殺したいほど憎んでいるって噂は、村の外じゃ殊のほか有名なんだ」

「自分の弟子をコロスだと……。あの魔女さまが……? 済まないが、わしには信じられん」

「このさい、村長が信じるかどうかは置いておくとして……。以上の理由から、森の魔女さまに敵意を持つ連中が、自ら弟子と名乗ることはないんだ。符牒を知らない限りな」

「なるほどなぁー」

「少しは理解して貰えたようだな」

「なんて物騒な合言葉だ……」

ファブリス村長が、不愉快そうに首を振った。

「済まないなクルト。ファブリス村長は、平和な村の長だから……。俺らの領分には、からっきし疎いんだ」

「ちっとも気にしてないよ。おいらは、平和な村のファブリス村長が好きさ。メジエール村も大好きだ。謀《はかりごと》やら疑心暗鬼は、盤上遊戯《ボードゲーム》だけにしてもらいたいね」

「フムッ……。夢のような話だが、それは悪くない考えだ」

「わしは、バカにされておるのか……?」

「何を仰るのやら……。メジエール村は、素晴らしいと言う話です」

フレッドが含みのない笑顔で答えた。

餅は餅屋、要は適材適所である。

「それで用件は……?」

「ウィルヘルム皇帝陛下の親書を届けに来たって……」

「おい……！　ウスベルク帝国は、わしの村に来ないって、言ってたじゃないか！　これは、どういうことなんだね……？」

ファブリス村長が再び狼狽えだした。

「アーロンが本物なら、歴代皇帝の相談役です。当然ですが、森の魔女さまも皇帝陛下とは面識があります。メジエール村にではなく、森の魔女さまに用事があるのでしょう。俺の知る限り、帝国が動くことはありません！」

フレッドは力強く保証した。

「そんなことを言って……。帝国兵が村を囲んで、『魔鉱石を差しだせ！』とか脅してくるんじゃないのか……？」

「魔鉱石なんか、幾らでもくれてやればよい。それに魔鉱石が欲しいなら、ウィルヘルム皇帝陛下は行商人を動かします」

「本当かね？」

「帝国兵を動かすより、ずっと安上がりで済むからね。それ以前に、メジエール村は帝国の侵略を受けない……。もし詳しいことが知りたければ、森の魔女さまに訊ねると良いです。死ぬまで忘れられないような、とっておきの物語を聞かせてもらえますよ」

「それはイヤだ。今でさえ、ストレスで寝つきが悪いのに……。わし……。面倒な話とか、怖い話は聞きたくない！」

ファブリス村長は、キッパリと言い切った。

平和ボケである。

でも、そのくらいがメジエール村には、丁度よかった。

「クルト……。ご苦労だけど、その客人を連れてきてもらいたい。森の魔女さまには、こちらで報告しておく」

「ああっ、明日には桟橋に引き返す。天候次第だけれど、二、三日中には戻って来れると思う……」

吹雪けば馬橇でも、メジエール村と管理小屋の往来は難しくなる。

そして、冬の天候は崩れやすい。

「寒くて大変だろうが、よろしく頼む……。メジエール村にいる間は、美味いメシを食わせてやろう。アビーも会いたがっていたから、遠慮せずに泊まっていけ」

「ありがとう、フレッド隊長……」

クルト少年は大切な報告が終わると、『酔いどれ亭』で過ごすコトにした。

メルは柱の陰から、見知らぬ少年の様子を窺っていた。

フレッドが連れて来た客である。

濃い茶色の髪をした、感じの良い少年だった。

痩身で鋭い目つきをしているが、ときおり温かみのある笑顔を見せる。

前世であれば、クラスの女子たちにキャーキャー騒がれそうなイケメン男子だ。

フレッドとアビーが親しげに話をしているので、おそらく知り合いなのだ。

「ちっ……！」

メルは仲間外れだった。

三人の会話は聞こえてくるのだが、少しも理解できない。

使われている単語が分からなかった。

メルの語彙数では、帝国公用語の日常会話が限界だった。

それも片言のレベルである。

だから知らない用語を会話に挟まれると、まったく聞き取れなくなってしまう。


〈どうしたの、メル……？〉

コソコソと柱の陰に隠れているメルを見て、ミケ王子が不思議そうに訊ねた。

〈パパとママが、外人の子供と話してる……〉

〈えっ？　ウスベルク帝国の公用語じゃないか……。外国語じゃないよ！〉

〈そうなの……？　ちっとも聞き取れないから、外国の言葉かと思った〉

〈まあ……。メルは赤ちゃんに、毛が生えたようなモノだからね。難しい言葉は、分からなくても

仕方がないよ〉

ミケ王子が、ポソリと余計なことを言った。

〈じゃあ、ミケは分かるの……?〉

〈当たり前でしょ。ボクは高度な教育を受けた、王子さまなんだよ。外国語だって、ペラペラですから……。あれっ、メルも女王さまだったよね……?〉

〈………ゴメンね。お利口さんじゃなくて〉

メルはヘソを曲げた。

〈よろしい。なんなら、このボクが三人の会話を翻訳して差し上げましょう……。おおよその内容は、冒険者の対人格闘術に関するモノですな……。ご希望になられますか、妖精女王さま……?〉

〈ご希望になられません……! 興味が失せました。わたくしは寝ます……〉

〈あれっ? もう寝ちゃうの……。ちゃんと説明するよ……。メルー。なに、怒ってるのさ……?〉

メルはミケ王子の質問に答えなかった。

「いくど、トンキー!」

「ぶっ、ぶっ……」

二階へ駆けあがるメルの後ろに、仔ブタのトンキーが付き従う。

〈待って……。ボクも行くよ〉

〈…………けっ!〉

ミケ王子の前で、勢いよく寝室の扉が閉ざされた。

「にゃぁー？」

廊下に取り残されたミケ王子は、しょんぼりとした顔になった。

穏やかなエルフ

アビーは寂しかった。

寒い季節がやって来たのに、湯たんぽのメルはトンキーと一緒に寝ている。

アビーのベッドに戻って来ない。

『仔ブタに負けた……?』

かなりダメージの深いフレーズが、繰り返しアビーの頭に浮かんでくる。

肯定する気はないけれど、否定もしきれない。

『仔ブタに負けた……?』

許しがたいフレーズだった。


クルト少年を泊める部屋に水差しや魔法ランプなどを用意してから、アビーは食堂へ引き返そうとした。

途中でメルの寝室に視線を向けると、ミケが切なそうにしていた。

暗くて寒い廊下にポツンと蹲《うずくま》り、ジッと扉を見つめている。

普段は生意気で憎たらしい猫だけれど、このときアビーは少しだけミケに同情した。

「あらあら……。おまえ、締め出されちゃったのね……」

「ミャァ～ッ」

「可哀想に、こっちへおいで……」

「にゃん……」

おとなしくミケは、アビーの懐に抱かれた。

「おやぁー？　ずいぶんと素直ね。アンタ、逃げないんだ……？」

「うにゃ……」

「言い訳しなくても良いよ。寒いもんね……。今夜はぁー。わたしのベッドで一緒に寝よう」

こうしてアビーは、小さな湯たんぽをゲットした。

「おとなしく抱かれていると、ミケもカワイイねェー」

アビーの指が、やさしくミケの額を撫でた。

ミケをメルの寝室に入れてやるという選択肢は、アビーの頭になかった。

フレッドと一緒のベッドで寝るという選択肢も、アビーの頭になかった。

眠るときにベッドで抱っこしたいのは、小さくて愛らしいモノだけだ。

「癒されるぅー♪」

アビーにしてみれば、ホッコリとした気持ちになれることが大切なのだ。

雪中の移動は、アーロンにとっても煩わしい物だった。

時間と体力を著しく消耗させられる。

だが言い方を変えれば、一般の人々と違って煩わしいだけである。

アーロンには妖精たちの加護があり、古くから生きるエルフの知恵も備わっていた。

ちょっと工夫すれば獲物を狩ることができたし、寒さに凍えて動けなくなるような心配もなかった。

しかも今回は、メジエール村の住民による友好的な助力があった。

だから橇に乗せられたアーロンは、くつろいだ様子で雪景色を眺めていた。

寒風吹きすさぶなか、馬橇は恵みの森へと向かっていた。


「質問しても良いかな……?」

御者席で馬を操るクルト少年が、大声でアーロンに訊ねた。

マフラーと外套で口元を覆っているために、ハッキリと喋らなければ声が通らない。

そのせいで、どうしても叫ぶような口調になってしまうのだ。

勢い、言葉遣いも乱暴になる。

「勿論です……。なんでも聞いて下さい。喜んで、お答えしますよ。わたしに答えられる事柄でしたら……」

そんなクルト少年に比べて、アーロンの受け答えはおっとりとしたモノだった。

静かに話していても耳元まで声が届くのは、エルフ特有の魔法なのだろうか……？

できるなら、その技を教わりたいものである。

クルト少年は、アーロンの技量を高く評価していた。

「ああっ……。別に詮索したい訳じゃないんだ。答えられる内容だけで、構わないよ。ちょっと不思議に思ったからさ……。アーロンさんは、なんでこんな季節にメジエール村を訪れようと思ったんだい？」

当然の疑問だった。

普通の旅人であれば、この地域を訪れるのに冬は選ばない。

危険なだけで、得るものがないからだ。

「そうですね。わたしは目立ちたくなかったので、人目に触れない季節を選びました。それ以前に……。このお役目を請け負ったのが、つい最近だってところが大きいです」

「誰にもバレずに、親書を運ぶためかい……？」

「人目を欺く方法は様々ですから、むしろ急ぎの用件であることが原因ですね」

「偉い人に仕えるのも、大変なんだなぁー」

クルト少年が呆れたような顔になった。

「何も、ウィルヘルム皇帝陛下が、無理を言った訳ではありません。わたしが自分にできることを引き受けただけです。森の魔女さまにも、久しぶりにご挨拶をさせて頂けます。要するに、わたしにも都合が良かったんです」

「へぇー。アーロンさんは変わってるなぁー」

「そのせいで……。ヨルグさんとクルト君には、苦労を掛けてしまいましたね」

「気にすることはない。おいらにだって、ご褒美があるんだ。伝令係の、役得ってやつ……。桟橋の見張り小屋は退屈だし、食事がアレだからな……」

クルト少年がニカリと笑った。

ヨルグの優れた格闘術を学びたくて、伝令係を買って出たのはクルト少年だ。

それでも麦粥と川魚ばかりの食事には、辟易としていた。

だから、こうしてメジエール村に立ち寄れる口実ができるのは、クルト少年にとってもありがたいことだった。

『酔いどれ亭』で出される料理は、格別に美味い。

まだ噂のスペシャルメニューは食べたことがないけれど、フレッドとアビーが作ってくれる料理で充分に満足していた。

泊めてもらった日には、風呂まで使わせて貰った。

傭兵隊でよく話題に上るメルと親しくなれなかったのは残念だけれど、柱の陰から覗く可愛らしい姿を見ることができた。

精霊祭の間でさえ桟橋の見張り小屋から離れられないクルト少年にすれば、メルを見るだけで一苦労なのだ。

まるで探していた珍しい小動物と出会えたようなドキドキが、クルト少年の胸を満たしていた。

（あの子、可愛かったな……）

妖精女王という存在は、クルト少年の目に何とも言えず好ましく映った。

クルト少年は、アーロンが訪れてからの数日を心から楽しんでいた。

雪中の移動は辛いけれど、ちょっとした変化に興奮を感じる。

エルフの青年は、良い客に思えた。


アーロンは豚飼いのエミリオに部屋を借り、ゆっくりと一晩かけて旅の疲れを癒してから、森の魔女が暮らす庵《いおり》を目指した。

案内役は、使い魔のロルフだった。

納屋の傍に寝そべっていた黒くて大きな犬が、アーロンの姿を見て立ち上がった。

「よろしく頼むよ。ロルフ」

「バウッ」

妖精犬のロルフはアーロンを後ろに従え、戸惑いひとつ見せずに恵みの森へと分け入った。

結界を越えると雪は消え、冬だと言うのに色とりどりの花が咲き乱れていた。

「おおっ、妖精がこんなに……」

キラキラと輝くオーブの群が、アーロンの耳元を掠めるようにして飛び去った。

穏やかな風が、若葉の匂いを運んできた。

「ほぉ……。実に見事なものです。心が洗われるような、美しい景色ですね」

アーロンが師匠の業前《わざまえ》に、感嘆のため息を漏らした。

「……バウッ！」

ロルフが得意そうに吠えた。


「アーロンよ、久しいのォー。元気でやっていたかい？」

古式ゆかしい衣装を身に着けた老婦人が、アーロンを出迎えた。

「はい。長らく、ご無沙汰しておりました。調停者さま」

「よさないか、その呼び名は……。あたしゃ此処《ここ》じゃ、森の魔女だヨ」

「その方がよろしければ、魔女さまと呼ばせて頂きます」

アーロンは畏まって答えた。

「なんでも、ウィルヘルムから親書を預かって来たそうじゃないか」

「急ぎの知らせと、お願いがございまして……」

「皇帝陛下が、お願いねぇー。知らせより、そっちの方が本命じゃな！」

「ご明察、恐れ入ります」

「はん、白々しい。続きは茶でも飲みながら、ゆっくりと話そうじゃないか……。あたしの方も伝えておきたいことが、二、三あるのさ。さあ遠慮せずに、上がっておくれよ」

森の魔女はアーロンを促して、庵へと歩きだした。

森の魔女が一人で暮らす庵は、一本の大きな古木である。

その幹をリスが駆け上り、青々とした葉を茂らせた樹上からは、小鳥たちのさえずる声が聞こえてくる。

この地は恵みの森と重なるように存在しながら、文字通りの妖精郷だった。

アーロンの喜び

大きな樹木の家に招き入れられたアーロンは、ちょっとした違和感に囚われて周囲を見回した。しかし、その不思議な感じはするりとアーロンの意識から滑り落ちてしまい、『何かが違う！』という言葉だけが記憶に書き留められた。

「さあ……。ボケッとしていないで、あんたの席に着きな。そしてウィルヘルムから預かったという、手紙を見しとくれ！」

「はい。こちらがウィルヘルム皇帝陛下の親書です」

アーロンはウィルヘルム皇帝陛下から託された親書を懐から取りだすと、恭しい態度で森の魔女に差しだした。

森の魔女は赤い封蠟をナイフで外し、厳めしい装飾が施された封筒から数葉の紙片を取りだした。

「かぁーっ。あやつの直筆かい？　相変わらず癖のある文字を書きおって、読みづらいったらないね！」

「何分にも、秘密厳守でして……。代筆を通すコトはできませんから……」

「ちっ……。誰か皇帝陛下に、楷書を使うよう進言してくれないかね？」

「そのような不遜な真似は、致しかねます……」

森の魔女はメガネを取りだすと、お茶の支度をしながら親書を読みだした。

とんでもなく失礼な真似だが、ここは魔女の庵である。

更に言えば……。

調停者である森の魔女は、ウィルヘルム皇帝陛下よりズンと位が上だった。

「時候の挨拶が長いんだよ！　こんなもん、今さら要らないだろ……」

「いえいえ……。それは一般的な形式ですから……」

しかも森の魔女は、王侯貴族の上辺を取り繕う礼儀作法より、直截的であることを好んだ。

「フンッ……。挨拶なんざ、ぱっぱと読み飛ばすよ！」

「どうぞ、ご自由に……」

アーロンは帝都の城で慣れ親しんだ作法が、横に退けられるのを黙って受け入れるしかなかった。

森の魔女がメジエール村の人々やメルに丁寧で優しいのは、皆を好きだからである。

ウスベルク帝国の宰相などが調停者の人となりを語るとすれば、恐ろしい鬼女と言うことになろう。

実際、森の魔女が古の法に則って傲慢な貴族どもを裁くときには、目を背けたくなるほど苛烈な一面を見せた。

アーロンは調停者が下す残酷な刑罰を仕方がないものと考えていた。

愚劣な連中には、ときおり恐怖を刷り込まないといけない。

さもなければ、法と秩序が蔑ろにされてしまう。

法や禁忌には理由があるのだ。

むしろ悲しむべきは、刑罰があっても法に従わないバカが居ることだった。

否……。

昔より馬鹿どもが、増えている事実だ。

それでもウスベルク帝国は、まだまだマシな方である。

（ミッティア魔法王国の馬鹿エルフ共ときたら、思い起こしただけで腸《はらわた》が煮えくり返る……）

『エルフこそが精霊の子孫である！』と威張りくさった、鼻持ちならない連中を思いだして、アーロンの口角がヒクリと痙攣した。

生理的に受け付けない。

許しがたい……！

アーロンもまた、自尊心が山ほど高く、独善的で狭量なエルフだ。

アーロンが長命種として気の遠くなるような歳月を生きて来られたのは、ひとえに己では足元にも及ばぬような尊い存在を知覚したからである。

アーロンは無智に怯え、キチンと反省するエルフだった。

エルフにとって【反省】は、獲得不能な高位スキルと言えた。

大抵のエルフは、【反省】を学ぶ前に死ぬ。

傲慢だから仕方がない。

「冒険者ギルドの背後に、ミッティア魔法王国の影があるか……。魔鉱石を口実に、メジエール村への侵略を企んでおるとな……。はんっ。まことに以て、不細工な話じゃないかね。ウスベルク帝国の建国が許されたとき、あらゆる外敵から聖地を守ると約したのは何だったのか!?」

「仰る通りでございます」

「御大層に帝国を名乗りおってからに、隣国の暗躍も止められんとはのぉー。三代目のゲルハルト皇帝が大帝国を名乗ろうとしくさったとき、恥ずかしいから止めておけと蹴とばしたのは正解じゃった」

「小さいですからね。ウスベルク帝国……」

ウスベルク帝国は小国だ。

それが何故に大きな顔をしていられるかと言えば、帝都の地下に【忌み地】を抱えているからだった。

そこには古代魔法兵呪が眠っていた。

あらゆる人々を【狂屍鬼《きょうしき》】に変えてしまう呪われた魔法兵呪で、【屍呪之王《しじゅのおう》】と名付けられた怪物が封印されている。

暗黒時代に造られた疑似精霊のなかでも、三本指に数えられる凶悪な邪霊だった。

ウスベルク帝国を滅ぼせば、屍呪之王《しじゅのおう》が復活して世界を破滅させる。

近隣諸国からは、そう信じられていた。

ウスベルク帝国の存在意義は、忌み地の封印と聖域指定されたメジエール村の守護にある。

千年の歳月を経て、ウスベルク帝国は内部から腐敗した。

ウィルヘルム皇帝陛下の親書には、モルゲンシュテルン侯爵家に『叛意の疑いがあり！』と記《しる》してあった。

モルゲンシュテルン侯爵家と言えば、初代から屍呪之王《しじゅのおう》を封印してきた呪禁士の家系だった。

呪禁士は、魔法博士の古風な号である。

モルゲンシュテルン侯爵家は、悪名高い愚劣王ヨアヒムの血を引く一族なのだ。

現当主の裏切りは、事の始まりより因果に含まれていたのだろう。

「まあ……。これまでよく頑張ったと、ウィルヘルムを褒めてやった方が良いのか……。ヒトの手には、荷が勝ち過ぎたのじゃろう。祖先より引き継がれた業《カルマ》とは言え、封印の巫女姫たちにも辛い思いをさせた。そろそろ潮時かも知れんなぁー」

「しかし邪霊を創造してしまった以上は、その責任から逃れられません。人族には、果たすべき役割がありましょう」

「物事を杓子定規に捉えて、世界が狂屍鬼《きょうしき》だらけになるのを座して待つのかい？　人任せにして自分まで滅びるなんざ、お断りだよ。隠しておきたい手札であろうと、ここは切らねばなるまいて……」

「あの邪精霊を相手に、何ができるのですか……？」

アーロンは真智を授かった調停者に、導いて貰いたかった。

また一方では、自分が無理な願い事を押し付けに来た自覚もあった。

もし解決方法があるのなら、とうの昔に調停者は適切な処置をしたはずだ。

（お師匠さまは厳しい方だけれど、出し惜しみをしない。手札があると言うのだから、助けて下さるだろう）

使い捨てられる封印の巫女姫は、人族やエルフ族の無力さを露骨に象徴していた。

だからこそ、巫女姫は不遇だった。

誰しも己の無力さと向き合いたいとは、思わないからだ。

故に巫女姫の自己犠牲は、ウスベルク帝国の貴族たちから徹底して無視されてきた。

（もう、ラヴィニアさまは長くない。だが、わたしは最後まで諦めたくないのだ）

幼いラヴィニアを巫女姫と認定したのは、アーロンだった。

その事実が割り切れない思いとなって、アーロンを苦しめ続けていた。

忘れることなどできるはずがない。

（何ひとつ罪のないラヴィニア姫さまが、愚かな先人どもの代わりに苦しみ続けるなんて……。助ける価値もない、恩知らずな貴族どもの身代わりにされるなんて……。忌まわしい穢れに憑りつかれ、瘴気に満ちた部屋で孤独に朽ち果てるなんて……。そのような仕打ちは、絶対に間違っている！）

そう考えながらアーロンは居心地の良い室内を見回し、ようやく違和感の正体に気づいた。

ここには瘴気がない。

（おおっ、何と言うことだ。お師匠さまの庵が、完璧に浄化されている!?）

いつもであれば穢れから発生する瘴気が、臭いを感じさせるほど色濃く立ち込めていたのに……。

あの頭痛を生じさせる不快感が、キレイさっぱりと消えていた。

どのような手段を用いて、あれほどの穢れを祓ったのだろう。

（お師匠さまは、何らかの解決方法をお持ちなのだ）

アーロンの心に希望が芽生えた。

（そういえば、あの呪われた武具たちは何処へ片づけられたのか……？）

以前、古木の庵を訪問したときには、ところ狭しと積み上げられていた魔法武具が、ひとつも見当たらない。

アーロンは視線を森の魔女に戻した。

森の魔女は洗練された所作でティーカップに口をつけた。

その穏やかな表情からは、ウスベルク帝国の窮状を憂う様子は欠片も窺えなかった。

「森の魔女さま……。妖精たちが封じられた忌まわしい魔道具の山は、何処へ……？」

「んっ……。ようやく気づいたかい。あれらは解決したので、クズ鉄として鍛冶屋に売り払った」

「か・い・け・つ……？」

「メジエール村は、精霊樹を得たのさ。精霊さまの赦《ゆる》しを得たんだよ」

「それは、本当ですか……？」

森の魔女は温かな笑みを浮かべ、頷いて見せた。

アーロンは森の魔女から、メジエール村の中央広場に一晩で生えた大樹の話を聞かされた。

精霊の子を授かったことも……。

アーロンの目は大きく見開かれ、抑えきれぬ歓喜で手がカタカタと震えた。

感情表現が平板だと言われるエルフにしては、余りに分かりやすい驚きようだった。

（聖地グラナックに祀られた世界樹が枯れ、あれからどれ程の歳月が過ぎ去っただろうか……？）

もう精霊との和解はないと、そう諦めていたのだ。

「我々に、赦《ゆる》しが与えられた……？」

それは純粋な感動だった。

アーロンの目に涙が溢れた。

おもてなしに燃える幼児

「あさ。あさ、あさぁーっ！」

誰にも頼まれていないのに、朝からしつこい。

雪が降り止んだ快晴の日……。

寒空の下へ飛びだした幼女が一人、近隣住民たちの朝寝坊を窘《たしな》めるべく、喉も嗄れよと大声を張り上げる。

「あっさー。アサきたぞぃ！　おきれぇー。ネボスケども……」

言葉を覚えるに従い、純粋無垢な幼女からかけ離れた口調を身につけていくメルだった。

手に持った頑丈な厚底鍋をガンガンと棒で叩く喧しさが、尚更に憎たらしい。

メルはメジエール村の中央広場で問題視される、騒音発生児童であった。

もっとも文句を言っているのは、酒好きのオヤジたちだけだ。

主婦たちの評価は、概《おおむ》ねメルちゃんサイコーである。

「うっせーぞ、ゴラァー！　こちとら、午前様でぃ。もうちっと寝かせろやぃ！」

貸し馬屋の主人が、木の雨戸を引き開けて二階から怒鳴る。

「おきんか、オヤジ……！　おてんとさまに、もうしわけございませんヨ。おーい。おきないと、店先でガンガンならすどぉー」

「うるせぇー。起きるから、ガンガンするのは止めろ！」

処置なしである。

ここに宿屋のダヴィ坊やが加わると、もう無敵だ。

頼んでもいないモーニングコールの波状攻撃は、いつやむとも知れず繰り返される。

騒ぎ立てる児童は二人に増え、音を立てる楽器も鍋とラッパに強化される。

ガンガン、ブーブーッ、とてもじゃないが寝られたモノではない。

幼児ーズは暇なので、お菓子を食べながら中央広場をぐるぐると回って歩く。

ガンガン、ブーブーッ、ガンガン……。

ブーブーッ、ガンガン……。

村長のお墨付きである。

ネボスケは起こしてやりなさいと……。

(ちくしょー。二日酔いの頭に、ガンガン響く……。うるさくて、寝ていられねぇー。ぶっ殺してやりてェーー！)

怨むなら、ファブリス村長だった。

実際に二日酔いの酔っぱらいオヤジたちは、殺してやりたいほどファブリス村長を憎んだ。

そして、スッキリと目が覚めた後には、怒っていたことさえ忘れてしまうのだ。

まったく酔っぱらいは、どうしようもなかった。


ところで……。

オヤジたちの酒量は、メルのモーニングコールで削られた睡眠時間に影響され、徐々に減少していった。

早朝に叩き起こされるので、夜になると眠たくて酒を飲んでいられないのだ。

こうして更生の道を歩み始めた酔っぱらいのクズたちは、自分の家庭を顧みるようになった。

最近では、己の健康にまで気を遣っている。

近所の主婦たちは感謝の気持ちとして、メルとダヴィ坊やに長靴を贈った。

雪でも大丈夫な防水のきいた、滑り止め付きの長靴デアル。

まあ……。

『容赦なくやってくれ！』との、意思表示であろう。

『酔いどれ亭』のフレッドとアビーは酒場を経営しているけれど、酒類の販売に熱意がなかった。

ご近所の奥さま方から、『うちの亭主に飲ませ過ぎないでください！』と頼まれたなら、『鋭意努力いたします』と答えるしかあるまい。

だからメルとダヴィ坊やの早朝活動に、フレッドとアビーが苦言を呈することはなかった。

むしろ頑丈な厚底鍋とバチを用意してやり、保温性の高い外套を着せて中央広場に送りだす始末だ。

　メジエール村の酒場夫婦は、店で客に酒を控えさせるよりメルに早朝活動をさせた方が、『面倒が少ない！』と計算したのだ。

　狡い大人の知恵である。


　メルとダヴィ坊やは、中央広場を三回ほど回ったところでティータイムにした。

　雪を払い落とした長椅子に座り、カップと魔法瓶を置き、焼き菓子を摘まむ。

　朝のエネルギー補充である。

「メルねぇー。これ、ホットミルク……？　甘くて美味しいな」

「チャイ……」

「ちゃい……？」

「チャイ……」

「ちゃいかぁー」

　言わばインドのミルクティーである。

　甘みとハーブの香りが強い、味わい深い飲み物だ。

　詳しく訊ねても無駄であるが、メルとダヴィ坊やにとっては普通の会話だった。

　無駄とは言っても、メルでなければ作れないというだけで、名前さえ覚えていれば欲しいときに作って貰える。

そう考えるなら、充分に意義のある会話だった。

「さてと……」

「うん！」

お茶で身体が温まったなら、早朝活動の再開である。

大声を出して嗄れた喉も、復活した。

「あさ。あさ、あさぁーっ！」

「朝だぞぉー！」

ブーブーッ、ガンガン……。

「テメェら、うるせぇんだよ～！」

なんと……。

まだ、寝ているやつがいた。


今日のメルは、いつもと同じに見えるけれど、朝から気合いが入っていた。

『森の魔女さまが来るよぉー♪』

昨晩アビーに、森の魔女さまが遊びに来ると、教えてもらったからだ。

魔法鍋の感謝は何度もしていたけれど、まだまだ足りなかった。

あのお鍋は、既にメルの宝物となっていた。

「カレーうどん。つくりゅ……！」

寒い中を恵みの森からやって来る魔女さまに、おもてなしの心。

婆さまでも柔らかくて食べやすい、温かなうどん。

と言うか、メルが自分で食べたかった。

そんな訳で、メルはカレーうどんを作ることに決めていた。

付け合わせはアビーの酸っぱすぎるピクルスに温野菜とツナを混ぜ、マヨネーズで和えたモノだ。

軽くブラックペッパーを振ると、これが案外イケるのだ。

なんにせよ、幼児はカレーが大好きだった。

（雪が積もった道を来るのだから、到着したら先ずは温かなお茶だよね……♪）

『酔いどれ亭』に着いたら、ほうじ茶で一服して貰いたい。

お茶うけは、白玉のお汁粉だ。

ジュルル～。

メルの口からツツーッと、ヨダレが垂れた。

真の王子さまには見せられない、ハシタナイ顔だった。

まったく、だらしのない口である。

バカっぽく見えるので、ヨダレを垂らす癖は治しましょう。

タブレットPCのバッドステータス欄に追加された『オネショ』も、心配だよ。

メルには、心配事が山盛りだった。
だが……。
如何なる悩み事も、幼児パワーを全開にすればスコーンと忘れることができる。
何となれば、オネショで人は死んだりしない……！
ＣＴスキャンやＭＲＩは、必要なかった。
健康バンザーイ。
詰まるところ、そこに行きつく。
美味しい物への執着だって、健康があってこそのものなのだ。
「わらし、ガンバゆ……！」
メルは大鍋に湯を沸かして、鰹節のダシを取り始めた。
先ずはカレーうどんのベースとなる麺ツユを作る。
しっかりとダシが取れたら、三温糖で甘みを調整する。
プロのお蕎麦屋さんではないから、みりんを使ったり寝かせたりしない。
カレーうどんの和風っぽさを演出するのが、麺ツユの役割だ。
メルのカレーうどんには、片栗粉を使わない。
バシバシとツユが撥ねるカレーうどんだ。
食べるときには、前掛け《エプロン》が必須である。
「ショーユ、うすめ……」

カレー・ルーを入れるので塩味が過剰にならないよう、醤油は控えめに……。

料理スキルが仕事をしてくれるので、ここら辺は軽く味見をするだけで問題なかった。

追加すべき調味料の量が、感覚で分かる。

つぎに……。

食事中のトンキーを確認してから、素早く豚バラ肉を鍋に投入する。

トンキーは豚肉を見ると情緒不安定になるので、豚肉好きのメルとしては難しいところだった。

豚肉を食べるたびに罪悪感を覚えるのは、面白くなかった。

トンキーが自分をブタだと思わなければ良いのに……。

(それって、僕の我儘だよなぁー。何て非道なヤツ。自分のことなのに、許せない気持ちになるよ……！)

分かってはいても、ついつい都合の良い事を願ってしまう。

トンキーを自分に置き換えて想像してみれば、滅茶クチャだった。

だが、そんな時には幼児パワー全開だ。

鬱々とした悩み事は、スコーンとキレイに忘れられる。

そのうち大切なコトまで忘れてしまいそうで、少し怖かった。

(取り敢えずは、トンキーを刺激しないように気をつけるしかないね)

豚肉を食べないという選択肢はない。

ブタは可愛いけれど、困ったことに美味しいのだ。

（ごめんよ、トンキー。僕はキミの仲間を食べ続ける。だって、美味しいんだもん！）

豚バラのアクを掬い取ったら、カレー・ルーを丁寧に溶かす。

とろみと味を確認しながら、ツユを調整していく。

美味しそうなカレーの匂いが、周囲に漂いだした。

フレッドとアビーの邪魔をしないように野外での調理だから、完成したら重たい鍋を妖精パワーで運ばないといけない。

野外に放置したら、鍋の中身が凍りついてしまう危険があった。

かと言って加熱し続ければ、ツユが変質してしまう。

（玉ねぎのくし切りは、最後に加えればいい。刻み白ネギは、お好みで……）

メルは鍋を抱えて厨房へと向かった。

フレッドやアビーに鍋を運んでもらうという手段もあったが、できる限り自分でしたかった。

「シラタマは、チューボーでつくゆ……」

白玉粉を水とコネコネする作業は、裏庭でやりたくなかった。

井戸水が冷たいし、屋外は寒すぎるのだ。

「ババさま、よぉーこぶかのぉ？」

メルの顔に笑みが浮かぶ。

こうして『おもてなし』の準備は、着々と進められていった。

甘いお汁粉

アーロンがメジエール村を訪れるのは、実に数十年ぶりのことだった。

村長は代替わりしていたし、村の様子も変わった。

メジエール村は以前よりも活気に満ち、楽しげに遊ぶ妖精たちの姿も増えていた。

喜ばしい限りである。

そして何より、村の中央広場に生えた精霊樹である。

「大きい。一晩でこれが……？」

アーロンは、精霊樹を見上げて驚いた。

「あたしも、ぶったまげたよ！」

森の魔女は、しみじみとした口調になった。

「村人のだれもが驚いたさ。そのうえ精霊樹の枝には、小さな子供がぶらさがっておった。『助けにゃならん！』って話で、朝から大騒ぎだったらしい」

「魔女さまは、その場に居なかったのですか……？」

「いやぁー。残念ながら、見逃しちまったよ。だから、あたしも精霊の子が云々という噂にゃ眉唾で……。しっかりと出遅れたわ！」

森の魔女が精霊の子を信じるに至ったのは、使い魔のロルフが穢れを祓われて戻ったときだ。それまでにも幾つかの奇跡を耳にしていながら、まだ半信半疑の状態にあった。あまりにもことが重大すぎて、迂闊には受け入れられなかったのだ。

だから様子見に徹した。

「調停者さまでも、出遅れることがあるんですね」

アーロンがホッとした表情で笑った。

「ふんっ……。あたしゃ、予言者じゃないからね。どこぞの神さまみたいに全知全能だと思うのは、よしてくれないかい……。あたしの人生は、それこそ取りこぼしだらけさ」

「申し訳ございません」

森の魔女に怒りをぶつけられたアーロンは、耳をシュンとさせた。

「はぁー。とにもかくにも……。今回は運に恵まれて、精霊の子と繋がりを持てたのさ。あの子とは、良い関係を育まなければイカン。許しはチャンスと言う形で、もたらされた。あとは、あたしらの努力次第だ」

「そこの貧乏くさい酒場に、精霊の子がおわすのですね。何とも、おいたわしいことです」

アーロンは帝都ウルリッヒでも高名な美食家なので、辺境の酒場と聞いて露骨に見下すような素振りを見せた。

自分が出資している高級料理店に精霊の子を招待すれば、きっと喜んでもらえるに違いない。

舌が肥えた貴族の子でさえ絶賛せざるを得ない、沢山のスイーツも用意できる。

精霊の子と言えども、甘いものは好きだろう。

このように辺鄙な土地で暮らしているのだから、帝都で流行りのデザートを口にすれば一発で虜になるに決まっている。

そのような身勝手かつ見当外れな妄想が、一瞬にしてアーロンの思考を埋め尽くした。

「グヌヌヌッ……。だらしのない顔をしよって、いったい何を考えておる？」

「精霊の子に、美味しいものを召し上がって頂こうかと……。早速わたしが帝都に立派な精霊宮を拵えて、精霊の子をお招きし……」

「おまえは、馬鹿かぁー！」

アーロンに最後まで言わさず、森の魔女は頑丈そうな杖を振るった。

「イタイ……！」

「その上から目線な態度を今すぐに直せ！　メルに意見をしても良いのは、精霊さまと妖精たち、それにメルが心を許した人々に限られる。おまえは余計なことを考えるな。帝都で身に沁みついた価値観は、精霊の子に相応しくないわ。つぎに同じ真似をしたら、その口に馬糞を捻じ込むぞい」

森の魔女は清楚な老婦人の装いを崩さぬまま、再度アーロンの脳天に杖を打ちおろした。

大きな野獣を躾けるような、力任せの打擲《ちょうちゃく》である。

アーロンは悶絶した。

「おおっ……。ババさま！」

　ずっと朝から森の魔女を待っていたメルが、『酔いどれ亭』から顔を覗かせて叫んだ。

「こんにちは……。遊びに来たよ、メル。久しぶりだねぇー」

「いらたいませ」

「元気にしてたかい？　毎日、なにをして遊んでいたのかね？」

「まいんち、ユキばっかし……。ユキユキ、ユキユキ、ユキじゃまヨ……。わらし、ユキがつもゆ場所は、頭まで埋まりマス。あぶのぉーて、鼻がタレゆわ！」

　メルは精霊樹を眺めていた森の魔女に駆け寄り、外套の裾をつかんでグイグイと引っ張った。

「わらし、ババさまんとこへ会いに行かれへんヨ。ババさまが会いに来てくれんと、さみしいわぁー」

　メルは唇を尖らしながら不平を漏らし、くりくりとした琥珀色《トパーズ》の瞳で、じっと森の魔女を見上げた。

　媚びや打算が一切ない、天然自然のオネダリ幼女だった。

「やれやれ、あたしも雪は苦手なんじゃよ」

「うそぉー！　セケンイッパンのトシヨリぶっても、ダメじゃ。わらし、知ってます。ババさまなら、ユキん中をウマより上手に走ろうモン」

「…………っ」

　言っていることはアレだが、上目遣いの幼女は何とも可愛らしい。

「はよう、きんしゃい。わらしに、オモテナシさせてんか」

「これこれ……。急かすんじゃないよ。あたしゃ婆だからね。オマエさまみたいに、ヒョイヒョイとは動けんのじゃ」

「はぁーっ。まだ、その話をするのですかぁー？　ババさま、早いわ……。かくさんでエエよ。わらし、知っとぉーモン」

「なぁー、メル。皺くちゃの婆が素早く動いたら、気持ち悪かろう。村の皆が驚いて、腰を抜かしてしまうだろ。あたしが素早く動けるのは、秘密にしておかねばならぬ。婆は婆らしく、ゆっくりと動くのがええんじゃ」

森の魔女が、小声でメルの耳に囁いた。

「はっ……!?」

メルが天啓を得たような表情になった。

四苦八苦の末に電気回路が繋がり、突然ランプが燈ったような閃き（エウレカ）だ。

古代ギリシャの学者アルキメデスが、物体の体積を量る方法に気づいたとき叫んだ言葉が『見つけた《エウレカ》！』である。

「うーむ。それなぁー。わらし、分かるわ。ちびは、ちびらしゅうせんとなぁー。おとぉーとおかぁーがイヤがるわ！」

メルは生意気そうなワケ知り顔で、ウンウンと頷いた。

パパとママが、おとぉーとおかぁーに置き換えられていた。

フレッドとアビーは止めさせたがったけれど、余計な言葉を教えた犯人に鉄拳制裁を加えることしかできなかった。

「んーっ。こえはナニモンぞっ!?」

メルは森の魔女に訊ねた。

先程から、雪の降り積もった地面に跪いて、深々と頭を下げている男がいた。

靴ひもを直しているようには見えない。

「あんたさん、何しとぉーよ？　ユキ、ひゃっこいで……」

「なぁーに……。この男はオマエさまに、恭順の意を表しとるのさ」

「キョージュン……？」

難しい言葉は分からない。

分からないことは、悩んだり考えたりしない。

そこでメルは、男の頭からフードを摘まんで脱がせた。

男を観察するのに邪魔だと思ったからだ。

実に論理的な行動である。

無駄がない。

そして失礼だった。

「これは申し訳ございません。御前《ごぜん》でフードを外し忘れるとは……。狼狽えていたとは言えども、何たる不覚……！」

「んっ？　おまぁー。ヘンなミミ……。わらしと、おなぁーし」

「精霊の子よ……？　お会いできましたこと、光栄の至りであります。わたくし、アーロンと申します。どうか、お見知りおき下さいませ」

深く首《こうべ》を垂れたまま、アーロンが拝顔の栄に浴した喜びを述べた。

二人の会話は、まったく嚙み合っていなかった。

それなのにメルが偉そうなので、なんとなく帳尻があっているように見えた。

「おまぁー、カオ……。カクしとぉ……？　カオ、見えんヨォー」

「はぁ？」

メルは地面にしゃがんで、アーロンの顔を覗き込んだ。

「なんで、泣いとぉー？」

「ははぁー。わたくし、喜びの余り……。つい堪えきれず」

「ぷぷっ……！」

森の魔女は、腹を抱えて笑いだした。

メルに畏まるアーロンが、どうにも滑稽でならなかった。

しかも、感動で涙を浮かべている。

（あの傲岸不遜なアーロンがのぉ……。今日は、面白いものを見させてもらった。長生きはするもんじゃ）

良い景色であった。

森の魔女とアーロンは、『酔いどれ亭』の食堂に招き入れられた。

待っていましたとばかりに、メルがほうじ茶とお汁粉の入ったお椀を木の盆に載せて運ぶ。

漆塗りの黒い盆は、甘味屋を気取って花丸ポイントで買い揃えた品だ。

ハッキリ言って無駄遣いである。

『酔いどれ亭』に、オシャレな盆は似つかわしくなかった。

「どーゾォ。召し上がれ……」

メルは得意そうにメシ屋の口上を述べた。

やっと覚えたので、使いたくて仕方がないのだ。

「これは……」

「禍々しいほど黒い……！」

「色は気にすぅーな。あまい。白いのも、はいっとぉーぞ！」

メルはお汁粉の黒さに怖気づく二人を見ながら、マイスプーンで先に食べて見せる。

毒味ではない。

単に、もう待っていられなかっただけである。

「アマぁー。うまぁー♪」

満面の笑みだ。

「ふむふむ。甘いのかい。それじゃ、あたしも頂くとしようか……」

森の魔女が、お汁粉に口をつけた。

「ほぉー、これは何とも優しい甘さじゃないかい。美味しいよ……」

「白いマルいのも、たべれ……」

「これかい……？　これまた、とんでもなく白いじゃないか。上質なパンより白いよ」

「色が……。食べ物に見えないんですけど……」

辺境の酒場で饗された、怪しげな料理。

しかも調理したのは、年端も行かぬ女児だと言う。

美食倶楽部の上級会員であるからには、嘘偽りのない意見を述べなければならない。

不味ければ、不味いと……。

しかし相手は、尊い精霊の子である。

きっと不味いに決まっていたが、不味いと言いづらい相手だった。

「おまえは……。精霊の子が用意してくださった料理に、口をつけないつもりかい？」

「うへぇーっ。だって、真っ黒ですよ。子どもの飯事では、よく泥を捏ねて使うじゃないですか」

「黙りな。いいから、黙って食べなさい」

「ううっ……。それでは、ご相伴にあずかります」

アーロンは泣きそうな顔で、お汁粉を口にした。

そして驚きに目を丸くする。

「えっ？　なにコレ……」

お決まりの反応だった。

そのリアクションは舌が肥えた美食家のエルフであっても、幼児ーズの面々と大差なかった。

「これは大地の香りか……？　甘さに透明感があって、清々しい。この白いの、何とも言えない食感だ。何とも、上品な味わい」

「はん。それ見たことか……。食べてみなけりゃ、分からんものがあるんだよ」

森の魔女はアーロンを見下すように、鼻を鳴らした。

どことなく、メルの料理を誇っているようにも見えた。

「寒い中、遠くからいらしたのだから、温かいものが嬉しいでしょ？」

アビーは自分もお汁粉を食べながら、アーロンに話しかけた。

落ち込んでしまったアーロンを気遣っての行為だった。

「これは、メジエール村の名物なんですか？」

アーロンがお椀から顔を上げて、おずおずと訊ねる。

「そんな訳ねぇだろ！　こんなドス黒いもん。ここらじゃ、だぁーれも食わねぇーよ！」

こちらも……。

ちゃっかりお汁粉を食べながら、フレッドがアーロンの台詞を笑い飛ばした。

「それじゃ……？」

「精霊の子が拵えた、魔法料理じゃよ。他所では食えぬから、しっかりと味わいな……。頼んだとて、作って貰えるとは限らんからのォー」

「…………くっ！」

アーロンの口から苦悶の声が漏れた。

古くから美食倶楽部に所属するアーロンは、自他ともに認める食道楽だった。

窮屈な帝都に居座っているのも、お役目だけではなく豪華な料理にありつけるからだ。

「この茶が、また良いのォー。芳ばしい香りじゃが、口の甘みをサッパリとさせてくれよる」

「文句なしに美味い……。帝都の一流料理店でも、こんな美味い菓子を食べたことはない」

「俺はアンタらが羨ましいぜ……。てめぇの立場を気にせずに、メルを褒めちぎれるからな。こちとら曲がりなりにも料理人だ。小さな娘に料理で負けたとあっちゃ、沽券に関わるのさ。我ながら了見が狭いとは思うんだけど、どうしても捻くれちまう。なにか食わしてもらうたびに、プライドをズタズタにされて涙が出るぜ！」

ボリボリと黄色い沢庵漬けを齧りながら、フレッドが嘆いた。

「それそれ……。材料からして魔法だもんね。メルちゃんはズルいよ！」

フレッドとアビーの表情は、複雑だった。

美味しいものが好きで料理を始めたのに、もう美味しいものを食べても素直に喜べなくなってしまった。

皮肉な話である。

「俺は店を閉めてぇー！」

「それはダメだよ。メルの教育に良くないよ」

「わらし、店もらう……。おとぉーとおかぁーは、わらし手伝いなさい」

メルが安心して任せろとばかりに、自分の胸をポンと叩いた。

どうやら『酔いどれ亭』を乗っ取るつもりでいるようだ。

「ちょっと黙ろうか……。メルちゃん」

酒場夫婦の悩みは深い。

帝都の窮状

昼下がりの『酔いどれ亭』で、アーロンは森の魔女と酒場夫婦の会話に耳を傾けていた。

おとなしく聞き役に徹して、自分から会話に参加する意思は見せなかった。

それと言うのも、この場に相応しい作法が分からなかったからだ。

（これは、何としたことか……。尊き精霊の子に、敬語さえ使おうとしないとは……。お師匠さまにまで、近所に住む年寄りのような扱い。お師匠さまは、暗黒時代を戦い抜いた調停者さまなんだぞ）

酒場夫婦は精霊の子であるメルに畏まるところなく、まるで我が子をあしらうように話しかけた。

調停者である森の魔女に対しても、ほぼ同様の態度であった。

親しみの度合いが強く、馴れ馴れしい。

アーロンにすれば、それは酷く不遜に感じられた。

（この方たちは、どのような立場にあるのだ？　わたしは、どう接すればいいのだろうか……？）

アーロンは己の価値観が通用しない空間で、受け身に回るしかなかった。

だから可能な限り黙っていた。

互いに近況を語り終えると、森の魔女は熱いほうじ茶を啜りながらメルの今後について切りだした。

「ところで……。あたしゃメルを帝都に連れて行きたい、と思っておる」

「……………理由は？」

「屍呪之王《しじゅのおう》じゃ。封印の巫女姫が、今まさに力尽きようとしている。封印が解かれたなら、その被害は帝都だけに留まらぬ。この世が狂屍鬼《きょうしき》で溢れかえるじゃろう」

「その話とメルは関係なかろう……。俺は反対だ！」

フレッドが首を横に振った。

「まあ、あたしの話を聞きなさい。何にしたところで、屍呪之王《しじゅのおう》が封印から解かれるのを黙って見ているコトはできん。そのような事態になれば、メジエール村だって無事では済まぬのだぞ……。安全な場所など、どこにも在りはしない！」

「そうかね……。だが封印の件は、ウスベルク帝国のお偉方が対処すべき問題じゃないか……。それをうちのメルに、どうしろって言うんだ？　メルは四歳の、女児なんだぞ！」

「あたしが只の女児に、こんな役目を押し付ける訳が無かろう。そうやって頭ごなしに否定ばかりせんで、『どうすべきか？』を考えとくれ」

「フーッ。とんでもない話を持ち込んで来やがって……。全くもって、気に喰わねぇ！」

フレッドは帝国貴族を嫌っていたし、メルを危険な目に遭わせるのも気が進まない。

しかし、屍呪之王《しじゅのおう》が封印から解かれるとなれば、あらゆる手段を講じて何とかすべきである。

「そもそも、何とかしようがあるのかよ?」

「封印の巫女姫を代替わりさせるとなれば、新しい贄が必要になります。千人単位……。いや、状況によっては、一万の民を地下に埋けるコトとなりましょう……」

話題が封印の巫女姫に触れたので、黙っていられなくなったアーロンが口を挟んだ。

その口調は苦々しげで、表情も暗かった。

『酔いどれ亭』の店内から穏やかな雰囲気は消え去り、一気に緊張感が増した。

「それで良いじゃねぇか……。そう蹴とばしたい処なんだがヨォー!」

フレッドが言い淀む。

そして、チラリとメルに視線を向けた。

メルは帝都ウルリッヒを観光できると思ったのか、金色の目をキラキラさせていた。

話の肝心な部分は、欠片も理解していないようだった。

不安である。

否、不安しかしかない。

可愛い子に旅をさせても良いのは、安全が約束された社会だけである。

「メルは幼い。時期尚早であることは、あたしも重々承知しているさ。だけどねぇー。メルが成長すれば、嫌でも贄の儀式について学ぶことになろう。そして何もしなかった自分に、負い目を感じることになる。妖精女王陛下として立てば、メルを詰《なじ》る不届きな連中も現れよう」

妖精女王陛下の名誉に関わる問題だ。

森の魔女も、苦虫を噛み潰したような顔になった。

「ハッ！　けったくそ悪い。逃げようのない罠じゃねぇか。ひとりぼっちで、木の枝からぶら下がっていた子供だぞ。ウチに来て、まだ一年も経ってねぇんだ。精霊の子だからって、平和で安全に暮らしちゃいけないのかよ？」

フレッドは怒りを露わにした。

「精霊の子は極めて高い霊格を持ち、荒ぶる邪霊を鎮めると信じられています。もし一万の民が贄に捧げられたなら、何もせずにいたメルさまは非難の的にされかねません。飽くまでも、そのような心配があると言う話です」

アーロンは自分の台詞に恥じた。

だが、それは紛れもない事実であり、隠したところで意味など無かった。

「で……。婆さんには、勝算があるんか……？」

「メルの助力が得られるなら、悩むことなど何ひとつない。メルはアンタが考えているより、遥かに強い」

「はぁー？　メルは怖い夢を見て、寝小便を垂れる女児だぞォー。ガジガジ虫が怖くて逃げ回る、臆病なチビッ子だ」

フレッドとしては、メルが強いと言われても頷くコトなどできない。

「言い方が悪かったか……。メルが強いのではない。メルに付き従う妖精の数が、尋常じゃない。

さらに付け加えるなら、精霊の子に備わった浄化能力じゃ」

「浄化……？」

「フレッドよ。メルを引き取ってから、この店で食材が腐らなくなったじゃろ……？　アビー。畑の作物が、良く育つと言っておったな……？」

森の魔女が訊ねた。

「たしかに……。保存庫の肉が、まったく腐らなくなった」

「ええっ。病害虫による畑の被害も、グンと減ったわ」

「精霊祭が終わってから、メジエール村の老人たちもバカほど元気になりおった。それはメルに授けられた能力じゃ。精霊樹さまからのギフトであろう！」

フレッドとアビーは、妖精の姿をハッキリとみることができない。

そうなると説明するのに、具体的な現象を挙げるなどの工夫が必要だった。

「わらし、おとぉーとおかぁーに、セツメーしたわ。せやけど、二人とも分からんちんデス」

メルが我が意を得たりと頷いた。

「いや、聞いた覚えがねぇな」

「何か話してたけど、ちっとも分からなかったよ。メルちゃんは、メル語でキャンキャンと話すから……。耳が痛いので、途中から聞き流しました。ごめんね」

「何ですとぉー!?」

折に触れてメルも説明を試みてはいたのだが、会話が残念なレベルなのでフレッドとアビーに聞いてもらえなかった。

拙い会話力で不思議な現象を説明するのは、もとより無謀な試みであった。

「なるほどなぁー。その能力で、封印の巫女姫を永らえさせようって話か……？」

フレッドは憤慨するメルを無視して、森の魔女と向き合った。

森の魔女がニンマリと笑った。

「そんな、しみったれた力だと思うのかい？　そいつは精霊の子を安く見積もり過ぎってもんだね」

「どういう意味だ？」

「あたしゃ、ケリをつけに行くんだよ。屍呪之王《しじゅのおう》で頭を悩ますのは、これっきりでお終いにするのさ！」

「おいおい、婆さん……。ホンキかよ？」

フレッドは呆れかえり、右手で顔を覆った。

「はぁーっ！」

その口から、ため息が漏れる。

森の魔女は小さなメルを連れて、帝都の地下に封印された邪精霊を討ち滅ぼしに行くと言う。

勇敢なる老婆と四歳児の、特殊部隊《スペシャル・フォース》である。

確かに特殊だった。

「一応ですね。ウィルヘルム皇帝陛下の勅命でもありまして……。こちらに親書が……」

「アーロンさんよ。メジエール村は、ウスベルク帝国に属していない。俺たちは、皇帝陛下の臣下じゃないんだ。勅命なんざ、知ったことかよ！」

「アーロン、余計な話をするんじゃない。フレッドも詰まらないことで癇癪を起こしなさんな」

「けっ！」

「さてと、それじゃ実際のスケジュールを決めてしまおう。いいね、フレッド？」

「どうせ俺には、拒否権なんてないんだろ？」

「分かってるじゃないか」

拗ねたようなフレッドの態度を目にして、森の魔女がクックッと笑った。

会話に参加できずに退屈したメルは、厨房に入ってカレーうどんの仕上げに取り掛かった。

メルがうどんを茹でている間に、森の魔女は予め用意してあった予定表をテーブルに広げ、フレッドとアビーに提示した。

既に不満を吐き出したフレッドは、この期に及んでブツブツと文句を垂れたりしない。

なので打ち合わせは単なる確認作業となり、驚くほど短時間で終了した。

「おまぁーら、そこまでじゃ。ハナシー、おわりにしませ。カレーうろん、でけたどっ！」

厨房で大人たちの会話に耳を傾けていたメルは、まったく内容を理解できなかったので機嫌が悪かった。

聞き取れた部分だけを強引に繋げると、自分が帝都を旅行できるような雰囲気だった。

それに渋っているのが、心配性のフレッドである。

「おとぉー。わらし、イクで。ババさまと、てーと行く！」

「……おまえ。話の内容を理解できてるの？」

「ミヤコで、うまいもの食う！」

「………うん。ちっとも、分かってないと思うよ」

フレッドの疑問にアビーが答えた。


「お待たせいたしました」

メルは得意そうにメシ屋の口上を述べた。

やっと覚えたので、使いたくて仕方がないのだ。

ほったらかして使わないでいると、直ぐに忘れてしまいそうだし。

苦労して覚えたのだから、使わずに忘れてしまったら損をした気分になる。

メルはカレーうどんの入ったドンブリと、付け合わせのサラダっぽいものをお盆に載せて、厨房と食堂を行ったり来たりした。

人数分を運ぶので何回も往復しなければいけない。

アビーは手伝いたがったけれど、ここは頑として拒否だ。

四回運べば、『お待たせいたしました……』が、四回も使えるじゃないか。

アビーに給仕してもらったら、チャンスが減ってしまう。

お盆にはフォークと箸が添えてある。

カレーうどんは、麺類の中でもトップクラスに食べづらい。

うどんが絡まって滑るし、力任せに引っ張ればツユが跳ね散る。

アビーと森の魔女はメルから箸の使い方を学んでいたが、フレッドは面倒くさがって無視したし、アーロンに至っては初めて見る道具のはずだ。

普段、食べ方が汚いと叱られているメルなので、とてもワクワクしながら席に着いた。

この世界はメルの前世記憶にある西欧と文化が酷似しているので、カトラリーに箸が含まれていない。

食べるときにも音を立てないのがマナーなので、かけ蕎麦などの啜る食べ物は存在しない。

メルがズルズル音を立てると、お行儀が悪いと叱られる。

そんな小言は、ガン無視するけれど。

（西欧人どもめ……。フォークではムリよ。うどんは、短くカットしなかったからね。ズルズルと啜りたまへ。ウケケケッ……）

もちろん、自分だけは幼児用エプロンを着用だ。

「なに、その前掛《エプロン》けは……？」

「カレーのツユ、はねゆ。わらし、カシコイ。カシコイ子ぉーは、ユゥージ（有事）に備えマス」

「なるほどぉー！」

頷いたアビーは、テーブルナプキンを持ってきて皆に手渡した。

「ちっ！」

「チッじゃないでしょ。全くぅー。意地悪なコトしたら、お料理が美味しくても台無しだよ」

「わらしばっか、シカるなぁー！　もぉー。ウンザリよ」

メルは口を尖らせた。

何処からどう見てもお子さまだった。


「アハハ……！　メルさんは、いたずらっ子なんですね。アビーさん。小さな子は、イタズラなくらいが丁度良いです。叱らないであげてください。さあ……。せっかくの温かなお料理です。美味しいうちに、頂かせてもらいましょう」

アーロンは匂いを嗅ぎつけてから、カレーうどんが気になっていた。

各種スパイスの入り混じった、激しく食欲を誘う香り。

食通としては、好奇心を抑えられない。

しかも……。

此処でしか食べられないと言うのだ。

絶対に、この機会を逃す訳にはいかなかった。

「おいっ、エウフ。ネギ、かけよ！」

「ねぎ……？」

「ワンにいれた、しろいの」

「アーロン、薬味じゃ。トングと一緒に置いてあろう」

「あーっ。これですか」

細かく刻んだ長ネギを盛った木の椀が、トングを添えてテーブルに用意してあった。

アーロンはメルの指示通り、刻みネギをとって自分のドンブリに載せた。

メルはイタダキマスも言わずに、さっそく自分のうどんをズルズルと啜っていた。

「うまぁ～。カレーうろん。サイコォー！」

至福の表情である。

甘さと辛さ、しょっぱさが、トロリとした汁に溶けた旨味と混ざり合い、絶妙な味に仕上がっていた。

鰹ダシと熟成された豚バラ肉が、旨味の根幹《ベース》である。

濃い目のカレースープは、うどんと合わさるコトで程よい味わいとなる。

我ながら、良い出来ばえであった。

（とろける直前の玉ねぎと、豚バラのプリッとした歯ごたえが、堪りません！）

メルは満足しながら、口をモギュモギュさせた。

「おい、メル。ズルズルと、汚らしい音を立てるなよ」

「おとぉー。うっさいわぁー。うろんは、ズーズーさせゆの……！　わらし、イニシエよりタダし！　サホォー、ばっちりヨ」

「そんなことじゃ、お姫さまになれねぇぞ」

「ヒメなんぞ、いらんわ！　わらし……。セーレイサイで、コリゴリぞ。あんな、重たぁーフク。

クルしゅーて、やれんわぁー！」

メルとフレッドの罵り合いを他所に、残る三人は黙々とカレーうどんを食べていた。

カレーうどんが美味しくて、しょうもない親子ゲンカを仲裁する気にはなれなかったのだ。

（ウマイ……!!　だが、なんと食べづらい料理だ。これは精霊の子が説明していたように、口で吸うのが正しいんだな……。クッソォー。滅茶クチャ美味い。どうしてこんなに、味わい深いんだろう？　スープの味が絶品だ。何とかして再現できないモノなのか……？　コイツはブタの肉か……。食感がプリプリだよ。あーっ、悔しいじゃないか……。ズルズルと音を立てれば、もっと美味いに違いない。きっと、絶対に、もっともっと美味いはずなんだ！）

吸い込むことで、麺と汁が一緒に食べられる。

そう気づいたアーロンは、身に沁みついたテーブルマナーを放棄した。

フォークを片手に握り、持ち上げたドンブリのフチに口をつける。

要するに、オッサンたちが牛丼を掻き込むような姿勢である。

『美味しさを損なうマナーなんぞ、ドブに捨ててやる！』

ウスベルク帝国でも五本の指に入る洒落男が、メルの料理に敗北を喫した。

この瞬間《とき》……。

アーロンの高貴な魂は、ちびっこシェフに売り渡された。

その価格は、カレーうどん一杯だった。

銅貨五枚、五十ペグである。

強制イベント

森の魔女が『酔いどれ亭』を訪れた日、メルの帝都行きは決定した。

フレッドは嫌々だけれど、メルがメジエール村の外へ出ることを承諾した。

いざとなれば幾らでも辛抱強く粘れる森の魔女は、外堀を埋めるようにしてフレッドを説得し、ついには承諾せざるを得ない状況にまで追い詰めたのだ。

フレッドは傭兵隊の一部同行を条件として、メルを帝都ウルリッヒに連れて行っても良いと森の魔女に約束した。

「屍呪之王《しじゅのおう》については分からんが、王侯貴族の汚さなら充分に知っている。女子供を攫って売り買いする奴らには、さっさと消えて貰いたい」

「いいねぇー。あたしも、そろそろ掃除が必要だと思っていたところさ」

「非合法の奴隷契約魔法を使うクズどもでしたら、わたしの方でリストを作成しておきます。ご要望があれば、連中を処理するための舞台も整えましょう。もちろん行動制限を外す公式な許可書も、こちらで用意させて頂きます」

アーロンが公的な援助を申し出た。

「おう。よろしく頼む」

「いいえ。わたしどもの力が及ばず、この美しい妖精郷を訪れてからは恥じ入るばかりです」

「妖精郷ねぇー。褒めすぎと違うか?」

「いいえ、いいえ……。世代を重ねるごとに皇帝陛下の聖性は損なわれ、そのお膝元である帝都ウルリッヒも犯罪者どもの巣窟となり、清らかであるべき精霊宮までが妖精たちの加護を失う始末。あれほど荘厳だった都が今では穢れに満ちて、建国時の面影もございません。わたしも現状のウスベルク帝国が、精霊の子をお迎えするに相応しい場所とは考えておりません……。フレッドさんたちにお力添えを頂けるのであれば、願ったり叶ったりです」

「おいおい、随分とぶっちゃけたなぁー。あんたには、ウィルヘルム皇帝陛下の臣下という立場もあろうに……。だが、まあ……。そういう話であれば、俺たちは協力し合える。帝都ウルリッヒでは、別行動で事に当たるとしよう」

フレッドがアーロンの姿勢を評価した。

「ああ。それがよかろう」

森の魔女はフレッドから手渡された傭兵隊員のリストを眺め、満足そうな笑みを浮かべた。

「やる気に満ち溢れたメンバーじゃないか」

「死にたがりの集まりだ」

「なぁーに……。過去をキレイに清算できれば、連中も納得して生き返るさ」

「俺も、そうなることを願っている」

フレッド、森の魔女、アーロンの三人は、互いの協力を誓い合った。

「あたしらは、春になったら帝都ウルリッヒを目指す。それまでを準備期間に当てるとしよう」

「長いようで短いな。取り敢えずは、鈍った身体を鍛え直すか」

「わたしは、必要な証明書を用意しましょう。魔導帆船の船長にも、しっかりと話を通しておきます。おそらく、微風《そよかぜ》の乙女号を使ってもらうことになるでしょう。最新型の良い船ですよ。入国手続きは、心配しないでください」

「タルブ川か……。またメルが、ゲロを吐いて喜びそうだ」

「そればかりは、慣れてもらうしかないのぉー」

森の魔女が、困ったような顔になった。


その日、メジエール村は吹雪だった。

『酔いどれ亭』はガッチリと戸板で囲われ、お休みである。

だったらフレッドやアビーが遊んでくれるかもと、メルは思ったのだけれど……。

二人はずっと言い争っていて、メルの相手をしてくれない。

「わらし、おじゃま虫ヨ」

メルは悲しくなって、子供部屋に引きこもった。

実を言えば、フレッドとアビーはメルの帝都行きについて意見を戦わせていた。

フレッドはメジエール村の守備に、アビーが居残るべきだと言い張って一歩も譲らず。

これに納得できないアビーが、激しくフレッドに喰いついたのだ。

でも、メルに難しいことは分からない。

幼兵は去り行くのみ……。

ただし、以前とは違ってひとりじゃない。

幼兵部隊になっていた。

メルはお供のミケとトンキーを横に侍らせて、ベッドの上でタブレットPCを起動させた。

食いに、必須なアイテム！）
防具：幼児用の暖かいワンピース。特色オレンジ。（雪の中でも大丈夫。防水性、保温性に優れています。雪に埋まっても簡単に見つけられる、発色の良いオレンジ！）
足：幼児用のモコモコ室内履き。（防水性、保温性に優れています。滑り止め付き！）
武器：ミスリルのスプーン。（絶対に、こぼれません。こぼしません！）
ミスリルのフォーク。（よく刺さり、獲物が抜け落ちる心配はありません！）
アクセサリー：妖精の角笛。（吹くだけで、小さな妖精さんたちが集合します）
花丸ポイント：3200pt
【友だち】
クロ：バーゲスト。犬の妖精。魔女の使い魔。
ミケ：ケット・シー。猫の妖精。猫の王族。ご意見番……？
タリサ：人間の女児。雑貨屋の末娘。リーダー気質の持ち主。
ティナ：人間の女児。仕立屋の娘。参謀気質の持ち主。
ダヴィ坊や：人間の男児。宿屋の息子。おとうと……？
トンキー：仔ブタ。精霊祭でもらった賞品。おとうと……？
（友だちはナビゲーション画面から、パーティーメンバーに組み込むことが可能です）
【重要：メルの王子さま候補】
ティッキー：豚飼いの少年。幼馴染的なポジションから、メルを狙う。生真面目で堅実な、庶民派の王子さま。
クルト：ワイルド系、王子さま。メルにひとめ惚れ。
ミケ：愁いを帯びた、妖精猫族の王子さま。メルのペット的な存在。ペットの地位から一発逆転を狙うのか？
【イベント】
ミッション：厨房を穢れから守る、食料保存庫を穢れから守る、畑を穢れから守る、

【ステータス】
名前：メル
種族：ハイエルフ
年齢：四歳
職業：掃除屋さん、料理人見習い、ちびっこダンサー、あにまるドクター、妖精隊長。
レベル：10
体力：48
魔力：150
知力：70
素早さ：5
攻撃力：3
防御力：3
スキル：無病息災∞、女児力レベル∞、料理レベル9、精霊魔法レベル∞。
特殊スキル：ヨゴレ探し、ヨゴレ剥がし、ヨゴレ落とし、ヨゴレの浄化、領域浄化（中）、妖精との意思疎通（念話）、瀉血《しゃけつ》、急速造血。
加護：精霊樹の守り。
称号：かぼちゃ姫、妖精女王。
バッドステータス：幼児退行、すろー、甘ったれ、泣き虫、指しゃぶり、乗り物酔い、オネショ。
【妖精パワー】
身体に取り込んだ妖精さんたちが、能力数値を上方修正してくれます。
地の妖精さん：防御力、頑強さを上昇させます。
水の妖精さん：回復力、治癒力を上昇させます。
火の妖精さん：運動能力、攻撃力を上昇させます。
風の妖精さん：判断力、敏捷性を上昇させます。
（注意事項）
能力の上昇に伴い、霊力《オド》の消費が激しくなります。
精霊樹の実を摂取して、霊力《オド》の補給に努めましょう。
瀉血による失血は、急速造血によって補うことができます。
この際にも霊力《オド》の消費が激しくなるので、精霊樹の実を摂取しましょう。
【装備品】
頭：防寒ニットキャップ。（アゴまで引き下ろすと、顔が隠れます。イタズラや盗み村人の健康を守る、村の畑を病害虫から守る。

　スペシャルミッション：囚われの妖精さんを探しだし、封印を解除しよう。

【強制イベント】

　レベルが10になったので、強制イベントが開示されました。

『帝都ウルリッヒにて、囚われの疑似精霊を救いだそう……！』

　注意：タイムイベントなので、期限が過ぎるとペナルティーが発生します。

　難易度は低めですが、万全の態勢で挑みましょう。

　一年以内のクリアが条件です。

　特典：高得点で疑似精霊の救出イベントを完了すると、ボーナスとして十日に一度の異世界通信が可能になります。

じっとモニターを眺めているメルに、ミケ王子が話しかけてきた。

〈メルさん、メルさん……。面白い魔導具ですね！〉

〈んっ。ミケ王子も読めるの……？〉

〈勿論ですとも……。ボクだって文字は読めますよ。猫だからって、あんまり侮らないで下さい！〉

〈そういう意味じゃ、無いんだけどなぁー〉

妖精猫《ミケ》王子は人と常識が違うので、しばしば会話もスレ違う。

念話でさえこうなのだから、文化の違う異国人同士とか本当に大変なんだろうな、とメルは思う。

〈ぶぶっ、ぶっ、ぶーっ！〉

〈トンキーは、念話でもブーですか？〉

〈ぷぎぃー？〉

〈分かんない。ぜんぜん意味が分かんないよ！〉

〈ねぇ、メルさん。何でしたら、このミケ王子がトンキーに言葉を教えますよ〉

〈フーン。よろしこ……！〉

突拍子もないミケ王子の提案に、メルは気のない返事をした。

トンキーが、人の言葉を喋るとか……。

普通に考えてあり得ないし。

だって、トンキーは豚じゃん。

メルは意識をモニター画面に戻した。

（帝都に行くのは、観光だと思ってたのになぁー）

ステータス画面を見れば、強制イベントの文字。

これ見よがしに赤い文字で点滅している。

（趣味が悪いよ。これじゃ、ネットの詐欺サイトみたいだ。でもなぁー。ペナルティーとか言われちゃったら、マジで怖いし……）

異世界での謎イベントなのだ。

ミッション失敗で発生するペナルティーを無視できるはずもない。

詐欺っぽいけれど、詐欺で片づける訳にはいかなかった。

（それにさぁー。このボーナス。絶対に欲しいよ！）

メルが兄の和樹に変顔ファイルを送信して以来、メールのタブは死んでいた。

いくらタップしても反応がない。

最後の送信が変顔では、余りに悲しすぎる。

この世界で生きる覚悟はできたけれど、やはり前世の家族と通信がしたかった。

話す内容など、たわいのないコトで良いのだ。

気持ちのやり取りさえできれば……。

「フゥーッ。わらし、ガンバゆ！」

歪められて封印された精霊の救出ミッションである。

森の魔女に頼まれて呪われた武具から妖精たちを解放したときに、自分の血を使ったことが思いだされた。

おそらく、あの時以上の血が解呪に必要となるのだろう。

新しくスキルに加わった瀉血、急速造血の文字はイヤでも目に入る。

(多量失血による意識不明とか、要注意事項だね！)

精霊樹の果実をシロップ漬けにして、たくさんビン詰めを作ろう。

乾燥させて砂糖漬けにしたモノも、山ほど用意しよう。

『万全の態勢で挑め！』という指示に、メルは従うつもりだった。

メルにできること

帝都ウルリッヒを観光できると浮かれていたメルは、タブレットPCに表示された『強制イベント』の文字を見て態度を改めた。

とは言え……。

いくら焦ったところで、四歳児のメルにできるコトなど限られていた。

「じゅんびー、言うてもなぁー？」

精霊樹の果実を加工保存したら、タブレットPCのチェックを繰り返す他に何をしたらよいのか、まったく思いつかない。

「ブキとか、要ゆんかのぉー？」

そう考えて花丸ショップを調べても、目ぼしいアイテムは見当たらなかった。

可能であるなら焔の魔剣とかを購入したいのだが、花丸ショップは『よいこ』のためのネットショップだ。

安全安心な優良商品しか、取り扱っていない。

実に健全である。

「やむなし……」

結局メルは、幼児用のデイパック（小）を購入した。

そこに前世から持ち込んだデイパック（大）を収納しておけば、簡単に背負って持ち運べると考えたからだ。

（今回はエミリオさんの家畜小屋でブタを治療したときと、訳が違う。大きな袋を引きずって、あちこち歩き回るのはよくない。大切なものは、ちゃんと身に着けておかなくちゃ）

何が起きるか分からない強制イベントのために、前もって何を用意したらよいかなど分かるはずもない。

だからメルの判断は、大筋で間違っていなかった。

メルにとって大きなデイパックは、とても重要な魔法のストレージである。

（オンラインRPGなら課金が必要でも、アイテム所持枠の権利は手に入れておきたい。ましてや現実ともなれば、どれだけのアドバンテージになるのか見当もつかないよ。旅先で手放すなんて、絶対にしちゃダメだ！）

メルが魔法のストレージから切り離されたなら、弱体化は免れなかった。

「新ぁーしぃ、ジョウホォー。ないのぉー」

繰り返しタブレットPCをチェックするのだが、強制イベントの攻略に役立ちそうなメッセージは追加表示されなかった。

（あとできることと言えば、新スキルの確認かぁー？）

瀉血と造血については、絶対に試しておくべきである。

ぶっつけ本番なんてしたくない。

(問題はフレッドとアビーの前で倒れたりすると、強制イベントのクリアが危うくなるところだね)

下手に酒場夫婦が心配してメルの帝都行きを取りやめにすれば、とんでもなく面倒くさいことになる。

最悪、強制イベントをクリアできずに、ペナルティーが発生してしまう。

たとえ倒れなくても、二人が見ているところでの流血はまずかった。

メルは可愛らしい幼女である。

そこいらで、すっ転がってデコを擦りむいただけでも、『血がでた、血がでた!』と大騒ぎになる。

擦り傷だらけで野原《ノッパラ》を駆けまわる少年たちとは、そもそもの扱いからして違うのだ。

「わらし、箱入り娘ヨ……!」

まったく面倒くさい話だった。

問題解決の糸口は、数日後に森の魔女からもたらされた。

アビーはエミリオが届けてくれた手紙を読むと、メルに向かって言った。

「メルちゃん……。アナタが帝都に行く理由を婆さまが説明して下さるそうよ。よぉーく話を聞いてから、どうするか決めなさい。イヤなら、ちゃんと『行きません！』って言おうね」

「わぁーとゆ。わらし、イヤ言えますヨォー！」

「うん、知ってるよ。ずーっとお風呂で、『イヤァー！』って叫んでたもんね。ポロポロと泣きながら、絶叫してたもんね！」

「………ッ！」

昔の話じゃないか。

それは、いま関係ないし。

（くっ……。われ思うに男子高校生の大切な何かが、あの時に洗い流されてしまったのです。大切なはずなのに、何が損なわれたのか思い起こせない！）

おそらくそれは、こっぱずかしい異性《オッパイ》への憧れだろうか。

さもなくば、思春期の少年が拘る矜持と言うか。

失ってみれば、どぉーでも良いことだった。

さらば、少年の日々よ。

さらば、性衝動《リビドー》よ。

そう……。

どぉーでも良くなったのだ。

とっとと忘れて貰いたいエピソードである。
今のメルとは全く関係がない、どぉーでも良いお風呂イベントなのだ。
アビーのタワワな胸は、とても心地よい。
気がつけば頬ずりしているほど、大好きだ。
頭に乗せられると重たいから、手で払いのけるけれど。
それを嫌がってギャーギャー泣いたとか、いったい誰の話でしょうか……？
お風呂で泣いた話とオネショの話は、軽々しく口にしないで頂きたい。
女児のプライドが、大いに傷つく。
「わらし、おかぁー好きよ……。うふぅー。オッパイ、だい好きよ」
「んーっ。何の話かなぁー？」
「タフタフ……♪」
メルはアビーの双丘をムイムイと手のひらで押した。
メルが苦手なのはガジガジ虫だった。
ふっくらとした女性の胸ではない。
ガジガジ虫に似たガジモドキと遭遇しただけで、チビってしまう程おっかない。
正直に白状すれば、虫全般が殆ど嫌いになっていた。
虫を追い払ってくれるアビーは、メルにとって優しい女勇者さまだった。
逆に虫を捕まえてメルに突きつけてくるフレッドは、悪魔王である。

「もぉー。甘ったれなくて良いから、外套を着よう。森の魔女さまのとこに、行くんだよ。エミリオさんが、馬橇で連れて行ってくれるからねぇー。ちゃんと乗り物酔いの薬も、飲む！」

「ふぉーっ。わらし、ジブンでデキゆぅーっ！」

「そうやって……。格好いい見栄を張ろうとする子は、心配だから帝都に行かせられません」

「バンザイ……！」

帝都行きを持ちだされては、従うほかない。

全面降伏である。

「おーっ。いい子だね……。素直になったじゃん！」

メルはバンザイしたまんま、アビーの手で防寒装備に着替えさせられた。

あっという間に、モコモコの雪国ちびっ子が出来上がった。

動きづらいことこの上ないけれど、寒い屋外を馬橇で移動するのだから仕方がない。

それに恵みの森にある庵まで行けば、新しいスキルの実験ができる。

フレッドやアビーに心配をかけず、婆さまの監視下で安全にスキルを試せるのは非常にありがたいことだった。

おそらく婆さまの説明とやらは、今さらな内容なのだと思う。

だけどメルは、素知らぬ顔でアビーと橇に乗り込んだ。

「………娘ってのはヨォー。やっぱ、息子と違ってカワイイもんだなぁ！」

「よかったわねェー、エミリオ。ローザは、ホント頑張ったもんね」

「くっ……」

御者席のエミリオは、ずっとシャルロッテの自慢話ばかりだ。

日差しは暖かだが、雪原を吹き抜ける風はとても冷たい。

興奮して喋るエミリオの口から、白い息が吐きだされては風にさらわれる。

口元を覆った無精ひげに、霜がついていた。

メルは退屈していた。

もっとワクワクする話を聞かせて欲しかった。

「もーっ、ニッコリ笑ったりしたら……。そらぁ、天使ですわぁー！」

「そうよねぇー。何と言っても、ローザが可愛いんですもの……。赤ちゃんのシャルロッテが天使なのは、よく分かるわぁー」

「むむーっ」

ローザの赤ちゃんが可愛らしいのは、メルも認めるところである。

だけど橇での移動中に延々と繰り返して聞かされたら、『むむーっ』となってしまう。

それが幼児というモノなのだ。

「それで昨日、シャルロッテがよォ……」

「わらし、その話あきたわ！」

「コラッ！」

アビーがメルの腕を抓った。

モコモコに着込んだメルは、アビーに抓られても痛くない。

フードを被っているので、頭を叩かれてもへっちゃら。

着ぶくれしているから、アビーの折檻は本体《メル》まで届かないのである。

「ブハハハッ……。わらし、痛ないわ！」

メルは勝ち誇った。

「そう……。それならそれで、お仕置の方法は幾らでもあるのよ」

アビーが意地悪そうに笑った。

「はぁー？」

「怖ーい、ガジガジ虫の物語を聞かせてあげましょうか？」

「まぁま……。わらし、良い子ヨ……？」

メルは横に座ったアビーを見上げて、『きゃるん♪』と笑顔でごまかした。

「なんだぁー。メルちゃんは、ガジガジ虫を退治したって聞いたけど……。話を聞くだけで震え上がるほど、苦手だったのか？」

「なんか、分かんないけどねぇー。あの事件があってから、この子は虫がダメみたいなの……！」

「そいつは、いけねぇーや。この村に暮らしていて、虫が苦手じゃ心の落ち着く暇もありゃしねぇ。よぉーし、ここはひとつ。逆療法を試してみるかね？」

「やめてくらはい。わらし……。しゃーおっと、大好きじゃ。虫の話、いらんわぁー。えみーお、しゃーの話せぇー！」

「いいかメル……。虫ってのはヨォ。図々しく育つと、驚くほど大きくなるんだぜ。オレなんか、恵みの森でよォー。こぉーんな馬鹿でかい、斑《まだら》コオロギに襲われたことがあるぞっ！」

エミリオが、両手を大きく広げて見せた。

「はぅはぅ……。もぉー。止めんかぁー！」

メルは耳を押さえ、頭を振りながら叫んだ。

「それじゃ、次はあたしの番ね」

「それじゃとか、言わんでもエエです。もう聞きとぉーございましぇん」

「ガジガジ虫はねぇー。お菓子の食べこぼしが、だぁーい好きなの。それでね。お行儀の悪い食いしん坊が、ベッドで寝ていると……」

「ううっ……。おかぁーたま、ゴメンナサイ。ほらっ……。ほっぺ、ツネってええよ」

メルは外套のフードを外して、頬っぺたをアビーに突きだした。

「それでね。仲間を殺されて復讐に燃えた兵隊ガジガジは、男の子がよそ見している隙に、食べようとしていたスープに飛び込んだの……」

「ひやぁー!!」

「その子は気づかずに、ガツガツとスープを食べて……」

「ウギャァー！」

アビーが即興で話すガジガジ物語《ストーリー》は、フレッドのオバケ話よりずっと恐ろしかった。

しかも馬橇がエミリオの家に着くまで、続編、その続編と何話も語り続けられた。

メルは凍てつく冬に虫など湧くはずがないことを忘れ、橇のあちらこちらへと心配そうに視線を向けるのだった。

四歳児には難しい

晴れ渡った冬空のもと、酒場の幼女と豚飼いの少年が見つめ合う。

白い雪が降り積もった農場を背景に、駆け寄るふたり。

「メルー！」

「てぃっきー！」

エミリオの農場に着くなり馬橇から飛び降りたメルは、家畜小屋を掃除していたティッキーに飛びついて、熱い抱擁を交わした。

「しばらくぶりだねェー」

「ゆきぃー降ると、イエ出られんもん！」

「だよねー。会いたかったよ、メル」

「わらしも……」

感動の再会である。

幼児ーズとばかり遊んでいるメルなので、年上のティッキーは色々と世話を焼いてくれる有難い兄貴分だった。

一緒に居て心地よい。

メルは年上男子から構ってもらえて、程々に尽くされるのが好きである。

前世で美少女だったら、オタサーの姫だ。

もちろん、乙女チックな憧れや恋心などは、爪の先ほどもない。

おんなのこ一年生は、分かりやすい甘えん坊さんだった。

だから妹分の位置に立つと、遠慮せずにねだる。

またティッキーも、この緩い関係を好ましく思っていた。

なのでメルがカマクラを欲しがると、シャベルを持ってきて説明された通りに、雪のドームを作り上げた。

ご褒美は、メルが焼いた磯辺モチだ。

マジカル七輪をカマクラに設置したメルが、慣れた手つきでモチを炙る。

醤油に浸し、海苔を巻いてから、また軽く焼いて仕上げる。

「うまぁーど。イソベー」

「うん……。おいしそうな匂いがするね！」

「ショーユの焦げる匂いヨ」

メルは醤油タレを絡めた海苔モチで、ティッキーの労をねぎらった。

「要するにメルちゃんが言う『カマクラ』って、雪洞だね」

「ううーむ、カマクラ……。カマクラですヨ。わらし……。セツドォー、ヨォー知らん」

「雪の洞窟が雪洞だよ。大人が作る雪洞は、これよりずっと大きいけどね」

「フゥーン」

樹生《いつき》は雪洞を知っていたけれど、こちらでの名称に馴染みがない。

だからカマクラを雪の家だ、とティッキーに説明した。

雪と家なら、知っている単語だ。

でも洞窟は知らなかった。

「まぁ、ちゃぁー飲め。モチ、食え」

「ありがとぉー。いただきます」

ティッキーは大好きなメルと狭い空間で寄り添い、美味しい海苔モチを頬張った。

「うわぁー。しょっぱくて芳ばしい。おいしいねぇー」

「たくさん焼く」

「あちちっ……。チーズみたいに伸びる」

この状況は想定されていたのだから、『もうちょっと、ドームを小さめに作れば良かった！』と、
反省するティッキーであった。

ドームの中が狭ければ、自然とメルにくっついて座れるからだ。

「ちょっと、張り切り過ぎちゃったか……」

「んーっ？」

「何でもないよ。雪の家って、楽しいねっ！」

「わらし……。カマクラ、はじめてヨ♪」

「ええっ、そうなんだ。てっきり、フレッドさんが作ってくれたのかと……」

はしゃぐメルを見て、ティッキーは頑張って良かったと思った。

メルはマジカル七輪に、とっておきのタン塩を並べていた。

海苔モチのつぎは、焼肉だった。


翌日になって、メルは迎えに来た森の魔女と手を繋ぎ、恵みの森に入った。

以前と変わらず、然して歩くこともなく魔女の庵に到着した。

「おおっ……！」

「ビックリしたかい？」

「わらし、おのろいたわ……」

メルは魔女の庵に雪がないので、目を丸くした。

「ミドリたくさん。ここだけ、ナツかぁー？」

「妖精たちが喜ぶからね。ここらの季節を精霊魔法で混在させたのさ。あっちの方には、冬もあるぞ」

「フシギ空間……」

メルは緑が生い茂る暖かな庭を見て、ウキウキとした気分になった。

荷物を足元に置き、防寒用の外套を脱ぎ捨て、陽気なダンスのステップを踏む。

忽《たちま》ち妖精たちがメルの周囲に集まって来て、ふらついて転びそうになる小さな身体を支えた。

色とりどりのオーブに助けられながら、メルは可愛らしいダンスを踊り終えた。

「驚いたね。随分と上手じゃないか」

「はぁはぁ……。わらし、だんさーヨ。ステータスのショクギョウに、だんさー書いてある、マス」

「ステータスねぇ。それも、よく分からない魔法だね」

「そうそうマホォーと言えば……。わらし、あたぁーしいスキウ《スキル》（能力）もろた。シャケツ（瀉血）とぉー、ゾォーケツ（造血）ですわ」

「ほぉーっ。そいつは、どんなスキルだね?」

「アブねぇー、スキウよ。わらし、スキウためす。ババさま、わらし助くる」

メルはデイパック（小）からデイパック（大）を取りだし、お土産の瓶詰をテーブル代わりの切り株に並べていった。

「おや、こりゃ凄いね。精霊樹の実じゃないか!」

「ババさまに、オミヤじゃ。わらし、こさえた。あまぁー、オヤツ」

「なんとまぁー、豪儀な土産だこと……。ありがとよ。あたしゃ、とっても嬉しいよ。精霊樹は気に入った相手にしか、果実をくれないからねぇー」

「そうなの……!?」

今更ながら、メルは真実を聞かされて驚いた。

「そうだよ。精霊樹の実は、とぉーっても貴重なモノなのさ。魔法使いに売りつければ、金貨がざくざく貰えるよ。いや……。王侯貴族に売れれば、木の実ひとつで金貨百枚はイケるじゃろ。もっとも売買が成立した試しも無いから、値段など付けようもないけれどね」

「ほぉー。そうなんか……?」

メルは金貨がザクザク貰える木の実をトンキーにバクバク喰わせていた。

反省はするが、まったく後悔していない。

「分かったなら、これからはもう少し慎重になさい。余り持ち歩くものではないよ」

「うん。キンカかぁー」

だけど木の実を他人に売ろうとは、思わなかった。

霊力《オド》の補充に必要な果実であるから、勝手に値段など付けられては堪らない。

更に付け加えるなら、果実をくれる精霊樹に申し訳ない気がした。

この世には、お金より大切なものがあるのだ。

「こえからは、気ぃーつけゆ。ミィーは、ヒトに見せん」

「それが良かろう。因みに帝都なら……。精霊の子も、高値で売れそうじゃな!」

「おおおぉぉーっ。わらし、売りもんチャウでェー。イヤァー!」

森の魔女は、最もエグイところからメルの常識を補強しにかかった。

「メルよ……。事程左様に、人の欲とは際限のないモノじゃ。メジエール村の外は、危険に満ちておる。帝都など、その最たるもの……。精霊の子が、物見遊山で足を運ぶ場所とは言えん」

「うぅーむ！」

「やめとくかい？　帝都に行くの……」

「そうは、いきませぬのデス。わらし、シメェーあるでヨォー」

「なんだね、それは……？」

メルは片言で、強制イベントについて説明した。

「なるほどなぁー。精霊の子に生まれつくってのは、お役目を負うってコトなのかね。何と言ったらよいのか……。この世に災厄のタネを蒔いた愚か者としては、頭が下がる話さ。ホンニ申し訳のないことじゃ」

「サイヤクのタネ……？」

メルは話について行かれず、首を傾げた。

「むかぁーし、あたしらの世界に大きな戦争があった。人とエルフの醜い争いじゃ。愚劣で野蛮な殺し合いを続けながら、人とエルフはしょーもない邪霊を次々と創り上げた」

「ジャレイ……？」

「自分たちで制御できぬほど、強力な魔法術式を組んだのじゃ。そんなものを使って戦争をすれば、世界が滅びる」

「すんまぁーせん。ババさま……。センソーって、なんぞ?」
メルが気まずそうに、右手を上げた。
正直に打ち明けるなら、愚劣や野蛮も分からなかった。
実のところ、知らない言葉だらけである。
セイギョとは何ぞや?
「くっ……。其処からかい!?」
ここで森の魔女は、ようやく事態の難しさに気づいた。
精霊の子に、言葉の意味を教える。
それは気が遠くなるような作業になるだろう。
学ばせるのが料理用語などであれば、手順を示しながら言葉の解説を加えれば良い。
用語に対応する品物や行動を具体的に示せるなら、教えるのも簡単だ。
鍋に水を注ぎ、火にかける。
数回ほど繰り返して見せれば、子供は学ぶ。
だが概念を説明するために、実例を見せるのは難しい。
従って、概念を説明するのも難しい。
しかも森の魔女は、メルが前世で用いていた言葉を知らない。
だから翻訳辞書《コトバ》を使うような具合には行かなかった。
難しい概念を簡単明瞭な言葉で説明しなければならない。

説明のための説明のための、説明をしなければならなかった。

これは無限ループだ。

何とかして表象を用意しないと、言葉のラビリンスに嵌る。

「むむーっ。こいつは困った。如何ともしがたい。まったく厄介な壁に阻まれたのぉー。やむを得ぬ。オマエさまには悪いが、泊りで勉強してもらうとしよう」

「はぁー？」

「あたしが言葉を教えると、言っとるんじゃ！」

「マジですかぁー!?」

メルが目を丸くして、抗議の声を上げた。

小さなメルは、お勉強が大嫌いだった。

新しいスキル

メルの勉強は、森の魔女がメジエール村の精霊宮から借りて来た絵草子を教科書《テキスト》にして行われた。

「これのコトを思いださなんだら、あたしゃ敗北宣言をしなけりゃならんところだった」

「ほぉー。ババさま。ジブンで絵ぇー、描けばいいでしょー?」

「無理を言うな!」

「簡単よぉー」

メルは文字の練習用として渡された紙に、ミケ王子の絵を描いた。

その横にトンキーを描き添える。

「ママとパァパも、おるで……」

サラサラとペンを動かして、ミケ王子とトンキーの後ろにフレッドとアビーを描き込んだ。

コック姿のフレッドは筋骨隆々で、隣に並んだアビーのボインをガン見していた。

「ほぉー。何が描いてあるか分かるわ。上手いもんじゃ」

「デショ、デショ!」

アニメ大国日本で育った樹生は、デフォルメされたファンシーな絵を描くのが好きだった。

それ故に、メルの描いた絵は中々に達者である。

「オマエさま……。変わった特技を持っておるのォー」

「わらし、大したことなぁーヨ」

そう言いながらも得意になって、逃げ惑う人々に襲い掛かる恐ろしげな巨人などを描いて見せた。

「だが、その紙は……。覚えておくべきことを書き留めるためのモノじゃ。お絵描きに使うでないぞ！」

「うへぇー」

調子に乗った途端、メルは叱られてしまった。

メルと森の魔女は意思疎通の困難さに突き当たって、絵画《イメージ》が持つ伝達力を思い知らされた。

概念《コトバ》を説明するツールとして、魔法大戦後に作られた絵草子は非常に有能だった。

物語もまた、人間関係や時間経過を含む概念の説明に役立った。

もっとも授業の過程で明らかになったのは、メルに伝えなければいけない情報をメルが既に知っていたコトである。

「コレが、おせぇーてくれるでのぉー♪」

「そうかね」

メルがタブレットPCを掲げて見せると、森の魔女は疲れた様子で首を横に振った。

精霊からのギフトは気が利いていて、精霊の子に為すべきことだけを伝える。

人々とエルフの醜悪な過去については、何ひとつ伝えない。

それをするのは、『調停者』の役目らしかった。

教える立場からすれば、皮肉な話である。

(妖精たちは、人々とエルフの争いに関わらんという意思表示か……。それとも、あたしに対する罰なのか……?)

森の魔女は気が重かった。

真実を話して、メルに嫌われたいとは思わない。

それでも隠しては置けないのだ。

(何にしたところで、次のチャンスに期待などできぬ。これを逃せば後はない。あたしらに、しくじりは許されない。屍呪之王《しじゅのおう》を滅するために血が流れるとするなら、それはヒトかエルフの血だ。精霊の子は、何としても守り抜く!)

この点に関しては、調停者にとって決定事項だった。

天秤の傾きは、世界を滅ぼしかけた当事者たちに贖罪を求めていた。

(地下迷宮の封印に使われた霊たちを魔法術式から解き放ち、封印の結界を外側から破壊する。そこからは時間との勝負になるだろう。禁止区域の瘴気は魔法防壁で遮断できそうだが、屍呪之王《しじゅのおう》につき従う死霊術師《リッチ》どもが厄介だね。あいつら魔法博士は、愚劣王ヨアヒムの子孫でなくば縛れない)

森の魔女は、精霊の子が持つ力を過小評価していた。

だから精霊の子を屍呪之王《しじゅのおう》に充て、自分とアーロンで二体の死霊術師を葬ることに拘った。

（倒すだけなら、強力な精霊魔法をぶちかませば良かろう。だけど、それで地下迷宮が崩れたりしたら、目も当てられん。ええい腹の立つ。モルゲンシュテルンのクソ餓鬼が、まったく手を焼かせてくれるじゃないか！）

森の魔女が深く溜息を吐き、書きかけの魔法術式にバツマークを記した。

今なお、危険と目される邪精霊たちが、人やエルフの創った魔法術式に囚われて苦しんでいる。

自分たちで生み出しておきながら、手に負えなくなって封印する。

物であればまだ分かるが、精霊や妖精は自我を持つのだ。

その恨みは、現象界に虚無を蔓延らせるだろう。

「メルは強制イベントとか言っておった。そのイベントとやらが、メルが説明したままなら……」

概念界から遣わされた精霊の子（メル）は、邪精霊たちの浄化を使命とする。

メルの手助けは良いが、余計なことを求めてはならない。

森の魔女は調停者の立場で、そう考えた。


一方メルは十日間にわたる座学から解放されると、さっそく庭で新スキルのチェックを開始した。

強固な意志と発動を促す動作で、スキルの効果は顕現する。

コツは妖精パワーを使うのと変わらない。

もっとも妖精パワーは、ＲＰＧに於けるパッシブスキルの扱いで、常にアイドリング状態だ。

アクセルは軽く、メルの危険時には反射的に起動する。

例えば高所から落下したとき、『コワッ！』と思うだけで防御能力はアップする。

ハッキリと意識下で言葉にする必要さえなかった。

それに比べると瀉血はアクティブスキルで、ロックが厳しかった。

何度も何度も、削除を実行するか尋ねてくるアプリのように、起動が面倒くさい。

セーフティ・ロックが厳しいのだ。

だが違いは、それだけである。

「シャケーッ！」

メルが空にコブシを突き上げると、赤い霧の花が咲いた。

美しい紅《べに》の花。

幾つもの小さな花が宙に舞う。

日差しを浴びて、透き通るような赤い花弁がキラキラと輝いた。

そこに色とりどりのオーブが飛び交い、貪るようにして花弁を取り込む。

妖精たちは精霊の子から【祝福】を賜るため、ヒラヒラと舞い散る花弁に殺到した。

美しい紅の花は、メルの身体から放出された血だった。

「なっ、何をしておる……？」

安全のために傍で様子を見ていた森の魔女は、呆然とした。

精霊の子に血は流させないと誓ったばかりなのに、大量出血デアル。

確かに妖精を封じた魔法武具の浄化には、精霊の子が必要不可欠だった。

その血を少しばかり分けてもらうのは、心苦しくても避けられない過程《プロセス》である。

屍呪之王《しじゅのおう》を滅するには、この先もメルに頼るしかない場面が幾度となく想定された。

しかし血煙の大量生産は、完全に想定外だ。

「なあ、メルや。なんじゃ、その技は……？」

森の魔女が、声を震わせて訊ねた。

「シャケーッ……。あるれぇー？」

四回目の瀉血で、メルがコテンと草むらに倒れた。

大量失血による貧血だ。

「ウギャァー！　ちびっ子が、なにしくさる。自殺まがいの愚かな真似は、今すぐ止めんかい！」

森の魔女は血相を変えて、メルに駆け寄った。

「ゾーケツ！　ゾーケツ！　ゾーケツ！」

メルは虫が鳴くような声で、造血を唱えていた。

「はぁはぁ……。よっ、四回が……。ゲンカイじゃ。わらし、あたまクラクラよ」

言いながらメルは、三角パックの巫女印フルーツ牛乳をチューッと吸った。

更に袋から砂糖漬けのドライフルーツを取りだして、モシャモシャと齧る。

精霊樹の実である。

スキル造血で、体内に備蓄された霊力《オド》も底をついた。

大量補充とインターバルが、是非とも必要だった。

森の魔女は、メルの身を気遣って草むらにしゃがみ込んだ。

メルに触れようとして伸ばした手を掠め、赤い光の群が飛び去る。

「むっ!?」

森の魔女が周囲を見回すと、三倍速になった妖精たちが編隊を組んで飛びまわっていた。

「これがシャケツとかいう魔法の効果かい……？　まったく、とんでもない技じゃな」

「まほぉー、ちゃうで……。スキウ（スキル）じゃ」

どのオーブも、赤い光を放っている。

『ひゃっはぁー♪』である。

「おまぁーら、ツヨなったか……？　ショウジンせぇよ！」

妖精たちを励ますメルの方が、助けを必要としていた。

貧血の悪寒に、息苦しさと頭痛が相まって、しばらくは立ち上がれそうになかった。

無理して立てば、気絶してしまう危険さえ感じられた。

余り情けない場面を見せると、森の魔女もメルの行動を禁止しそうだった。

なので程度は弁えておくべきだろう。

実戦を考慮しても、四回目を起動するのは悪手である。

スキルの熟練度を上げるまでは、三回目でインターバルを挟むのが得策と言えよう。

メルはボーッとする頭で、そんな計算を立てた。

「シュギョウで、スキウの使用回数を増やせるかのぉー？」

出発までの間に瀉血と造血を繰り返して、熟練度によりスキルの使用回数を増やせるか試してみるしかない。

それで駄目なら、邪霊と対峙する前に妖精たちをフルチャージして挑む。

もちろん自分自身も回復させてから、邪霊の解呪を試みるのだ。

（それで何とかなるだろう……）

難易度は低めなのだ。

今は強制イベントの詳細説明を信じるしかなかった。

アーロン、帝都に戻る

とっぷりと日が暮れてから魔女の庵に戻って来た黒い犬は、宙を舞う赤いオーブに注意を引き寄せられた。

妖精たちが放つ光だ。

赤い光は、とても力強かった。

小さな妖精たちは、見違えるほど確かな存在となっていた。

以前と比較するなら、羽虫からスズメバチに変わったほどの差がある。

これは驚くべきことだ。

「ハァハァハァ……!?」

自分の留守中に何があったのか分からないけれど、庵の庭先で舞い踊る妖精たちは例外なく強くなっていた。

「バウッ、バウッ！」

訳が分からない。

黒い犬は夜闇を乱れ飛ぶ赤い光が、羨ましくて仕方なくなった。

「アオオオォォォォォォォーン！」

妖精犬のバーゲストは、切なそうに遠吠えした。

恵みの森で遊んでいた自分だけが、グレードアップの機会を逃してしまった。

格下のチビたちが、得意そうにバーゲストの鼻づらを掠めて飛び去る。

屈辱だった。

「クゥーン」

バーゲストの尾がションボリと垂れ、股に挟まる。

青白い月に照らされた黒い犬は、哀愁を漂わせながら自分の小屋に潜り込んだ。


調停者との情報交換を終えて帝都ウルリッヒに戻ったアーロンは、ウィルヘルム皇帝陛下のもとへ参上した。

ウィルヘルムはアーロンを謁見の間に招くと、家来や従者に部屋から出るよう命じた。

アーロンとは二人だけで会うのが、決まり事だった。

「ウィルヘルム皇帝陛下。調停者さまに、親書をお届けして参りました」

「うむっ。ご苦労であった」

アーロンの報告に、ウィルヘルムは軽く頷いて見せた。

ウスベルク帝国の括りで見れば、相談役であるアーロンの地位は非常に低い。

アーロンには爵位がないので、貴族のように国政を語る資格も持たない。

表向きは……。

「して、調停者さまはなんと……？」

「春先には帝都を訪れると、仰せになられました」

「フムッ……。封印の儀式については、何か説明なされなかったか……？　モルゲンシュテルン侯爵家があてにできぬなら、我らで贄の儀式を執り行わねばなるまい。新たな封印の巫女姫は、どのように選出すればよい？」

「封印については、書き換えないとのコトでした」

「なんと……。当代の巫女姫は、既に干乾びたミイラだぞ。あの死にかけた女に、我が帝国の未来を託せと申すのか……!?」

ウィルヘルムが皇帝の座から身を乗り出し、怒鳴り散らした。

「コホン……。ああっ、済まなかった」

ウィルヘルムはアーロンの冷たい視線を浴びて、直ぐさま態度を改めた。

「封印の巫女であらせられるラヴィニア姫の状態については、おまえの口からも伝えたのか……？」

「はい。もう持ちこたえられぬ状況であると、報告いたしました」

「それでも……。『封印の書き換えはせぬ！』と、調停者さまが申されたのだな？」

「はい」

相談役とは調停者とウスベルク帝国を結び付ける、連絡係であった。

言わば、密書の配達人に過ぎない。

ただしアーロンはウィルヘルム皇帝陛下と直接に言葉を交わすし、フーベルト宰相にも無理な要求を突きつける。

形式上の地位はないけれど、実際の影響力は巨大だった。

「それでは……。調停者さまは、新しい封印方法を開発されたのか……？　贄を必要としない、画期的な封印術式などを……」

「いいえ」

「であるなら、ウスベルク帝国に滅びよと申すのか!?」

「ご心配には及びませぬ。調停者さまは屍呪之王《しじゅのおう》を封印することなく、本件を解決すると仰せでした」

「まったく……。そうであるなら、最初からそのように報告すればよかろう。アーロンよ。わしが小心者なのは、オマエも承知しているだろうに……」

「何事であれ、日ごろからの鍛錬です。皇帝陛下たる者、如何なる窮地にあろうと動じてはなりませぬ」

「無理を言わんでくれ。生来の気質というものは、鍛えたところで変わらん。幾ら叩いても、鉛が鋼になることはない。いい加減に諦めてくれんか」

「…………」

ウィルヘルムは苦労人だ。

皇帝の度量がない分、若い頃から常識に囚われず、生き残るためなら如何なる努力も惜しまなかった。

そして臆病者に特有の狡猾さを持ち、機を見るに敏なところがあった。

だが、ウィルヘルムに巻き返しの機会が訪れないので、心ない臣下からは覇気のない皇帝だと、とことん侮られていた。

ウィルヘルムの教育係を務めたアーロンには、それが少しばかり不満だった。

「屍呪之王《しじゅのおう》を封印する必要が無くなるなら、帝都ウルリッヒを掃除できるのではないか……？　邪霊封印のために施行された遊民保護制度だが、あれを撤廃するのはどうだ？」

「遊民保護制度を撤廃するのは、賛成しかねます。耕作地を失った民は、遊民保護制度がなければ野盗に落ちるでしょう。ですが遊民保護区域に巣食うクズどもは、この機会に排除したいと考えています。つきましては、フーベルト宰相に入用な公的文書を作成して頂きたく存じます」

「許可する。徹底的にやってくれ！」

封印の魔法術式を書き換えるには、多くの人柱を必要とした。

遊民保護制度は、贄を確保するために制定された法である。

遊民保護区域で暮らす民は、封印の儀式で消費される。

封印の儀式では、凡そ一万の民が生きたまま土中に埋められる。

そんなもの、反乱が起きるに決まっていた。

誰であろうと自分が生贄に饗されると聞けば、必死になって抗う。

これを抑えるために遊民保護区域の管理者には、特権が与えられていた。

隷属の魔法術式を使用する権限だ。

モルゲンシュテルン侯爵家は、この特権を利用して私腹を肥やした。

所領にルデック湾を擁するモルゲンシュテルン侯爵領では、諸国との貿易が盛んだ。

港では白昼堂々と隷属の魔法術式を施された女子供が輸送船に積み込まれ、最新式の魔法具が港に降ろされる。

ウスベルク帝国で禁止されていようと、そんなものはお構いなしである。

明らかに違法であり、港湾管理官の帳簿に記載されていない取引だ。

これを世間では、密貿易と呼ぶ。

更にモルゲンシュテルン侯爵家は、潤沢な資金を使って冒険者ギルドの支配に取り掛かった。

帝都ウルリッヒで暗躍する暴力組織を育て上げ、良識ある貴族たちを悪辣な手段で排除し、今では皇帝の座を脅かすようになっていた。

モルゲンシュテルン侯爵家と言えば、エーベルヴァイン城で催される新年の祝賀パーティーにも招待されない穢れた血筋である。

祖先に愚劣王ヨアヒムを持ち、忌まわしい邪霊と通じ、数え切れない贄を屠ってきた呪われた一族だ。

そして屍呪之王《しじゅのおう》を封印できる唯一の家系でもあった。

ウスベルク帝国に絶対の服従を誓うモルゲンシュテルン侯爵家であるが故に、古くから数々の特権を与えられてきた。

その結果が現在である。

（父や祖父と比べて、ワシがことに愚かであったとは思わん。そういう時期に皇帝となったワシは、そもそもの始めからハズレなのだろう）

ウィルヘルムは額に手を当て、力なく俯いた。

皇帝でありながら、ウィルヘルムには打つべき手がなかった。

これはウスベルク帝国の成り立ちに起因する、歪さである。

ウスベルク帝国は調停者の許しを得て、建国された。

ウスベルク帝国の存在意義は、屍呪之王《しじゅのおう》を封印することにあった。

ウスベルク帝国を統べてきた代々の皇帝は、古の盟約により調停者の決定に従わねばならない。

（ウスベルク帝国の皇帝を名乗りながら、ワシの手足は縛られておる。しかもワシは調停者が恐ろしくて、意見さえ口にできぬときた）

ウィルヘルムは己を情けなく思い、口惜しくて奥歯を軋らせた。

しかし、どれほど悔しかろうと、ウィルヘルムが勝手に遊民保護制度を撤廃する訳には行かない。

モルゲンシュテルン侯爵家の特権を召し上げるにしても、調停者の許可が必要だった。

「報告は其れだけか……？」

「あとは、調停者さまからの依頼がございます」

「申せ……。申してみよ」

ウィルヘルムにしてみれば、相談役のアーロンは調停者より遣わされたメッセンジャーなのだ。お目付け役と言っても、過言ではない。

依頼の形を取っていようと、それは命令だ。

皇帝であるからこそ、ウィルヘルムは調停者の命に逆らえなかった。

「予てより、ウィルヘルム皇帝陛下が懸念なさっておいでの、貧民窟《スラム》についてですが……。目に余るので、調停者さま直々に掃除屋を差し向けるとの仰せです」

「それがどうした？」

「かつて帝都を賑わした、腕利きの殺し屋たちです」

「なっ、なんと？　噂の貴族殺しか……!?」

「つきましては、彼らに陛下の恩赦を賜りたいと……」

「よい……！　あれらは義賊であった。ワシは、そのように記憶している。元老院の阿呆どもは死罪にせよと騒ぎ立てよったが、とんでもない話だ」

「些か血が流れます。富豪や貴族が闇討ちに遭うなどの、騒ぎも起きるでしょう」

「それも自由にするがよい。皇帝ウィルヘルムの名のもとに、全てを不問とする。徹底的に、蛆虫どもを駆除してもらいたい」

忽《たちま》ちウィルヘルムの顔に、血色が戻った。

バスティアン・モルゲンシュテルン侯爵の勢力を削ぎたくても、正攻法では大したことができない。

悪事に加担した者どもを処罰しようとすれば、必ず横槍が入るだろう。

法律の書き換えを嘯いてみたところで、実現にはほど遠い。

しかし信用の置ける暗殺者が陰で動いてくれたなら、帝都ウルリッヒは延命できる。

「アーロンよ、よくぞワシの望みを叶えてくれた。さあ、さがって……。ゆっくりと身体を休めるが良い」

「ありがたき幸せ」

アーロンは優雅に退去の礼を取ると、ウィルヘルム皇帝陛下の御前を辞した。


「ようやく。ようやく調停者さまが、動いて下さるか……」

ウィルヘルムはウスベルク帝国の皇帝だけれど、その上に調停者が存在した。

調停者が否と言えば、指一本動かすことさえ許されない。

お飾りとか無能とか陰口をたたかれても、じっと耐え忍ばなければならないのがウスベルク帝国の皇帝陛下である。

そのウィルヘルムに、調停者から指示が与えられた。

帝都ウルリッヒの掃除に取り掛かると言う。

これを喜ばずに居られようか……。

ウィルヘルムは鍛え上げられた体軀に覇気を漲らせ、玉座から立ち上がった。

「だれか……。誰か有る！」

「ははぁ、皇帝陛下……」

「今すぐに、フーベルト宰相を呼べ！」

それにしても……、とウィルヘルムは思う。

（調停者さまは、屍呪之王《しじゅのおう》をどのように処置するおつもりだろうか……？）

最も重要なことなのに、アーロンからは何も説明がなかった。

昔から、アーロンにはそういうところがあった。

自分勝手なエルフなので、仕方がない。


ウィルヘルム皇帝陛下に報告を終えたアーロンは、その足で封印の塔を目指した。

屍呪之王《しじゅのおう》に贄として差し出された、ラヴィニア姫が眠る古びた塔である。

三百年ほど前、屍呪之王《しじゅのおう》を封印する楔《くさび》として巫女姫に選ばれたのは、四歳の誕生日を迎えたばかりの女児、ラヴィニアだった。

それ以来、三百年の長きに亘《わた》り、ラヴィニア姫の苦しみは続いている。

今もなお……。

幼かったラヴィニア姫を封印の魔術式に繋いだのは、アーロンだった。

ラヴィニア姫のことを考えると、いつだってアーロンの胸は罪悪感ではち切れそうになる。

（まだモノの道理も分からぬ女児を世のため人のためと、口先三寸で誑かした。自己正当化にも、程があろう。恥じ入るべき、愚劣極まる行為だ。わたしの罪は消えない）

いつ如何なる時もアーロンは、ラヴィニア姫の存在を忘れたことがない。

帝国中の誰もがラヴィニア姫を厭わしく思って避けるようになると、アーロンの態度は頑なになっていった。

皆が封印の巫女姫に、感謝の気持ちを抱かなくなった。

醜悪な苦悶の表情を浮かべて眠るラヴィニア姫に、負い目がある事実を認めたがらなくなった。

誰もラヴィニア姫の現状を想像せず、身勝手な欲望に興じて己の生を謳歌している。

ラヴィニア姫の犠牲は、既に無かったものとされていた。

（惨い。あんまりじゃないか！）

いつか必ず、ラヴィニア姫を呪われた運命から解放する。

それがアーロンの叶わぬ夢だった。

そしてメジエール村を訪れたアーロンは、夢をひとつ追加した。

「わたしはラヴィニア姫に、カリーウロンをご馳走したい。いや、絶対に食べて頂くのだ！」

自然とアーロンの口もとに、笑みが浮かんだ。

戸惑いながらも箸を使い、カレーうどんを食べるラヴィニア姫の姿は、嘸かし愛らしかろうと想像したのだ。

そのラヴィニア姫は、ミイラのような姿で封印の塔に眠っている。

「ヒメ……。アーロンが戻りましたよ」

アーロンは親しげな口調で囁くと、封印の塔を目指した。

魔女さまの正体

封印の塔は不快な臭いが漂う、陰気な場所に建っていた。

見張りに立つ衛兵も、精神的な負担ゆえに通常の持ち場より頻繁に交代する。

体調不良による、隊員の入れ替わりも激しい。

無理を押せば、心の病に侵されるのだ。

屍呪之王《しじゅのおう》を地下深くに封じた場所なので、鍛えられた衛兵たちであっても悪しき影響を免れないのは当然のことだった。

この忌み地で平気な顔をしているのは、ラヴィニア姫の看護についているユリアーネ女史だけであった。

ユリアーネ女史は優秀なエルフの魔法医師で、霊的に心を閉ざす特殊スキルを備えていた。

アーロンがラヴィニア姫のために連れて来た、担当医兼看護師である。

「くっ……！　鼻が痛い」

アーロンは魚の干物が腐ったような臭いに顔を顰め、エルフの霊的な嗅覚を呪わしく思った。

封印の塔には、地下へと向かう入口しかない。

上層階へ向かうには、専用の梯子を設置して登るのだ。

不便なように思えるけれど、定期的に行われるメンテナンス時にしか、上層階に人が立ち入ることはない。

高くそびえる塔の上層階には、何層もの魔法陣が設置されていた。

まるで屍呪之王《しじゅのおう》を重石で押さえ込むかのように……。

ラヴィニア姫の部屋は塔の基部、それも最下層に位置した。

封印の塔から屍呪之王《しじゅのおう》が閉じ込められた石室へ、道は通じていない。

石室を目指すなら、忌まわしい地下迷宮を通るしかなかった。

これもまた、安全対策のひとつである。

アーロンは地下へと向かって、薄暗い石段を下っていく。

必要以上に魔法ランプが設置されているにも拘らず、いつだって灯りが足りないと思う。

ここに足を踏み入れた者は声が小さくなり、やがて口を利かなくなる。

(生者の世界から死者の世界へと移動しているような、うすら寒い気分になる。封印術式の圧による錯覚だと分かっていても、心穏やかではいられない)

アーロンは生理的な嫌悪感を押し殺して、ゆっくりと足を進めた。

瘴気の影響で視界が歪み、足元が定まらないからだ。

エリアごとに配備された衛兵たちは、アーロンに身分証を提示されただけで扉を開く。

どの衛兵も知っている顔だ。

「やあ」

衛兵たちも、アーロンに目顔で挨拶を返す。

それほどアーロンは、ラヴィニア姫のもとを頻繁に訪れていた。

しかも見舞客は、アーロンしか居ないのだ。

「済まないね。お邪魔するよ」

「ご苦労様です」

「どうぞ、お通りください」

交わす言葉は数語に過ぎない。

口を利けば悪霊に狙われるとでも、思っているのだろうか……？

だが頭から否定するには、周囲の雰囲気が悪すぎた。

霊的な腐臭はますます酷くなり、アーロンの眉間が重くなる。

アーロンは階層《フロア》ごとに設置された幾つもの検問を抜け、漸《ようや》くラヴィニア姫の眠る部屋にたどり着いた。


「アーロンです。失礼いたします」

「どうぞ、お入りください」

扉の向こうから、穏やかだけれど意志の強そうな女性の声が答えた。

アーロンは静かに扉を開けて、部屋に入った。

魔法による換気も虚しく、封印の巫女姫が眠る部屋には死臭が立ち込めていた。

霊的な幻臭に加えて、現実の臭気がアーロンを苦しめる。

ベッドの傍でラヴィニア姫の看病をしているのは、エルフの魔法医師だった。

「お久しぶりです。姫さま。お役目でメジエール村まで行っておりました」

アーロンはベッドに横たわるラヴィニア姫を見つめながら、囁くように報告した。

「ユリアーネ医師《センセイ》。姫の御容態は……？」

「よい訳がありませんでしょ」

ユリアーネ魔法医師は表情一つ変えることなく、淡々と答えた。

一瞥したところ冷淡なユリアーネだが、その実ラヴィニア姫を思いやる気持ちは非常に強かった。

屍呪之王《しじゅのおう》が発生させる穢れによりメンタルダメージを受けないよう心を封鎖《ガード》しているので、その表情はピクリとも動かない。

まるで美しい人形のようなエルフ女性だった。

ユリアーネもまたアーロンと同じ時代を生きたエルフであり、屍呪之王《しじゅのおう》を封じるに当たって言葉では言い尽くせない色々な後悔を背負い込んでいた。

その思いを注ぎ込むようにしてラヴィニア姫のケアをするので、死臭に顔をしかめたくなるような部屋であっても、ベッドや包帯に不潔な汚れなどひとつも存在しなかった。

穢れているのはラヴィニア姫であり、不快な死臭の発生源もまたラヴィニア姫だった。

清潔な包帯や香では、誤魔化しきれないほど濃厚な死臭。

「メジエール村で精霊の子に会いました」

「………？」

「調停者さまは屍呪之王《しじゅのおう》を滅するおつもりだ。いや解呪と申されていたが、要するに屍呪之王《しじゅのおう》は消え去るのです」

「そのような話を私に聞かせて良いのですか……？」

「もちろん、秘密です。まだ、皇帝陛下にも伝えておりません。だけど貴女には、知っておいてもらいたかった……。申し訳ありませんが精霊の子については、ここだけの話にしてください」

「では、ラヴィニア姫は……？」

「救われます！」

アーロンは力強く言い切った。


メルはジッと森の魔女を見つめていた。

視線を注いでいるのは、違和感を覚えた右手の先である。

そこに何やらモヤモヤとしたものを感じてから、気になって仕方がないのだ。

違和感の発生源は、右手の人差し指に嵌められた指輪だった。

使い込まれて擦り減った指輪から、怪しい力が生じている。

気づいたのは瀉血と造血を強引に繰り返し、メルのレベルが十一に到達したときだ。

新しく獲得した『精霊召喚』のスキルと、何某かの関係があるのだろう。

怪しい力の流れを目で追っていくと、森の魔女がチラチラと揺らめいて見えるようになる。

そして瞬間的に姿を変えた。

「はぅ……?」

メルの目に焼き付いたのは、夜の女神を想わせる黒ずくめの美女だった。

そして、それこそが調停者の姿であった。

集中力が途切れると、一瞬にして森の魔女へと戻ってしまうのだが……。

メルにとっては、驚くべき発見と言えた。

(アビーより、オッパイが大きい)

慈愛に満ちた優しげな顔立ちと大きなバストは、幼児が心から求めてやまぬ桃源郷なのだ。

しかも夜の女神とでも呼びたくなる豊満な女性は、メルと同じで耳が尖っていた。

尖がり耳の女性。

メルに言わせれば、『ママ』である。

ママは良いモノなので、何人いても良い。

パパはひとりで充分だった。

このときより森の魔女は、メルにロックオンされた。

婆さまを相手に甘えたのでは申し訳ないが、若くてボインの成人女性となれば話が別だ。

思うさま甘えたり、ねだってもよい。

そうなると厄介なのは、指輪が作りだしている幻影だった。

（ママに甘えるのは有りだけれど……。お婆ちゃんに無理やり抱きついたり、ぶら下がったりしたらダメだ。転んで骨でも折ったら、大変だもん！）

メルのなかの良識が邪魔をして、婆さまの外見をした森の魔女に甘えられない。

正体には気づいていても、行動に移せない。

（だけど……。ババさまの姿を剝ぎ取ってしまえば、好き放題に甘えられるじゃないか……？）

そこで考え込んだメルは、怪しい指輪のモヤモヤを除去すべく、意識を集中させた。

（もし、モヤモヤがプログラムの暗号化に相当するなら、パスコードを知らなければ解析不可能だ。でも、どうにかなりそうな気がする）

論理的な捉え方をするなら、モヤモヤを消すのは暗号コード化された映像信号を復号化《デクリプト》するに等しい。

それなのにメルは、幾つもの手順をすっ飛ばして、モヤモヤを文字列に戻した。

これぞチートである。

言うなれば、妖精たちの助けを借りたカンニングだ。

難しい計算も要らなければ、総当たりのパスコード解析も要らない。

怪しい力の流れを遡行しながら、知覚から除去するだけだ。

斯《か》くして、モヤモヤは解読可能な命令文となった。

それと同時に森の魔女は消え、黒髪の若い女性が現れた。

(うわぁーい。まるで夜の女神さまだ……!)

だけど、ときおり飛び交うノイズのせいで、視界が安定しない。

「ウーッ。目ぇーが、チカチカすゆわ」

メルは手のひらで、ゴシゴシと目を擦った。

待つこと暫《しば》し、メルの中に住む妖精たちの頑張りで、視覚情報から偽装魔法による影響が取り除かれた。

(眼力か。眼力なのか……。いいや、これは脳の機能だろう。何やら妖精さんたちが、助けてくれているような……)

あらゆる精霊魔法は、詰まるところ妖精たちに宛てた依頼書だ。

妖精女王陛下であれば、魔法術式のプロテクトを外すくらいちょろい仕事だった。

この好奇心から始まった魔法術式へのアプローチが役立ち、メルは高位の『偽装』スキルを習得した。

妖精パワーを利用して、己の外見を偽れるようになったのだ。

帝都行きを前にしての朗報だった。

「ババさま、だっこせぇー!」

「うおぉーっ? なんじゃや、オマエさまは……。こんな婆に、ベタベタしおって……」

「うふぅー。ババさま大好きじゃ」

「こら。そうやってババアに引っ付くのは、止めんかい」

森の魔女はシワ深い顔で、メルを叱りつけた。

だがメルの目には、漆黒のドレスを纏った、タワワな乳房を持つ女神さましか映っていない。

その顔は、照れくさそうに微笑んでいた。

幼げなメルに甘えられて、満更でもないのだろう。

賢い婆さまも良いが、やはり優しいママは最高なのだ。

世の為政者たちから『調停者』として恐れられる災厄の魔女は、メルにとってママでしかなかった。

夢の中に棲む少女

ずっと夢を見ていた。
終わりのない、不安で情けなく、手ごたえのない夢。
ラヴィニアの意識は三百年の長きに亘《わた》り、夢の中を揺蕩《たゆた》っていた。
ときおり意識が覚醒に向かうのだが、これは恐ろしい苦痛でしかなかった。
ラヴィニアの身体は既に朽ちていた。
眼は乾いて陥没し、四肢は木乃伊《ミイラ》と変わらない。
食事も水も喉を通らず、呼吸すらしていない。
辛うじて命を永らえているのは、屍呪之王《しじゅのおう》との繋がり《リンク》による賜物だった。
皮肉にもラヴィニアは、屍食鬼《ししょくき》となることで死を免れているのだ。
狂屍鬼《きょうしき》と違って屍食鬼は、只の生ある死骸に過ぎない。
屍食鬼が集まるコトで狂屍鬼に変化し、凶暴不滅の怪物となるのだ。
封印の巫女姫であるラヴィニアが、狂屍鬼に変わる危険性はなかった。
ラヴィニアの魂は鬼化変容《きかへんよう》せず、人のままである。

そのような状態で意識が戻れば、忽ちのうちに心が砕けてしまう。

だから夢を彷徨う。

木乃伊化したラヴィニアであっても、夢なら自由に動くことができた。

日差しの強さに眉を顰めることもできれば、美味しい料理に舌鼓を打つこともできる。

ただ……。

ラヴィニアの夢には過去しかない。

ラヴィニアの世界は記憶の断片を繋ぎ合わせた、脆弱な異質同体《キメラ》でしかない。

強引に融合させた事象は、脆くて壊れやすく、儚い。

夢の中の友だちには、顔が無かった。

お城の中庭や、赤い絨毯が敷かれた廊下を走る友だちは、いつだってラヴィニアを置き去りにして消えてしまう。

両親は夢に登場しても動かない。

家族で食卓を囲んでも、ラヴィニアの父と母は人形のように黙して語らず、食事のためにカトラリーを手にするコトもない。

何もかもが遠く、ラヴィニアの呼びかけに答えてくれない。

ラヴィニアに付き添ってくれるのは、毛のない小さな犬だけだった。

どこからともなく現れた小さくて不細工な犬は、ラヴィニアの存在を支える心強いお供だった。

繰り返される夢は、過ぎ去る歳月と共に少しずつ変化していった。

だけど、その変化はラヴィニアを不安にさせるモノでしかなかった。

食卓から料理が減っていく。

昔は、もっと沢山のご馳走が並んでいたように思う。

それが今では、パンとミルクしかない。

遊んでいたお城も、酷く狭くなった。

壁にかけられていた絵画は、渦巻き模様に変わっていた。

庭に生えていた草花の種類が、判然としない。

名前と特徴を思いだせない。

友だちの衣装もぼやけてしまい、もう何を着ているのか分からなかった。

色が失われ、匂いも薄れていった。

記憶が擦り切れてしまい、意味をなさなくなっていた。

腕に抱いた小さな犬だけが鮮明だ。

「ハンテン……。お庭で遊ぼう」

「くぅーん」

ピンクの肌に黒い模様があるのでハンテンと名付けられた仔犬は、主人であるラヴィニアを心配そうに見つめた。

崩壊していく記憶の影響は、ラヴィニアにも表れていた。

表情を無くし、細部のディテールが欠けたラヴィニアは、古びて壊れた陶器の人形みたいだった。

見上げる空は今日もモノトーンだ。

お城も、噴水のある中庭も、池や花壇も、全てが墨の色《セピアカラー》。


そんな景色の中に、文字通り異彩を放つ子供が立っていた。

その子は色とりどりに輝く、蛍のようなモノたちに囲まれて、ひっそりと佇んでいた。

(あの子は、だぁーれ?)

ラヴィニアは声をかけたかった。

だけど声をかけたところで、きっと返事はもらえないだろう。

他の友だちと同じで、ラヴィニアから逃げて行くに決まっていた。

ところが、ピンクのワンピースを着た女の子は、ラヴィニアに気づくと近づいてきた。

(ワンピース。ピンク。リボン……。わぁー。思いだした。わたしも、女の子だ!)

強い意志を感じさせる、琥珀色の瞳が美しい。

ミミは尖っていて、エルフのようだった。

風が……。

夢の世界に蘇った風が、女の子の髪をなびかせた。

金色……?

それとも銀かしら……?

サラサラとして、とてもキレイな髪だった。

「おまぁー。アヴィニアか……？」

「…………?!」

相手から、話しかけられた！

ラヴィニアは驚いて目を丸くした。

ラヴィニアの失われかけていた感情が、戻って来た。

「よぉー、しゃべれん？」

「はっ、話せるよ」

「しゃんとせぇーヨ。ボーッとしとると、ケェーてまうど！」

「うっ、うん……。わたしはラヴィニアです。アヴィニアではありません」

「知っとぉーヨ。おまぁーは、アヴィニアです」

「ラヴィニアだってば……」

「アヴィニア。もうちっとの、シンボーじゃ。わらし……。おまぁーら、助くるでしょう。気張って、待っとれよ！」

女の子がコブシを突き付けてきた。

「ヤクソォーク！」

「約束……？」

「そそっ。おまぁーも、ゲンコでゴッチンする！」

ラヴィニアは言われた通り、コブシとコブシをこつんとぶつけた。

「ヤクソクした。わらし、イチド帰る。でも、かなぁーず。もどる。そのとき、おまぁーら、助くる。分かりましたか……?」

「分かったよ」

ラヴィニアはウンウンと頷いた。

「犬ころの名は……?」

「ハンテンだよ」

「ハンテン……。おまぁーも、ヨイコで待っとれヨ!」

「わんわん!」

女の子が小さな手で、優しくハンテンの耳を弄った。

二人で話している間にも、空が青みを帯びていく。

地面の芝生は鮮やかな緑色を取り戻し、噴水の水音が聞こえてきた。

それでも、お城は灰色のままだった。

「心許なし……。コレッ、やる!」

「何コレ……?」

「霊力《オド》の実。わらし……。信じて、食え」

ラヴィニアは手渡された瑞々しい果実をジッと見つめた。

ふと顔を上げると、女の子の姿は消えていた。

煙のように……。

「えっ……？　なまえ……。わたしったら、あの子の名前を聞いてなかった」

でもラヴィニアは、女の子に自分の名前を教えてもらった。

忘れてしまった自分の名を……。

「わたし、ラヴィニア……。ハンテン。わたし、ラヴィニアだよ！」

「わぉーん」

「あの子……。また来るねって……。わたしたちを助けてくれるんだって……」

ラヴィニアが、嬉しそうにクルクルと回った。

胸が苦しいよ。

助けるってナニ……？

あの子ったら、女の子なのに……。

わたしを助けに来るのは、王子さまでしょ。

ラヴィニアは青空を見上げた。

何故か涙が滲んできた。

魔女の庵で水盤を見つめていたメルが、ビクンと顔を起こした。

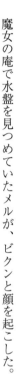

「どうじゃった……？」

「ムリ……。ババさま。これむずかしゅーて、アカンよぉー。わらし、なぁーんも伝えられんかった」

「ふむっ……。それでも精霊樹の実は、置いてきたようじゃな」

「あるぇー？　のぉー、なっとる」

メルは手にしていたはずの果実を探して、身体を叩いたり立ち上がったりしたが、何処にも見当たらなかった。

「ババさま、食った？」

「かぁー。オマエさまじゃあるまいし……。一緒にせんでくれ！」

「ふわぁー。フシギよのォー。何やら、マホーみたい」

「高位魔法じゃ！　オマエさまは、アホか……。間違いなく、魔法をつこうたわ」

森の魔女は呆れかえり、ブツブツと文句を垂れた。

「して……。ラヴィニアの様子はどうじゃった？」

「ハンブン消えとる。そばに、犬コロがおった。アレは、あれだな。しじゅーのおぅ！」

「ほうっ。屍呪之王《しじゅのおう》を見てきたか？」

「ちっけぇー仔犬。ザコいわ。わらし、負けんよ」

メルは勝ち誇ったように、ぐははは……っ！　と豪快に笑った。

「まあ……。オマエさまが見たのは、触角みたいなもんじゃな！」

「んーっ？」

「アリンコの触角じゃ。本体は、あたしの家よりデカイぞ」

「ウソぉーん！」

「嘘など言わん。メルが見たのは、端っこの、先っぽだけよ！」

「…………それっ、あかーん！」

メルの顔が忽ち青ざめた。

フレッドと仲間たち

帝都遠征のためにフレッドが集めた四人のメンバーは、傭兵隊の中でも殺伐とした雰囲気を隠せない者たちだった。

ナイフのウド。狩人のワレン。体術を得意とする無手のヨルグ。レイピアの名手である貴公子レアンドロ。

かつて冒険者だったときに後ろ暗い仕事ばかりを処理してきたので、独特の剣呑さが身に沁みついてしまい剝がれない。

そんな男たちだ。

メジエール村に季節労働者として融け込めず、『酔いどれ亭』にも顔を出さない武闘派連中である。

要するに、フレッドと帝都に向かう男たちは、揃いも揃って訳ありの殺し屋だった。

ウスベルク帝国から逃亡中の、歴《れつき》とした賞金首でもあった。

そんな男たちは、帝都ウルリッヒに暗躍する悪を間近に見てきた。

ウスベルク帝国では人身売買の片棒を担がされ、禁忌とされる隷属魔法の悪用も目にしてきた。

モルゲンシュテルン侯爵家とミッティア魔法王国の密輸にも、嫌というほど関わった。

仕事は仕事である。

非正規ではあっても、冒険者ギルドから名指しで依頼された仕事だ。

毎日の飯を食うためには、どうしても断れなかった。

武具の整備だって、只ではないのだ。

だが……。

胸を張れる仕事ではなかった。

悪党どもから『先生《センセー》』と持ち上げられたところで、何の慰めにもならない。

悪い。

非常に悪い。

胃もたれのする仕事だった。

クソッ垂れの、ウジ虫野郎が引き受ける仕事だ。

四人の男たちは、身を守る術も知らない女子供を他国へ売り払うために、己の技量を磨いてきたわけじゃなかった。

それなのに冒険者ギルドからの依頼は、ウスベルク帝国の弱者に追い打ちをかける極悪非道なモノばかり。

薄汚い闇商人たちの利益と安全を命懸けで守り、拉致された女子供から憤怒の眼差しを向けられる。

誰だって自分が人でなしだと思うのは、居心地の悪いものだ。

帝国金貨で魂を売ったとか、クールに悪ぶっても、格好がつかない。

先ずもって、自分自身に面目が立たない。

言い訳のしようがなかった。

モルゲンシュテルン侯爵家と冒険者ギルドの癒着によって生じた、非合法な依頼をこなすうちに、男たちは次第に心を病んで行った。

そして爆発した。

冒険者ギルドに牙を剝き、雇い主である悪党連中を切り刻み、生意気な貴族の子倅を屋敷の門に吊るした。

闇組織からせしめた大金《ペグ》を貧民窟で飢えた孤児たちにばら撒いて歩き、隷属魔法で稼ぐ魔法使いを見つけだしては無残に殺した。

ヨルグたちがドロップアウトしてから帝都ウルリッヒを逃げ出すまでに、然したる時間は掛からなかった。

フレッドに誘われて開拓村での療養を決意したのは、何もかもが嫌になったからだ。

殺し屋が自死の手段を考えるようになったら、そこまでだ。

事実上の引退ではあるけれど、それに何の問題があろうか……？

人殺しの冒険者稼業に、未練など欠片もなかった。

四人の男たちはメジエール村に移り住むと、荒んでしまった心の回復に努めた。

ある者は、恵みの森に棲む危険な魔獣を殺しまくって……。

また、ある者は己の技を弟子に伝授すべく、無い知恵を絞りながら……。

ゆっくりと時間を掛けて、自分がしてきたコトを反省した。

だから……。

だからこそ今回の帝都行きは、他の者たちに譲れなかった。

忌まわしい過去と決別しに行くのだ。

男たちの仄暗い心に、小さな灯が燈《とも》った。


いまフレッドと四人の男たちは、『酔いどれ亭』の食堂で顔を突き合わせていた。

酒場の入口は固く閉ざされ、休業の札が下げてあった。

「フレッドよぉー。本当に始末して良いんだな……？」

栈橋の見張りを任されているヨルグが、これで三度目になる質問を口にした。

「くどい。おまえはモルゲンシュテルンの名に、ビビったのかぁー？　それとも冒険者ギルドに、義理立てでもする気なのか……？　だったら栈橋の見張り小屋に籠っていても、良いんだぜぇー。なぁ、ヨルグさんよ」

「バカ言うない。あまりに嬉しいんで、質《たち》の悪い冗談じゃねぇか確認したんだ！」

ヨルグは心から嬉しそうに、身体を震わせた。

この場にクルト少年が居たら、驚いて目を丸くしたことだろう。

クルトは師匠《ヨルグ》がワクワクしている姿など、これまでに見たことが無かった。

そもそもヨルグという男は、滅多なことで感情を表さない寡黙な武術家なのだ。

「冒険者ギルドが派遣している用心棒どもは、どうするよ？　何をするにしたって、アイツらが邪魔になるぞ」

ナイフの切っ先を指で弄りながら、ウドが訊ねた。

「なにはともあれ、まず説得だ」

「説得に応じなければ……？」

「たぶん……。そいつらは、死にたいんだろォー。俺はそう考えるね。面倒かも知れないが、手伝ってやれ！」

「分かった。オレがやりたい。用心棒さまの説得と自殺の手助けは、オレの仕事だ」

ウドも静かに笑みを浮かべた。

満足げに頷くウドの頭頂部が、魔法ランプの光をキラリと反射した。

ハゲではなかったが、かなり薄くなっていた。

「帝国の騎士共は、どうする。やはり邪魔になるようなら、排除するのか……？」

小柄なワレンが、気まずそうな口調で訊ねた。

悪事に加担していない騎士たちは、敵に回したくない。

それだけでなく組織立って行動できる衛兵部隊は、攻める側にとって脅威だった。

「あいつらまで相手にするとなれば、わたしたちの頭数では足りませんね」

貴公子レアンドロも親指の爪を噛みながら、思案顔になった。

「そうそう……。それなんだがなぁー。ずっと俺は、ウスベルク帝国を仮想敵に据えてきたんだけどヨォー。森の魔女さまが仰るには、必要なら帝国騎士団に援助要請をだせってさ！」

「それは、どういうことでしょうか……？」

「どうもこうもねぇよ。今回、俺たちは正義の味方で、帝国騎士団も俺たちの味方だ。あの婆さま隠していやがったが、『調停者』らしいぜ！」

フレッドが不愉快そうに情報を開示して、食堂の卓子に肘をついた。

フレッドは森の魔女から真実を聞かされたときに、憮然とした顔になった。

傭兵隊の隊長を務める立場にあるので、こうした隠しゴトの類《たぐい》は好きになれなかった。

仲間内で秘密を持たれると、作戦実行時に支障をきたすからだ。

「ってコトはヨォー。あの婆ちゃん、ウィルヘルム皇帝陛下より偉いんか……？」

「そらぁー、偉いだろぉー。調停者と言えば、精霊宮の頂点におわす斎王さまより偉いんだからな」

ウドはナイフの切っ先をヨルグに向けて、当然のように答えた。

「ほぉー。コイツは、おったまげた！」

ウドの発言に、ヨルグが驚愕の表情を浮かべた。

普段は糸のように細いヨルグの目が、大きく見開かれていた。

「ヨルグさん。わたしは貴方が驚く顔を……。初めて、拝見させて頂きました」

「あっ、おれも初見だわ！」

レアンドロとワレンが、珍しいモノを見たと頷き合った。

「おまえらは驚かないのか……？」

「もちろん、驚きましたよ」

「森の魔女さまは、まったく偉そうにしないからなぁー。冷酷非道だと噂される調停者と、イメージが重ならん。おれは、そっちに驚いた」

ウドがブツブツ呟きながら、ナイフを鞘にしまった。

「正体を隠しているとなれば、当然イメージも違うだろうよ。噂どおりなら、絶世の美女なんだろ。黒髪黒瞳のエルフだって、オレは聞いてるぜ」

「それそれ……。漆黒の女王な……。悪い子を折檻しに来るやつ。ワレンのところにも来たかぁー？」

ウスベルク帝国では子供の躾けに、よく『調停者』の名が利用される。

ウドは背の低いワレンを悪童に見立て、揶揄《からか》ったのだ。

「ウド……。おれをガキ扱いするなや……。今スグに口を閉じないと、ケツに毒矢をぶち込むぞ」

ワレンが平手で卓子を叩いた。

「おまえらぁー。ハゲだのチビだの、口汚く罵り合うのは止めろ。みっともねぇ。うちのメルに聞かれたら、どう責任を取るつもりだ」

透かさずフレッドが、仲裁に入る。

「フレッド！　おれはハゲてねぇ。ちっと薄いだけだ。それに今の会話で、ハゲなんて発言はなかったぞ」

「チビもなかったぜ」

「フレッドが俺たちのことをどう思っているのか、よぉーく分かった」

　ウドが不愉快そうにフレッドを睨んだ。

（あの婆さまが、皇帝陛下より偉いとはねェー！）

　フレッドとしては、非常に複雑な気持ちだった。

　何となれば、皆に偉いと敬われる調停者より、メルの方がずっと偉いのだ。

　精霊の子だから……。

（だけどよぉー。このオレが、わ、わらしちゃんに頭を下げるとか……。どぉー考えても、無理があるんだよなぁー！）

　せめてメルには『わたし』と言えるようになって欲しい、フレッドだった。


　バスティアン・モルゲンシュテルン侯爵は、大きすぎる甲冑を見上げて溜息を吐いた。

「これがミッティア魔法王国の、魔導甲冑かぁー！」

「お気に召して頂けたでしょうか……？」

「うむっ。だが使ってみぬことには、何とも言えぬな」

「操作には多少の訓練が必要になりますので、このたびはお披露目ということでウチの若い者に動かさせましょう」

モルゲンシュテルン侯爵家の閲兵場に運び込まれた白銀の鎧は、大男の三倍ほども背丈があった。

巨人でもなければ、着ることのできない甲冑だった。

「こいつを使用する際には、背中のハッチを開けて操縦者が収まります。手足を動かすのに、然して筋力は必要ありません」

「ヤニック。キサマ……。バスティアンさまの為でしたら、たとえ火の中水の中ですわ」

「それはもう……。闇商人とは言え、このような魔導武具をミッティア魔法王国から持ちだして、大丈夫なのか？」

「フンッ。よぉー言うわ！」

バスティアンが、満更でもなさそうに笑った。

あけすけな追従も、テンポが良ければ軽妙な会話術だ。

「見目好い子供を工面して頂けるなら、この魔導甲冑を十体ほど、お届けいたします」

「貴族の子か？」

「お客さまが、とても喜ばれますので……」

ヤニックと呼ばれた闇商人が、下卑た笑みを浮かべた。

白銀の魔導甲冑はヤニックの合図を受けて歩きだし、用意してあった大岩を金棒の一撃で砕いた。

「おおっ。キサマが自慢するだけのことはある。素晴らしい。これが十体かぁー。何としても、欲しいな」

「それでは、用意して頂けますでしょうか……？」

「うむっ、よかろう。丁度、わたしに借金を返せなくなった、バカな貴族が数名いる。あやつらをどやしつけて、娘を差しださせよう。それで足りなければ、別の方法も考えよう」

「ありがとうございます」

「礼には及ばん」

バスティアンは、自慢の口ひげを指先で撫でた。

「さてと……。つぎは騎士隊の攻撃を受けてくれるのだったな……？　魔導甲冑の頑丈さを確かめさせてくれ！」

「はい。お好きなように、心ゆくまで試してくださいませ。型落ちしたとはいえ、正規軍の放出品でございます。騎士の振るう魔剣くらいであれば、受け流す必要さえありません。白銀の装甲は、高位魔法であっても跳ね返します！」

「そいつは剛気だ。ウスベルク帝国の騎士団を蹴散らせるか……？」

「まず、間違いございません」

「ククク……。なかなか愉快な気分になってきたぞ。スラムの管理などと言う穢れた役職を押し付けられ、日陰者あつかいされてきたモルゲンシュテルン侯爵家の恨みを天下に思い知らせてやる！」

「そのときは是非とも、私どもにお声かけくださいませ」

「ヤニックよ、頼りにしているぞ……。グハハハハハハハハハハーッ！」

バスティアンは騎士隊の攻撃を受け止める魔導甲冑を眺めながら、狂気じみた笑い声をあげた。

ヤニックはバスティアンに調子を合わせ、殊更に調子のよい商人を装っていたけれど、内心では早く逃げ出したくて仕方がなかった。

（この城は、絶対におかしい。異常だ）

ヴァンゲル城は、ルデック湾を睥睨する堅牢な城塞だ。

しかし、その立派な城には、色々と足りないものがあった。

まず、使用人の数が驚くほど少ない。

（城内で見かけるのは、先代から仕えていそうな爺さん婆さんばかりだ）

その年齢からして、バスティアンには後継者が居るはずなのに、噂さえ耳にしない。

後継者どころか、どこを調べても侯爵夫人が存在しなかった。

城下で軽く聞き取り調査をしたところ、数年前に侯爵夫人は事故死していた。

嫡男は勘当されて、どこぞへと出奔したらしい。

だったら後妻を迎えるのが貴族の習慣だ。

後継者を作らず、どうやって侯爵家を存続させるつもりなのか……？

養子を取るにしたって、早い方がよいに決まっていた。

(侯爵のもとを訪れるたびに、小姓や小間使いが入れ替わっている)

ヴラングゲル城から消えた小姓や小間使いは、消息不明だ。

部下が手に入れた情報を頼りに、出身地の村を訪ねたりした結果、消息不明と結論するしかなかった。

(ここはヤバイ場所だ)

戦場で鍛えられたヤニックの勘が囁く。

不運を引き寄せたくなければ、深入りは禁物だと……。

帝都へ

今日は旅立ちの日だ。

メルたちは桟橋に集まり、必要な荷物をデュクレール商会の運搬船に積み込んでいた。

帝都ウルリッヒからメルたちを迎えに来たアーロンは、フレッドと和やかな雰囲気で話し合っていた。

桟橋に舫われた美しい帆船が、水面に黒い影を落としている。

微風《そよかぜ》の乙女号は、水深の浅いタルブ川でも移動可能な小型の帆船である。

そんな小型の帆船であっても、メルの目には随分と大きく見えた。

船体に二本のマストが立ち、横帆に風を受けて進む。

風の妖精を頼りにした、魔導帆船だ。

マストの周囲を黄色いオーブが舞っている。

風の妖精たちだった。

この船は川の流れを遡行できるが、『風使い』を乗船させていないと使い物にならない。

非常に特殊な帆船だった。

メルは草むらに残る雪を蹴とばしながら、子供が自分しか居ないところに心細さを感じていた。

タリサたちとのお別れは、既に済ませてある。

メジエール村から遠い桟橋での見送りは、辞退した。

だからすることもなく、ジッと船を眺めているしかなかった。

「わらし……。このフネェー、乗るんかぃ？」

「素敵な船だろ。メル」

「むーっ。おおきぃのぉー」

「最新型さ！」

行商人のハンスは、得意げな口調でメルに説明した。

「実は、私も初めて見るんだ」

「ふぅーん」

「私は……。辺境地域に、左遷された身だからね」

ハンスが寂しそうな顔になった。

デュクレール商会から派遣された、メジエール村担当幹部であるハンスには真相が明かされていないけれど、『調停者』のために最新型の帆船を用意させたのはフーベルト宰相だった。

デュクレール商会がウスベルク帝国の指示で動く国営企業であるコトは、一般に知られていない。

ウィルヘルム皇帝陛下とフーベルト宰相を除けば、デュクレール商会を差配する数名の幹部が知るのみであった。

デュクレール商会の正体は、ウスベルク帝国に情報をもたらす諜報機関だった。


「メルや。精霊樹の枝は、授かって来たかい？」

「うん……。ちゃんと、もろたヨ」

メルは幼児用背嚢《ディパック》にしまっておいた精霊樹の枝を取りだし、森の魔女に見せた。

「うむっ。解放された疑似精霊には、新しい器が必要じゃからな。メルよ。その枝を無くすでないぞ。しっかりと、仕舞っておきなされ」

「うんうん……」

なんの話やらサッパリ分からぬまま、メルはカクカクと頷いた。

見上げるほど大きい屍呪之王《しじゅのおう》を相手にするなら、『強力な魔法武器が欲しい！』と願ったけれど、精霊樹がメルにくれたのは蕾のついた枝だった。

いくらお祈りを捧げても、レジェンド級な武器は貰えなかった。

花丸ショップにも、目ぼしいアイテムは並ばなかった。

非常に不満だし。

不安である。

（こんなもの振り回したって、だれも畏れ入ったりしないよ。叩かれたところで、ちっとも痛くないし……）

精霊樹の枝は細くて、見るからに頼りなかった。

第一、大きな敵を相手にするなら、まったく長さが足りなかった。

メルが伸ばした手に枝の長さを足しても、フレッドの頭まで届かないのだ。

（リーチが足りなくねぇー？）

これでは攻撃を当てる前に、やられてしまう。

よしんば運よくジャンプ斬りとかをヒットさせたところで、得物は細くて頼りない枝だ。

（ダメージ、入らないよね……？）

メルは屍呪之王《しじゅのおう》にマウントされ、頭からボリボリと齧られてしまう自分を想像して、じんわりと涙目になった。

胃の冷えるような不安感に苛まれて、草むらに佇むメル。

青空の下、船に荷物を積み込む男たちの声が、陽気に響いてくる。

エルフの尖がり耳が、ピクピクと神経質に動く。

ラヴィニア姫の夢で『必ず助けに行くから、待っていろ！』みたいな、格好いい台詞を吐いてしまった。

今さら、おっかないので止めましたでは、情けなさ過ぎて申し訳が立たない。

それに強制イベントのペナルティーだって、待ち構えている。

ここで逃げだせば、前世の家族にメールするチャンスも失ってしまう。

前に進むしか道はない。

ここは意地の張りどころである。

だって、男の子だもん……。

まだメルの意識には、男子高校生の意地が残っていた。

(精霊樹に生ってしまった、あの日から……。僕には退路なんて、用意されて無いんだ！)

ミケ王子がメルを慰めるように、ピッタリと寄り添っていた。

〈メル……。そんなに心配しなくても、大丈夫だよ。魔女さまも居るんだし、そう簡単にやられたりしないさ。フレッドたちだって、そこそこに強いんでしょ。だから問題ないよ。たぶん。おそらく……。『たぶん』だけどね〉

アビーやトンキーと一緒に見送りにきたミケ王子は、メルの後ろをついて歩きながら根拠に乏しい慰めの言葉を伝えてきた。

相変わらず、メルをイラッとさせる妖精猫《ケット・シー》だった。

悪気がないのは分かっているけれど、余りにも気遣いに欠ける。

『たぶんって、何ですかぁー!?』と、メルは思った。

ダメなら、今世がジエンドだと言うのに……。

励ましどころか、不安倍増だよ。

〈ミケ王子は、他人事だと思って気楽だよね。屍呪之王《しじゅのおう》って、家より大きいらしいよ。そんなの怖いでしょ！〉

〈へぇー。メルにも、怖いモノがあるんだ？〉

〈あるよ！〉

これまた馬鹿にしたような言いぐさで、カチンとくる。

治療を受ける当事者でなければ、どんな難しいオペだって簡単そうに語ることができる。

リスクを抱えているのが、自分じゃないからだ。

それが捻くれた物の捉え方だと言うのは、メルにも分かっていた。

励ます方は、他に言いようがないだけなのだ。

ここで聞き分けよく頷けば、前世の樹生と変わりない。

だがメルは妖精女王陛下で女児だった。

我儘が言えるのだ。

ひとりで崖の縁から身を投じる必要はない。

お供も一緒だ。

道連れだ。

「ミケェー。いっしょに、飛ぶおっ！」

メルはミケをガシッと捕まえた。

死なばもろともである。

「みゃぁー！」

この瞬間、ミケ王子の帝都同行が確定した。

帆船が出発の準備を終えた。

フレッドたちが担いでいた荷物を甲板に降ろすと、舫い綱を解かれた帆船は静かに桟橋から離れた。

メルはミケ王子を小脇に抱えて、船尾に立った。

「メルゥー。ちゃんと婆さまやパパの言うことを聞くのヨォー！」

「まぁま、心配なぁーよ。わらし、ヨイ子……」

「勝手にふらついて、迷子にならないでね！」

アビーが心配そうな顔で、メルに注意した。

遠ざかるアビーとトンキーに、メルが手を振り続ける。

「かならず、帰ユでよぉー。みんなぁー。元気で、待っとれよぉー」

めっちゃ泣いていた。

別れが悲しいのではなく、先行きが不安すぎたのだ。

（強制イベントが、無理ゲーでなければいいんだけど……）

メルはまだ知らなかった。

精霊樹より授けられた枝に、メルから祝福を受けた妖精たちの大部隊が宿っていることを……。

ユグドラシル妖精会議で部隊編成が決定すれば、妖精たちはメルに移住するだろう。

メルは妖精たちの移動基地となっていた。

言うなれば、妖精母艦である。

妖精大隊の多くは、目を血走らせた屈強なヒャッハーたちだ。

魔法武具から解放された怒れる妖精たちは、復讐に牙を軋《きし》らせていた。

妖精たちは仲間を奪還し、妖精や精霊たちを使役した悪人どもに目にもの見せてくれんと猛っていた。

世間では、このように荒ぶる妖精たちを邪妖精と呼ぶ。


バスティアン・モルゲンシュテルン侯爵は、十体の魔導甲冑を前にして満足げに頷いた。

閲兵場に白銀の巨人たちが立ち並ぶ。

壮観な景色だった。

貴族の子供に隷属魔法を施し、ヤニックに引き渡した対価である。

安い買い物だった。

『賢い買い物をした！』と、バスティアンは単純に喜んでいた。

何故ヤニックが、これほどまでに融通を利かせてくれたのか……？　と、疑うことをしない。

モルゲンシュテルン家の当主は祖先から受け継いだ特権に胡坐をかき、スラムの住民たちに絶対者として君臨し続けてきたせいで、精神に深刻な歪みを抱えていた。

バスティアンは己の優越さを疑うことがなく、それ故に騙される可能性を考慮できない。

それは自尊心と呼ぶのも憚られる、度し難いほどの傲慢さと言えよう。

愚かな特権者の驕りである。

だからミッティア魔法王国に利用されるのだ。

ミッティア魔法王国にとってモルゲンシュテルン侯爵家は、ウスベルク帝国を揺るがす梃子《てこ》の支点だった。

「素晴らしい。実に良い。目に見える力というモノは、誠に美しい」

「ご満足いただけて、光栄に存じます。こちらの魔導甲冑は魔素封印型のタイプで、魔晶石を使用いたしません。その点では前時代のタイプより信頼性が増し、比較にならぬほど低燃費であります」

「ほぉー。魔晶石や魔石を使用していないのか？」

「はい……。ピクスを封じ込めた動力ディスクを使用しておりまして、半永久的に駆動させることが可能です。閉所で使用しても、瘴気によって穢れを撒き散らす心配がありません！」

ヤニックに連れられてきた魔導技師は、コスト安とエコを殊更にアピールした。

燃料費が掛からず、環境にやさしい。

邪悪な魔動機だった。

「最大出力は六万ピクスでありまして、凡そ馬にして千五百頭ぶんの力を発揮します」

「六万ピクス……？」

「あぁっ。ピクスと申しますのは、我々の用いる力の尺度でございまして……。一ピクスとは、魔素一単位が時間あたりに発生させる力を指します」

「ミッティア魔法王国の学問か……？」

「恐れながら……」

魔導技師が恭しく畏まった。

「まあ、よいわ。どこの学問だろうが、わたしに有益であれば構わぬ。わたしは、博愛主義者だからな！」

「学問に寛容であらせられるのは、素晴らしき統治者の資質にございます」

「おまえは、非常に口が巧いな。気に入ったぞ！」

「ははぁー。ありがたき、お言葉……！」

バスティアンと魔導技師は、意気投合して愉快そうに笑った。

「バスティアンさま。この魔導甲冑を用いて、皇帝の座を奪いまするか？」

横からそっとヤニックが唆す。

「ふぅーむ。帝国騎士団を壊滅させられて、泣きっ面になる皇帝陛下《ウィルヘルム》を眺めるのは、さぞかし愉快であろうな」

「それはもう……。楽しいでしょうなぁー！」

ヤニックは朗らかな笑みを浮かべて見せた。

ウスベルク帝国に揉め事を起こすのが、闇商人を名乗るヤニックの使命だった。

船上の焼きおにぎり

ヤニックの正式な身分は、ミッティア魔法王国軍に籍をおく情報将校である。

軍事顧問として他国へ派遣される任務が多かったけれど、ウスベルク帝国には身分を隠し、工作員として潜入した。

この十年というモノ、ヤニックは母国の地を踏んでいなかった。

高度な魔導技術を持つミッティア魔法王国が、ウスベルク帝国を併合できない理由は只ひとつ。

屍呪之王《しじゅのおう》にあった。

太古の魔法大戦に於いて、世界を破滅寸前まで追いやった魔法兵呪が三つあり、その一つが屍呪之王《しじゅのおう》なのだ。

屍呪之王《しじゅのおう》は帝都ウルリッヒの地下深くに封印されているが、滅ぼされた訳ではない。

封印の魔法術式も、その信頼性を確認されていない。

それだけでなく……。

もし仮にウスベルク帝国が他国の侵攻に耐えかねて屍呪之王《しじゅのおう》を解き放てば、世界は地獄と化す。

『下等な弱小国であるウスベルク帝国に、危険極まりない邪霊の管理を任せておいてよいのか

『……!?』

ミッティア魔法王国の魔法研究院で頻繁に問題視されるのは、ウスベルク帝国が調査団の受け入れを拒絶するところにあった。

ミッティア魔法王国は再三にわたり、邪霊の封印状況を査察させるようウスベルク帝国に要請していた。

しかし、管理情報の共有化は当然の如く拒絶され、封印魔術式の強度さえ知らせて貰えない。

『甚だ遺憾である……!』

ミッティア魔法王国の魔法研究院が、ウスベルク帝国に送ったメッセージだ。

ミッティア魔法王国は、ウスベルク帝国に介入する口実を喉から手が出るほど欲しがっていた。

以上が、ヤニックの派遣された理由である。

(こんな辛気臭い場所に赴任させられて……。ニコニコしながら、愚物の相手をしなければいけない。帝都ウルリッヒとモルゲンシュテルン侯爵領を行き来して、満足に美味いメシも食えやしない。毎日が平和すぎて、とても憂鬱だ。俺は諜報活動に、向いていないんだよ!)

愛想笑いを浮かべた仮面の下で、ヤニックは不満を噛み殺した。

何年も辛抱してきたのに、バスティアンから封印術式の情報を引きだすコトはできなかった。

バスティアンに危険なおもちゃを与えたのは、ヤニックの忍耐力が限界に差し掛かっていたからだ。

「そろそろ……。ウィルヘルム皇帝陛下と、直々に交渉がしたい」

「そう上手く行くでしょうか？」

「最新型の魔導甲冑を貸与すると提案されたなら、皇帝陛下と言えども交渉の席に着かざるを得まい……？　何しろモルゲンシュテルン侯爵家が、帝国に反旗を翻すのだぞ！」

「自分はイヤな予感しかしませんね。このような真似をして、『調停者』が黙っているでしょうか？」

「フンッ！　『調停者』だと……。『調停者』が見ているのなら、バスティアンの如き屑を野放しにはすまい。まっさきに、捻り潰すはずさ。だから『調停者』の介入は、あり得ない。俺は、そう信じるね」

ヤニックは魔法技術士を演じる部下に力説した。

何となれば、ヤニックもまた『調停者』の介入を恐れていたからだ。


微風《そよかぜ》の乙女号は、タルブ川の流れに乗ってスイスイと進んでいく。

幸いにも天候に恵まれて、文句のつけようがない快適な船旅だった。

メルは妖精パワーによって、乗り物酔いを克服していた。

フレッドが予測していた船酔いは、メルを苦しめたりしなかった。

こうなると、船旅の問題点は退屈に絞られる。

ちいさな幼児には、狭い船の中ですることがないのだ。

マストに登ろうとして叱られ、狭い船内を探検しようとすれば邪魔だと怒鳴られる。

「わらし、おじゃま虫ヨ……！」

しょげ返ったメルはマジカル七輪を取りだし、甲板でメザシを焼いた。

不機嫌なミケ王子を宥めるためだ。

メルに拉致されたミケ王子は、船に乗せられてからずっと機嫌が悪い。

図々しくて無神経なミケ王子に気を遣うのは癪だけれど、朝から夜まで呪いごとを聞かされ続けては堪らない。

数匹のメザシで懐柔できるなら、安いモノだった。

〈メル……。ボクは、たくさん欲しいな〉

〈沢山あっても、食べきれないでしょ。また焼いてあげるから、一度に四匹までだよぉー〉

〈毎回、四匹……？〉

〈そそっ……。四匹〉

〈朝、昼、晩と、四匹ずつ？〉

〈一日に四匹です！〉

〈ケチ！〉

ケチと言われても、メザシの量を増やす気にはなれなかった。

ミケ王子が食べ過ぎてゲボしたら、掃除をするのはメルの仕事になる。

ここは船の上なので、メジエール村と勝手が違うのだ。

野外であればゲボしても放置できるけれど、船内では絶対に掃除しなければいけない。

退屈だったけれど、不愉快な仕事を増やしたくはなかった。


「いい匂いだねぇー」

行商人のハンスが、メザシの焼ける匂いにつられてフラフラと近づいてきた。

森の魔女やフレッドと仲間たちも、じっとメルの方を見つめている。

船乗りたちも、チラチラとメルを盗み見ていた。

「ハラぁー、へったか?」

「ああっ。メルちゃんの、美味しいゴハンが食べたいな」

退屈していたメルは、ハンスに強請《ねだ》られて自分の仕事《ジョブ》を思いだした。

メルは旅行のために大量のおにぎりを作って、魔法のストレージに保存してあった。

なんとなく遠足気分で、せっせとご飯を握ったのだ。

塩を振らない具ナシのおにぎりだ。

なんで味付けをしなかったかと言えば、マジカル七輪があるからだ。

焼きおにぎり……。

そう、大人も子供も大好き。

焼きおにぎりを作るためである。

微風の乙女号はご機嫌な帆船だったけれど、コックさんの腕前が微妙だった。

だからと言って、船員でもないフレッドがしゃしゃり出たのでは、何かと角が立ってしまう。

不便かつ、制約の多い船旅だから……。

食事の不味さや粗末さは、我慢するしかないと、誰もが思っていた。

だがしかし……。

小さな子供がおやつを作るのに、目くじらを立てるようなコックは居ない。

『そんな奴がいるなら、タルブ川に沈めて魚のエサにしてやる！』と、皆は心のなかで思った。

「おしっ。わらし、うまぁーモン作るで……！」

メルはボウルを取り出して、作り置きの鰹ダシと三温糖を混ぜ合わせた。

「お砂糖は、多めデス」

ソバツユを作るときより、少し甘めに味を調整した。

ソバツユではないので、醤油は入らない。

味噌を溶いてトロリとさせるための、ダシ汁だ。

「よし。これでエエでしょ。あまりビシャビシャにしたぁー、いけません！」

この味噌ダレをおにぎりに塗って、こんがりと焼き上げるのだ。

森川家の母直伝……。

お味噌の焼きおにぎりである。

日曜日のお昼に出される手抜き料理だが、滅茶クチャ美味しかった。

メルにとっては、前世が懐かしくなるゴハンだ。

付け合わせは、浅漬けの胡瓜だけ。

丸ごと一本、片手に持った胡瓜を齧りながら、焼きおにぎりを頬張って貰いたい。

マジカル七輪の焼き網に並べられたおにぎりから、味噌の焦げる香ばしい匂いが立ち昇る。

「うっ……。まっこと、ええ匂いじゃぁー！」

メルの口もとから、つつぅーっとヨダレが垂れた。

ヨダレが垂れるのは、美味しい証拠だった。

「こんがり焼けたどぉー。あちぃーから、気ぃーつけぇ！」

メルは木の器に焼きおにぎりと胡瓜を載せて、ハンスに手渡した。

お手拭きは付きません。

汚れている手は、自分で洗浄《ピュリファイ》してください。

「メルちゃん、ゴチになります」

ハンスは嬉しそうに木の器を受け取り、ペコリと頭を下げた。

「おっ、おれも食べたい」

「うぉーっ。美味そうだぁー！」

「あわてゆな。みんなの分、作ゆて……」

メルは押し寄せてきた船員たちを指さして、思い切り怒鳴った。

多勢に無勢なので、怒鳴るしかなかった。

「おい。おまえら並べ。行儀よく並ばない奴は、タルブ川に投げ捨てるぞ！」

リーゲル船長が、メルの周囲に集まった船員たちを叱りつけた。

「おう。船長の言う通りだ。図体のでかい連中に取り囲まれたら、ちっさい嬢ちゃんが何事かと思うわ」

「ごめんな。あんまりにも美味そうだから、近づいちまった」

「並べ、並べ……」

ゾロゾロと集まってきた男たちが、順番に並んだ。

〈ねぇ、メル……。なんか、列ができてるよ。魔女さまも並んでる！〉

〈ぬぬぬっ。マジカル七輪は、小さいからねぇー。焼き上がるまで、待ってもらうしかありませんね〉

〈ボクのメザシは……？　まだ二匹しか貰ってないよ〉

〈残りは夜にすれば……？〉

〈えーっ。そんなの、ダメに決まってるじゃん。ボクのを先にしてよね。ボクが先だからね！〉

ミケ王子の心は、ネコの額ほどに狭かった。

異世界の旅

フレッドに声をかけられたとき、ヨルグは帝都での仕事を人生の終着点と定めた。

フレッドが死に場所を用意してくれたのだと、そのように解釈した。

おそらくは他のメンバーたちも、自分と同じような考えでいるのだろう。

バスティアン・モルゲンシュテルン侯爵や、心根の腐った闇商人と刺し違えられるなら、己の命を捨てることになっても悔いはないと……。


歴代皇帝陛下に仕えてきたエルフの相談役、暗黒時代を生き抜いた調停者の弟子アーロンは、デユクレール商会の帆船に乗って迎えに来た。

アーロンの抱えたカバンには、計画に必要となりそうな書類や許可証がギッシリと詰め込まれていた。

「よろしくお願いします」

「こちらこそだ」

フレッドとアーロンが握手を交わした。

宮廷風の衣装を纏い雅やかな雰囲気のアーロンだが、その目つきは禁呪魔法取締官のように鋭い。

実際にアーロンが任されている仕事は、魔法取締官《マトリ》と大差ないのだろう。

フレッドたちも帝都ウルリッヒに到着した時点から、禁呪魔法に手を染めた悪党連中と戦うことになる。

「こいつは、ちょっとした抗争だな」

「フーベルト宰相やヴァイクス魔法庁長官の協力も、取り付けてあります。敵アジトの破壊くらいであれば、我々も目を瞑ることになっています」

「基本は隠密ってことかい……?」

「申し訳ありません。そこは、上手いこと工夫して頂きたい」

「任せろ」

フレッドとアーロンは、物騒な打ち合わせを笑顔でこなす。

後ろ盾は、ウスベルク帝国だった。

準備万端である。

「俺たちは、デュクレール商会に雇われた護衛を名乗る手はずとなっている。もう既に、状況は開始している。護衛だぞ。オマエたち、分かったな!?」

フレッドが傭兵隊のメンバーに説明した。

「おう」

「了解した」

「……問題ない」

「お任せあれ」

荒事なら慣れたものだが、これほど清々しい気分で作戦開始前のブリーフィングを受けた記憶はなかった。

雇い主が真っ当だと、命懸けの任務でもパーティーメンバーの心は軽い。

「むしろオレは、フレッドの演技にボロが出やしないかと心配だね。子連れの護衛なんて居ないかららな」

「そうだ、そうだ。いつもの調子で、メルちゃーんとか叫ぶんじゃねぇぞ」

ウドとワレンが茶々を入れた。

こうした軽口を叩けるのは、精神状態が正常な証拠である。

「フンッ。俺のことを心配してくれたのは、ハゲとチビか……。ありがとうな。そこら辺は娘《メル》にも言い聞かせたし、森の魔女さまが分かっていなさるさ」

フレッドは諦観を含んだ口調で、ウドとワレンの二人に言い返した。

桟橋から少しばかり離れて草むらに佇むフレッドの視線が、タルブ川に向けられた。

ヨルグも、そちらを見る。

話題の女児は、森の魔女に手を引かれて、微風の乙女号に乗船しようとしているところだった。

不安定なスロープ状のタラップを登る女の子は、暴れる三毛猫を小脇に抱え直すと、桟橋で見送るアビーに手を振った。

悲しそうに、泣きべそをかいている。

どうして『調停者』は、小さな娘を連れて行くのだろうか……？

何故フレッドとアビーは、この暴挙を許すのか……？

ヨルグには不思議でならなかった。

精霊の子が何者なのか、何ができるのか……？

ヨルグは、まったく知らなかった。


微風の乙女号が出航して間もなく、メルの不思議な力は明らかになった。

メルは甲板を駆けまわる。

タルブ川には、危険な人食い魚が棲息しているというのに、森の魔女はメルがはしゃぐのを止めようとしない。

養い親のフレッドまでが、舌打ちはしても見て見ぬ振りを決め込んでいた。

身体バランスが悪く、頭でっかちで不安定な幼児。

ちょっと走ればふらつくし、船が揺れたなら転びそうになる。

突然の颪に攫われて足が甲板から離れてしまうほど、その身体は軽い。

一時たりとも、目を離してはいけないように思えた。

それなのに……。

それなのにメルは、どれほど姿勢を崩しても転ばなかった。

甲板のフチを走っていても、川に落ちたりしない。

いや、足元から甲板が消え失せても、風に煽られて船に戻ってくる。

驚いた顔を見せた後で、楽しそうに笑みを浮かべる。

宙を指さして、嬉しそうに踊って見せる。

船員である風使いの老人が、感心した様子でメルを眺めていた。

「ふわぁー。おったまげるほど、風に愛されとる子だなぁー」

「風使いの爺さん。あの子は、風の妖精に守られているのかね……?」

「んだなぁー。みぃーんな、あの子に夢中だ」

「精霊の子か……」

風の妖精が見えるらしい風使いの男は、眩しそうな眼差しでメルを眺めていた。

ヨルグもメルを見つめた。

日差しを浴びて、キラキラと輝いていた。

まるで命が煌めいているかのように、見えた。

「何とも、楽しそうじゃないか……」

何故だか弟子にしたクルトの顔が、ヨルグの脳裏に浮かんだ。

まだクルトには、全てを伝えていなかった。

このときから、少しだけヨルグは考えを変えた。

帝都ウルリッヒで過去との決着は付ける。

だが死ぬのは止めだ。

宿敵と刺し違えるなど、愚の骨頂。

（オレは生きる術をクルトに伝えたい。それなのに、オレが死にたがっていたら話になんねぇ！）

ヨルグの思考が完全に書き換えられたのは、メルに焼きおにぎりを貰ったときだった。

その匂いを嗅いだとき、何がなんでも食わなければいけないと思った。

だからメルが料理を配る列に、おとなしく並んだ。

焼きおにぎり……。

初めて口にする食べものだった。

素朴だが、涙が出るほど美味かった。

瑞々しくさっぱりとした胡瓜も、言葉に表せないほど美味かった。

黙々と食べた。

食べながら生命を実感した。

ヨルグは長く患っていた心の病から解放されたような、晴れやかさを味わった。

タルブ川を吹き抜ける風が、心地よかった。

横を見やれば、ウドやワレン、レアンドロもまた、憑き物が落ちたような笑みを浮かべていた。

その日、ヨルグはフレッドに言われた。

「ようやく戻って来やがったな。無事の生還を心から嬉しく思うぜ。聖拳ヨルグさんよ！」

「そうか……。オレは戻って来れずに、冥界の縁を彷徨っていたのか……？」

フレッドが乱暴に肩をどやしつけてきた。

続けての熱い抱擁《ハグ》だ。

「お帰り……」

フレッドの言葉は、ヨルグの心にスコンと嵌った。

闇の束縛から解放されたのだと知った。

己の運命を呪う暗い怨念は、キレイに消え去った。

それと同時に、精霊の子を守るのが己の使命だと心得た。

ヨルグは焼きおにぎりの力を借りて、暗い闇から這いだしたのだ。

あまりの滑稽さに、腹の底から笑いが込みあげた。

一旦分かってしまえば、覚るのに知識など要らなかった。

命懸けで追うなら、どす黒い闇ではなく眩しい生命の輝きである。

血を吐くような厳しい修行だって、その先に輝ける未来を垣間見たからこそ続けたのだ。

余りにも、明白な事実だった。

「なるほど……。救いとは、このようにして齎《もたら》されるものか。調停者さまと精霊樹には、感謝しかねぇ」

前科者たちに生を肯定させたのは、精霊の子《メル》がせっせと拵えたおにぎりだった。

微風《そよかぜ》の乙女号は、快晴に恵まれて順調に旅程を稼いでいた。

川幅が広くなり水量を増したタルブ川は、滔々《とうとう》とクレティア平原を流れていく。

タルブ川の岸辺には、ときおり開拓村が姿を見せた。

だが開拓村の規模は小さく、どこも貧しい。

クレティア平原の開発が遅々として進まないのは、この地方に棲息する危険な魔獣のせいであった。


「なぁなぁ…。行商人のおっちゃん。テェート、まだぁー?」

メルはハンスを捕まえて訊ねた。

「これから四日は、船の旅が続くよ。帝都ウルリッヒは、メジエール村から遠く離れてるからね」

「ふーん」

暫くすると、メルはアーロンを捕まえて訊ねた。

「なぁなぁ……。エウフのおっちゃん。テェート、まだぁー?」

「いま、やっとウスベルク帝国の国境に入ったところですから、あと何日も船で移動しなければいけません。それでも陸路より、ずっと速いんですよ」

「ふーん」

次にメルは、森の魔女に言った。

「なぁなぁ、ババさま。わらし、イヤになったわ……！　テェートまでマホォーで、ギューンと行けんかのぉー？」

「毎日毎日、喧しぃのォー！」

森の魔女が、メルの頬っぺたをミュイーンと左右に引っ張った。

「あわわわわわ……っ！」

良く伸びるエサ袋《ほっぺた》だった。


〈退屈だぁー。退屈すぎて、頭がおかしくなるよ！〉

メルはミケ王子をマストに向かって、放り上げた。

〈メルは、堪え性がないんだよ。幼児だからさ〉

ミケ王子はマストを蹴って、ボールみたいにメルのもとへ戻ってくる。

これを落とさないようにキャッチ。

そして再びマストに向かって、放り投げる。

〈修行ですか？　これは、心の修行なのですか……？〉

〈普通の旅行だよ。それも徒歩と比べたら、ズンと上等な旅だね！〉

〈くっ……！　不便すぎて、我慢ならない〉

整備された道と内燃機関のない世界では、ひたすら移動に手間と時間が費やされる。

飛行機や高速鉄道が当り前の社会で前世を生きたメルは、今まさに真の異世界と向き合っているところだった。

精霊ってなに……？

メルたち一行は、蛇行するタルブ川を八日ほどかけて移動した。

途中……。

微風の乙女号は、川べりに点在する規模の大きな開拓村に停泊して、一夜を過ごすことになった。

「うぉ、なんぞ……？　ババさま、地面がユレておゆ!?」

「船から降りたときは、そんな感じがするんじゃ」

「ふぉ。あれ見い、ババさま。屋台で、サカナが売られとゆー！」

「オマエさまは、落ち着きがないのぉー。余りはしゃぐと、村の者に笑われるぞ」

「わらし、よい子デス。村のヒトは、何を笑いますか……？」

「はぁーっ。帝都に着いたらどうなることやら……。今から心配じゃ」

「シンパイない」

「心配じゃ！」

メルは夕刻の開拓村を散策して、楽しい社会科見学だ。

引率の先生である森の魔女は、直ぐにダッシュしようとするメルを捕まえるのに忙しい。

こうした開拓村では、デュクレール商会が運んでいる積み荷と、希少な生薬素材や魔獣の毛皮などを交換していた。

各村の特産物と交換されるのは、塩や織物、ちょっとした日用品や良質な鉄の鋳塊《インゴット》などである。

開発途上の集落には鍛冶職人が暮らして居ても、本格的な製鉄所など存在しない。

なので村人たちは、デュクレール商会の船を心待ちにしていた。

おそらくタルブ川流域の開拓村は、その成立時からデュクレール商会の支援を受けて発展してきた。

例外なく人工の入り江を持つ開拓村は、輸送船の避難所であり補給基地でもあった。

タルブ川は、メジエール村とウスベルク帝国を繋ぐ唯一の道である。

要するに、調停者がメジエール村を作らなければ、これらの開拓村も存在しなかった。

タルブ川を水路として整備する一大事業は、ウスベルク帝国の建国時に取り決められた約定のひとつだった。

開拓村に宿泊したメルが感心したのは、どこの村人たちも妖精と良い関係を結んでいるところだ。

開拓村は毎日の生活に苦労が多そうで規模も小さいのだけれど、何となくメジエール村に雰囲気が似ていた。

そこかしこに姿を見せる妖精たちは、楽しそうに村人たちを手助けしていた。

村人たちも労働を強制する魔法術式などに頼らず、妖精たちの助力に感謝の気持ちを欠かさなかった。

助けられて喜ぶ村人たちと感謝されて嬉しい妖精たちは、眺めているメルがホッコリとするほど楽しそうだった。

その様子がガラリと変化したのは、微風の乙女号がタルブ川の河口に到着して、サルグレット湾から陸路の移動へと切り替わったときだった。

馬車に乗り込んだメルは、ミケ王子を膝に抱いて外の景色を眺めていた。

舗装された街道には石造りの立派な家屋が立ち並び、武器を腰に帯びた男たちの姿もちらほらと見かけるようになった。

サルグレットの港町には活気があるのだけれど、どこかしら殺伐としていて落ち着かない。

そして宙を舞う妖精たちの姿が少なくなった。

〈妖精たちの数が、減った〉

〈帝都が近いからねぇー。屍呪之王《しじゅのおう》も、影響しているし……！〉

〈妖精たちは、屍呪之王《しじゅのおう》を避けているの……？〉

〈違うよ。封印の魔法術式が嫌いなんだ。あれに捕まると、妖精たちは取り込まれてしまうから……〉

メルに同伴させられたミケ王子は、実のところとんでもなく物知りだった。

そして勿体ぶらずに、メルが知りたいことをアレコレと教えてくれる。

実に優秀な家庭教師だった。

〈そもそも、人が精霊と呼んでる存在はさぁー。妖精の融合体なんだ。妖精たちが人の概念《イメージ》を面白がって、自発的に真似たら精霊になったのね。だから精霊は妖精より、人との親和性が高いんだよ〉

〈ミケ王子は……？〉

〈ボクたち妖精猫族と名乗っているけれど、分類からすれば精霊の範疇に入るんだ。高貴で賢いネコのイメージをもとにした、妖精の融合体なのさ！〉

〈それじゃ……。ミケ王子の中身は、ギュウギュウ詰めになった妖精さん？〉

〈そそっ……。因みに妖精猫族は、風の成分が多めだよ。だからボクは身軽だし、陽気なことが大好きなのさ♪〉

俄かには信じがたいし、かなり自己評価が高いように思える。

『だけどミケ王子の説明は、概ね真実だろう……』と、メルは納得した。

〈疑わしそうにしているけどさ。メルだって、妖精の複合体なんだぞ。精霊の子で、妖精女王でしょ。そんでもって……。メルの本体は、精霊樹なんだからね。ボクなんかより、よっぽど複雑怪奇な存在でしょ！〉

〈まじかぁー？〉

自己の成り立ちに思いをはせると、頭がおかしくなりそうだ。

精霊の子については、あまり聞きたくない話だった。

〈そうしたらさ。屍呪之王《しじゅのおう》も、精霊なんだよね……？〉

〈それは違うかなぁー。精霊と疑似精霊は、そもそもの発生からして異なるのです。ボクらの立場からすると、一緒にして欲しくない〉

〈どう違うのさ？〉

〈妖精が好きで精霊になるのと、強引に混ぜ合わされたのとの違いかな……。結果として後者は、怖ろしい邪霊になってしまうんだ。乱暴者で瘴気を撒き散らすし、まったく手に負えない怪物だよ〉

ミケ王子は、おやつの煮干しを美味しそうに齧りながら解説した。

精霊と疑似精霊は、その気質に言及するなら裏返しの存在と言えた。

人との良好な関係を求めて誕生した精霊に対し、最初から殺傷兵器としてデザインされた疑似精霊は、途轍もなく好戦的である。

屍呪之王《しじゅのおう》は暗黒時代に創造された疑似精霊の中でも、非常に面倒くさい存在だった。

それでも疑似精霊を構成しているのは、朴訥な妖精たちである。

心無い人間たちのせいで、歪められてしまっただけなのだ。

そのようにミケ王子は、疑似精霊についての講義を締め括った。

「ふぅーむ！」

メルは眉間にシワを寄せて唸った。

「どうしたんだい、メル……？」

「ババさま。わらし……。むつかしいの、あかんわ」

「オマエさまは、悩まんでも良い。婆のお願いだけ聞いてくれたら、それで良いのじゃ。あとは大人たちの仕事さね」

森の魔女が、優しく諭すように言った。

「いやいや……。むつかしいの、あかんけど……。そえでは、ダメと思う。わらしも、アタマぁー使うでしょ」

メルは対面に座る森の魔女に、自信なさげな様子で伝えた。

メルの尖がり耳が、しょんぼりと垂れた。

メルにはメルなりの、モチベーションがあるのだった。

妖精女王陛下のヤル気《ボイラー》に、ちいさな火が点った。

この火を絶やさず、大きな焔に育てなければならない。

さもなくばステータスのヤル気ゲージが、いつまで経っても上限五のままだ。

（軒先の雨だれを眺めているだけで、ヤル気ゲージが零になるもんな。メルは雨が降ったら、お休みだよ）


ウスベルク帝国からの召喚令状を携えた使者が、バスティアン・モルゲンシュテルン侯爵家を訪れた。

モルゲンシュテルン侯爵領は、帝都ウルリッッヒの遥か北方に位置している。

早馬を使っても、到着までに十日ほどかかる距離だ。

途中にある沼沢地は殊《こと》に難所で、迂回できない部隊を通過させたければ、二倍以上の日数を費やす必要があった。

「ウィルヘルム皇帝陛下よりの命である。バスティアン・モルゲンシュテルン侯爵さまには、帝都ウルリッヒへご同行をお願いしたい！」

ウィルヘルム皇帝陛下から使者の役目を仰せつかったイングリス伯爵の背後には、完全武装の騎士たちが五人ほど従っていた。

ウィルヘルム皇帝陛下の名代として武装解除を拒絶した使者の一団は、バスティアンが逆らえば力ずくで引っ立てるつもりだった。

「使者殿。此度は、如何なる用件であろうか……？」

「貴方には……。ウスベルク帝国の法を犯した疑いが、かけられている。法廷にて、しかと申し開きをなされるがよかろう」

「ふむっ。そう言われてみれば、幾つか心当たりがある……。だが、イングリス卿よ。わたしがイヤだと申したら、どうする？」

豪勢な謁見の間に招き入れられたイングリス伯爵と騎士たちが、一斉に殺気立った。

「小者だな。少しばかり揶揄われたくらいで、腰の剣を抜こうとするか……。そもそも、帯剣での訪問は貴族の礼に反する。身分が上の者に対して、無礼であろう……？」

バスティアンが指を鳴らすと、モルゲンシュテルン侯爵家の騎士たちが謁見の間に雪崩れ込み、使者たちを制圧した。

「このような真似をなさっても、無駄である。貴方の屋敷は、百人の兵に包囲されているのだ」

「ほうっ。百人とな……。それは、どうであろうか……？　本当に貴殿の兵が存在するのか、よぉーく確かめた方が良いと思うぞ」

「なんだと……？」

主人であるバスティアンの台詞に、モルゲンシュテルン侯爵家の騎士たちは腹を抱えて笑った。

「貴様ら……。何が可笑しい!?」

バスティアンが虚勢を張っているようには、見えなかった。

不安に駆られたイングリス伯爵は、背後の騎士たちと素早く視線を交わした。

「アーノルト隊長。部隊に突撃の指示を……」

「はっ。心得ました！」

アーノルトが合図の呼子を吹き鳴らした。

これで笛の音を耳にした兵たちが、モルゲンシュテルン侯爵家に襲撃をかけるはずだ。


だが……。

この時すでに、使者が帝都ウルリッヒから率いてきた騎士隊は壊滅していた。

十体の魔導甲冑によって、瞬く間に排除されてしまったのだ。

白銀のオーガ

魔導甲冑の装甲は、ミスリル鉱と魔鉱の合金だ。

単に頑丈なだけでなく、魔法攻撃を無力化して吸収する。

白銀に輝くボディーは威風堂々として見えるが、隠密行動には適さない。

錆びることのないミスリル合金には、いぶしをかける表面加工ができなかった。

『曇らせることができないなら、黒く塗ればよい！』という話になるのだけれど、これまた塗料が定着しない。

カモフラージュネットを使用しても、魔導甲冑の輝きは隠せなかった。

なので帝都からやって来る帝国騎士団を始末するように命じられたユルゲン騎士隊長は、敵が布陣しそうな場所に穴を掘り、魔導甲冑を隠した。

穴の上には、切り揃えた生木を積み重ねて置く。

人力であれば大変な作業も、魔導甲冑にやらせればあっという間に片付いた。

ユルゲン騎士隊長とモルゲンシュテルン侯爵家の騎士たちは、愉快な気分で帝都から訪れる使者と騎士団の到着を待った。

負ける心配のない闘いで、何も知らずに威張り散らす敵を蹂躙することほど、男たちにとって楽しい遊びはない。

またバスティアン・モルゲンシュテルン侯爵は、ウスベルク帝国の動向を知る手段に事欠かなかった。

奴隷商人や子飼いの貴族たちが、せっせと情報を伝えにくる。

どちらもバスティアンに便宜を図ってもらった恩義に報いるべく、ご機嫌伺いに余念がない。

バスティアンは冷酷無慈悲な悪人だけれど、己の役に立てば相手が誰であろうと寛容さを見せた。

それこそスラムの住人であっても、働きに応じた待遇を与える。

爵位さえ与えて貰えない貴族の末子を元老院にねじ込むなどの荒業も使えた。

その外見が由緒正しい貴族らしく優美であることも影響して、バスティアンの崇拝者は想像以上に多い。

悪人には、悪人なりの人望があるのだ。

バスティアンに認められたければ能力を示し、弱者に対する冷酷さをアピールすればよい。

ユルゲン騎士隊長とモルゲンシュテルン侯爵家の騎士たちにとっては、非常に簡単なことだった。

要するに魔導甲冑で暴れまくり、帝国騎士団の連中をコテンパンにすればよいのだ。

ならず者の成りあがりで構成されたモルゲンシュテルン侯爵家の騎士たちは、折に触れて帝国騎士団が誇示する選良意識に反発を感じていた。

『あいつら、偉そうにしやがって……！』

高級そうな盾に印された紋章が、腹に据えかねる。

盾とは戦士の身を守る神聖な防具であり、己の身分をひけらかす道具ではない。

それだけで、帝国騎士団を襲う理由としては充分だった。


「隊長、奴らが街道の向こうに見えました！」

櫓《やぐら》に登って見張っていた部下が、報告してきた。

「よっしゃー。テメェーら、お楽しみの時間だぜ！」

「「うおおぉぉぉぉぉぉぉぉぉーっ！」」

魔導甲冑を与えられた騎士たちが、ニヤニヤしながら丸太で隠された穴に降りていく。

「バーキ。裏口で待機している連中にも、知らせてこい。正門の攻撃に連動して、裏口も攻撃開始だからな……。戦闘開始の合図は、操縦席の右手にある赤いランプだぞ！」

「了解しました。隊長！」

バーキと呼ばれた部下は馬に跨り、モルゲンシュテルン侯爵家の裏口に向かって走り去った。

（さてと……。魔導甲冑《コイツ》の初陣となる訳だが……。どうしようもなく、ワクワクしてきやがったぜ！）


ユルゲン騎士隊長たちは辛抱強く待った。

帝国からやって来た騎士団は、二手に分かれてモルゲンシュテルン侯爵家の正面入口と裏口を封鎖した。

教本通りの布陣であり、ユルゲン騎士隊長が予測した通りの展開だった。

帝国騎士団は、馬上からモルゲンシュテルン侯爵家の様子をジッと窺っている。

その背後には生木を積み上げて隠された、大きな穴があった。

魔導甲冑が潜んでいる穴だ。


帝都ウルリッヒから訪れた使者が護衛の騎士を伴って、モルゲンシュテルン侯爵家の敷地内に案内された。

そこから更に四半刻ほど待ってから、魔導甲冑部隊による奇襲が開始された。

「さてさて……。俺の思い出に残るような、情けねぇアホ面を見せてくれよォー！」

ユルゲン騎士隊長は、仕様書の手順に従って魔導甲冑を起動させた。

部下たちに戦闘開始の合図を送るのも、忘れない。

動力ディスクに封印された妖精《ピクス》たちから、容赦なく霊力が吸い上げられていく。

魔導回路に流れ込んだ霊力が、魔導甲冑の術式を目覚めさせた。

ギアが駆動する。

「それっ、立ち上がれ。穴から出るんだよォー！」

ユルゲン騎士隊長が魔導甲冑を操作して、隠れていた穴から抜けだした。

操縦席の赤いランプが燈ると、モルゲンシュテルン侯爵家の騎士たちも一斉に魔導甲冑を起動させた。

積み上げられた丸太を無造作に押しのけて、白銀の巨人たちはのっそりと穴から這いだした。

一方、帝国騎士団の面々は目を丸くし、口をポカンと開けていた。

鞍上の自分たちを見下ろすような巨人が、いきなり背後に出現したのだ。

驚くなと言う方が無理である。

「ははは、っ……。帝国騎士団の諸君。なかなかに魅力的な表情だ。つぎは間抜けな泣きっ面を見せてくれ……！」

ユルゲン騎士隊長は、笑いながら魔導甲冑を騎馬の隊列に突っ込ませた。

「ブヒヒヒヒヒィィィィィーン！」

馬たちが怯えて棹立ちになる。

「うぉ、落ち着けェー！」

「な、なんじゃ、あれは……？」

「鬼人《オーガ》だ……。銀色の鬼が、こっちに向かって来るぞ！」

「ど、どうしますか……？」

「…………ッ」

訊ねられたところで、答えようがない。

人は突拍子もないことが起きると、思考力を失う。

そのために日夜訓練を積んでいるのだが、それでも想定外の状況に出くわすと頭が働かない。

騎士たちは指示待ち状態であるが、指揮官も我を失っていた。

「どうするも、こうするも……。迎え撃つしかあるまい！」

「いや、無理だ。相手がでかすぎる」

「ここは、引くべきでは……？」

各騎士隊を率いる隊長たちで、意見が割れた。

その横で、ゴキン！　と金属音がした。

「ぐあっ！」

「団長……!?」

騎士団長は、真っ先に狙撃手の投石を喰らい落馬した。

投石と言っても、魔導甲冑による投石だ。

優に十キロは超えていそうな石が、飛んできた。

上半身に命中した時点で、騎士団長の命はなかった。

「どうした!?」

「何事だ？」

「きっ、騎士団長が、敵の攻撃を受けて死亡されました！」

「「「……………………！！！」」」

帝国騎士団の面々は、迫りくる魔導甲冑に横腹を晒したまま硬直してしまった。

「おわぁぁぁぁーっ！」

「ヒヤァー！」

呆然としていたら、巨人が手にしていた生木で殴りつけてきた。

下からすくい上げるようにして、『ドスン！』と殴られた。

たった一撃で、馬と一緒に何人もの騎士が宙に舞った。

「不味いぞ！」

「散れ。散開しろ!!」

勝手に逃げようとした騎士たちが、更なる混乱を生じさせた。

「ブヒヒヒィーン！」

ドスンドスンと鈍い音が響く。

生木で馬が跳ね上げられる音だ。

「た、隊列を崩すな!!　敵の思う壺だぞ。前列は応戦して、時間を稼げ……」

「うぎゃぁぁぁぁぁぁぁぁーっ！！！」

「どぅらぁー！」

指揮官の命令は、部下たちに伝わることなく途切れた。

あちらでもこちらでも、帝国騎士団の騎士と馬が宙に飛んでいた。

隊列など組み直せるはずもなく、応戦のしようもなかった。

魔導甲冑と激突した騎士は、地面に落下して二度と立ち上がらなかった。

帝国騎士の甲冑は高い魔法防御力を持ち、近距離から放たれた石弓の攻撃さえ弾き返すように作られているが、限度を超えた衝撃に弱かった。

甲冑は無事でも、中の人間が耐えられないからだ。

当然……。

宙を舞うほどの勢いで殴られた馬も、口や鼻から血の泡を吹いて動かなくなる。

凡そ百騎の騎士たちは、十体の魔導甲冑に蹴散らされた。

なんの反撃もない、一方的な蹂躙だった。

馬上剣《ロングソード》を抜いた猛者もいたのだけれど、『意味がないのでは……？』と逡巡した瞬間に、魔導甲冑が手にした丸太で弾き飛ばされた。

この戦いに於いて……。

魔導甲冑の大きさと腕力は、即ち暴力だった。

子供と大人の喧嘩でさえなかった。

心構えのない集落に、いきなり戦車が突入したようなモノである。

「フヒヒッ……。久々にご機嫌だぜ」

ユルゲン騎士隊長の気分は、正に『俺ＴＵＥＥＥ！』だった。

この一方的な闘いを心から楽しめるが故に、ユルゲン騎士隊長はバスティアン・モルゲンシュテルン侯爵のお気に入りなのだ。

冷酷無慈悲なバスティアンは、常に凶暴で残忍な猟犬を好んだ。

「裏門、制圧完了。味方に損傷なし」

「よろしい。そのまま守備を続けろ！」

ミッティア魔法王国の魔導兵器が、帝国騎士団を壊滅させた。

完全勝利である。

ユルゲン騎士隊長とモルゲンシュテルン侯爵家の騎士たちは、立派にバスティアンの望みを叶えたと言えるだろう。

「正門……。敵、残存兵力なし」

「了解した」

両腕から血を滴らせた白銀のオーガが、静かに戦場を睥睨した。

それは異様なほど美しく、凄惨な姿だった。


だが……。

その一方では魔導甲冑の動力源とされている妖精たちが、悲痛な叫び声を上げていた。

このような暴力行為に加担するのは、妖精たちの望むところではなかった。

それなのに隷属魔法の拘束から逃れることができず、果てしのない苦役を強要されているのだ。

とても、とても辛くて、誰かに助けて欲しかった。

メルたちの一行は、帝都ウルリッヒを目前にして二手に分かれる予定だった。

シオレックの街に到着すると、メルはこれからの予定をフレッドから簡単に説明された。

とても簡単に……。

一方、森の魔女、アーロン、メルの三人は、ウィルヘルム皇帝陛下に事情を説明しなければならなかった。

屍呪之王《しじゅのおう》の討伐とラヴィニア姫の救助が、そもそもの目的である。

そのためにはまず、エーベルヴァイン城を訪れる必要があった。

この流れからすると、ウィルヘルム皇帝陛下との謁見は避けられない。

一方フレッドたちは、デュクレール商会（帝国情報機関）の協力を得て、帝都ウルリッヒで為すべきことがあるらしい。

「こいつは時間が掛かる仕事だ。当分はメジエール村に帰れない」

「そうなんですね。おとぉーは帰れない」

「それでもウスベルク帝国とメジエール村の関係を考慮するなら、各方面との繋ぎを取っておく必要があるんだ」

「…………」

フレッドは一緒に帰れない。

それだけ分かれば、メルには充分だった。

「メル……。おとなの事情があって、ここからは別行動になる。おまえは婆さまとアーロンさんの言いつけをキチンと守るんだぞ！」

「おとなのジョージ？」

「情事じゃねぇ。事情だ！」

フレッドが慌てた様子で、メルの間違いを訂正した。

「はぁ……？　むつかしゅーて、イミわからんわぁー！」

「そこを気分で流せと、言ってんだよ！」

「はっきり、セツメーせんかい。ぼやかすなや、ボケェー！」

「ちみっ子に説明しても、分からねぇよ」

「おとなのジョージとやらをセツメーしてもらわんと、わらしヘソ曲げマス」

「事情だ！」

メルとフレッドは怒鳴り合った。

メルはフレッドたちと別行動になっても、とくに不満などなかった。

ただ単に説明を省かれたので、イラッとしたのだ。

幼児は大人のおざなりな対応に、腹を立てる。

〈ミケさん、聞きましたか……？　まぁーた、子ども扱いですよ！〉

〈だって、メルは子供だもん。仕方ないと思うよ〉

ミケ王子が念話でメルを諭した。

〈あるぇー。随分と、大人ぶった台詞じゃない。ミケ王子だって、ネコ扱いされたら怒るでしょ……？〉

　メルがミケ王子に言い返した。

〈そりゃあ、まぁー。怒るかもネ……〉

〈そんでもって、ネコだから仕方ないって言われたら、どうなのよ……？〉

〈それは、ちょっと話が違うと思うよ。ボクは……。正しくはネコじゃなく、妖精猫族だからねぇー。でもぉー。メルは明らかに、幼児じゃん！〉

　ミケ王子が、迂闊にもメルを言い負かした。

「何ですとぉー!?」

　メルは怒って、ミケ王子をグルグルと振り回した。

「ふにゃぁー！」

　いつまで経ってもメルの扱いを学ばない、ミケ王子だった。

変装するのです

魔導甲冑の有用性を確認したバスティアン・モルゲンシュテルン侯爵は喜色満面であったが、そのまま帝都ウルリッヒに攻め込むような愚を犯さなかった。ミッティア魔法王国に気を持たせ、退屈しのぎに弄ぶのも、また一興……」

「ウスベルク帝国は、遅かれ早かれ滅びる定めよ。

ウスベルク帝国が封印術式の書き換えを必要とする限り、主導権はバスティアンにあった。

だが帝都ウルリッヒでクーデターを起こし、ウィルヘルムに恭順する家臣たちを一人残らず始末しても、バスティアンが皇帝の座に就くことは叶わない。

そもそもバスティアンは、帝位簒奪の野望を持っていなかった。

理想的な統治方法を夢想したこともない。

あるのは、只々破壊のみ。

怨嗟と憤怒、思うに任せぬ世界への激しい復讐心。

到底、統治者の器ではない。

バスティアンが支配できるのは、限られた狭い領域に過ぎない。

理不尽な死と怨嗟の声に溢れた未来こそが、バスティアンの目指すところだった。

ウスベルク帝国は要らない。

「ククククッ……。屍呪之王《しじゅのおう》は復讐を望み、この世に再び暗黒時代を呼び込むだろう」

狂屍鬼《きょうしき》で溢れかえる世界を見たいとバスティアンが望むなら、急ぐ必要はなかった。

破滅の日が訪れるまで、ジッと待つだけで良い。

「ここはひとつ、高みの見物と洒落込もう。安全な場所から石を投げつけ、逃げ惑う連中を笑い飛ばすのは愉快だ」

愚劣王ヨアヒムの記《しる》した【死霊の書】は、バスティアンが暮らすヴランゲル城の地下深く、結界で封じられた御霊舎《みたまや》に保管されている。

呪禁士が用いる忌まわしい呪詛は、知識と経験によって会得された特殊な技術に過ぎなかった。

この知識を占有することにより、モルゲンシュテルン家は侯爵の地位にまで昇りつめた。

【死霊の書】が、余人の手に渡ることはない。

それ故に、知の独占なのだ。

「先ずはヤニックの尻を蹴り上げて、可能な限り沢山の魔導甲冑を用意させるとしよう！」

帝都ウルリッヒには屍呪之王《しじゅのおう》がいる。

封印の巫女姫は、もう限界だと小耳に挟んだ。

石室の封呪を書き換えるには、多くの贄を用意せねばなるまい。

モルゲンシュテルン侯爵家が管理しているスラムから、数千、いや万に届く生贄を石室に運び込む必要がある。

時至れば、否が応でもモルゲンシュテルン家に協力を仰がなければならなくなる。

であるにもかかわらずだ。

「ふんっ……！　今更、わたしの罪を問うとは……。余裕の無さを自ら曝《さら》け出したようなものではないか……。よりにもよって力ずくとはなぁー。それは悪手だよ。ウィルヘルム……」

かつてバスティアンは、『もし封印の儀式を執り行うとしたら、無理難題をウィルヘルム皇帝陛下に要求しよう！』と考えていた。

ウスベルク帝国に於けるモルゲンシュテルン家の栄達は、スラムの住民たちを生贄にすることでしか得られなかった。

だから事情を知る貴族たちから『死神侯爵』という、有難くない仇名を頂戴している。

「いったい誰のおかげで、平和な日々を暮らせると思っているのか……？」

バスティアン・モルゲンシュテルン侯爵は、ウスベルク帝国の貴族たちを見下し、蔑み、そして憎んでいた。

その筆頭が皇帝であるウィルヘルムと、皇族の特権に胡坐をかく愚劣な血縁者たちだった。

「何を血迷ったのか知らぬが、先にこぶしを振り上げたのはキサマらだ。もはや和解はない……。ウスベルク帝国の建国よりモルゲンシュテルン家に溜めこまれてきた穢れを引き取るがよい。全てを煮えたぎる呪詛に変え、突き返してくれるわ！」

初代より、モルゲンシュテルン家の当主は呪禁士として生きることを求められ、幼いころから使役霊の作り方を学ばされる。

厭魅《えんみ》や蠱毒《こどく》などの呪法は、霊格の低い者が行えば己の魂を損ねてしまう。

それを子供に学ばせるのだから、正気の沙汰ではない。

バスティアンの死神を想起させる冷酷非道さは、モルゲンシュテルン家の当主が相続すべく定められた、負債（呪い）だった。

理性を保とうとしても、呪われた血は際限なく贄を求める。

どれほど秀でた祓魔師であろうと、血脈血統に融合した怪物のような魔性を取り除くことはできない。

「さてと……。召喚令状を無視され、騎士隊を潰されたウィルヘルム皇帝陛下は、どうなさるおつもりかね？　キサマに残された時間は、とんでもなく短いのだろう……？」

ヴラングゲル城の自室で寛ぐバスティアンは、琥珀色の蒸留酒《スピリット》を楽しみながら薄笑いを浮かべた。

世界を破滅寸前にまで導いた愚かな先人たちに、己の姿を重ねてみる。

「自己憐憫……？　ではないな。わたしはゴールが見えてきたことに、安堵しているのか……？

ふっ……。何にせよ、せめて最後の瞬間《とき》は人として迎えたいものだ」

バスティアンの喉が、ギチギチと異音を発した。

「くっ……！」

蒸留酒《スピリット》では、不安を誤魔化し切れない。

頭から、生血を浴びたかった。

血に酔いたい。

「ひとは愚かだ……」

そう呟くバスティアンに、罪の意識や自己犠牲の選択肢など存在しない。

そこには、絶対的な力への飽くなき渇望だけがあった。

自分が世界を滅ぼす人となる。

それでこそ絶対者だ。


だが……。

バスティアンの行動は、始祖ヨアヒムと調停者の間で交わされた約定に反するモノだった。

これによりモルゲンシュテルン家は、『調停者』による庇護を失った。


森の魔女はシオレックの街で安宿を取ると、メルを引き連れて借りた部屋に向かった。

勾配の急な階段は、メルが登るだけでギシギシと軋む。

劣化した壁の漆喰は、剥がれ落ちたままで放置されていた。

部屋は掃除されていないし、シーツも黄ばんでいて臭かった。

『このベッドには、絶対に血を吸う虫がいる！』と、メルは確信した。

星ひとつでさえ付けたくない、オンボロ旅籠屋《はたごや》だった。

「ここで姿を変えるよ。あたしもオマエさまも、余り世間に姿を晒すべきじゃないからね」

森の魔女がメルに言った。

そう聞かされてみれば、納得できる。

「ババさま、とまらない？」

「ああっ。この宿には泊まらない」

「おおーっ」

受けつけに座っていた主人は宿帳を突きつけただけで、愛想の一つさえ見せようとしなかった。

視線も合わさずに素泊まりの料金を受け取ると、部屋の番号札がついた粗末なカギを手渡して終わりだ。

サービスも治安も期待できない。

逆に言えば、メルたちが人相を覚えられる心配もなかった。

「安心おし……。あたしだって、こんな場所に泊まる気はないからね。姿を変えたら、とっとと裏口から抜けだすよ。オマエさまにも、ちょっとした偽装の魔法を施すからね」

「うん。ミケは……？」

メルがミケ王子を抱え上げて、訊ねた。

「ネコは放っておきな……。帝都ウルリッヒでは、エルフの子供なんて見かけないからね。目立つとさ。人の記憶に残っちまうんだよ。オマエさまだって、奴隷商人に目をつけられたくないだろ。それにあたしとしては、メルの存在を世間から隠しておきたいのさ。当分の間はね」

「ミィーケも、ヨーセェーネコの王子よ。ヘンソー、いるでしょ？」

「それはネコだから……。ネコは、猫のままが一番だよ！」

「ミャァー♪」

ミケ王子はメルに弄りまわされる危険を免れたので、森の魔女に感謝の視線を向けた。

メルはガッカリして肩を落とした。

森の魔女はメルが見ている前で、黒衣の淑女に姿を変えた。

偽装すると言うより、これまで纏っていた老婦人の姿を脱ぎ捨てたに過ぎない。

均整が取れた若い女性の肉体に、結い上げられた艶のある黒髪。

黒いドレスは古風でシンプルだけれど、生地の光沢が美しい。

『さぞかし、お高いドレスなのだろう……』と言うか、たぶん世間では売られていない。

ドレスから滲みだす高濃度の霊力が、生地に仕込まれた強力な魔法術式の存在を示唆していた。

言うなれば、そのドレスは妖精が棲みついた付喪神の一種である。

加護つきのドレスだった。

メルもタリサから譲り受けたレジェンドな幼児服を所有していたので、漆黒のドレスが高度な魔法技術によって設えられたモノだと直ぐに気づいた。

メルの幼児服は既に半分ほど付喪神化していたけれど、うっかり食べ過ぎたときにウエストが裂けた。

大切に受け継がれてきた幼児服の歴史を自分の代で終わらせてしまうのは、どうしても許容できなかった。

そこでメルは、花丸ショップの衣料品店に修繕を依頼して、レジェンドの延命を願った。

只今、裂けてしまった幼児服は、花丸ショップでオーバーホールの真っ最中だった。


本来の姿となった森の魔女は、エルフの尖がり耳だけを偽装の魔法で隠した。

「この姿のときはババさまでなく、クリスタと呼んでね」

普段は隠遁した老婆のような口調も、年若い娘のように改めていた。

「く・り・す・た……？」

「そっ……。あたしが昔から使っている名前のひとつ。『調停者』として、世間に知られた名前よ」

「そっかぁー」

メルは見目麗しい夜の女神さまを見上げ、『クリスタ……』と心の中で繰り返した。

森の魔女《クリスタ》は用意していた濃紺のメイド服をメルに着せ、魔法でエルフ耳を隠した。

「これで、あたしのメイドみたいになったわ……。なかなか、似合っているわよ」

「うふぅー。コマヅカイの、ふくぅー。カワイイのぉー！」

異世界に幼女として生まれ落ち、凡そ一年。

ようやっとメルも、可愛い自分を受け入れられるようになった。

「カワイイは、セェーギなのヨ！」

前世記憶と現実のアウフヘーベンだった。

正義であれば、可愛い服を着るのも我慢できる。

実際には四歳児の小間使い《メイド》など居る訳がないので、なんちゃって小間使い《メイド》さんだ。

世間からは淑女が可愛がっている、着せ替え人形に見えるはずだった。

要するにペットである。

メルは自分のペット的な立場にあるミケ王子を両手で抱え上げて、『キミってば、ペットのペットだね！』と、素直に思うところを告げた。

「ウニャ……！」

ミケ王子は、まったく納得していなかった。

帝都の景色

アーロンに迎えられたメルと森の魔女《クリスタ》は、此処までの陸路で使用していた馬車よりグンと立派な馬車に乗せられた。

皇族が賓客を迎えるために使う、豪華な造りの白い馬車だった。

馬車を牽く二頭の馬まで、艶々とした白馬だ。

白い馬車の扉に描かれた紋章は、ウスベルク帝国を示す二頭の竜と一振りの剣である。

守護の剣と呼ばれている紋章に印された剣の図案は、封印の塔を象徴していた。

剣を支えている赤竜は騎士を意味し、黒竜が魔法使いを意味する。

この紋章が考案されたとき、『なんで人を竜に擬《なぞら》えるの……?』と、クリスタが不思議に思ったのは内緒だ。

今ではクリスタの疑問も、スッキリと解かれていた。

ウスベルク帝国を興したエックハルト神聖皇帝は、自分たちが弱かったので強い竜に憧れたのだ。

三代目のゲルハルト皇帝が大帝国を名乗ろうとしたのも、ウスベルク帝国のちっぽけさを気に病んだ結果である。

為政者どもは、まったく見栄っ張りばかりだった。

しかしクリスタは、少しも強くなる努力をせず、国土を広げようともしない歴代皇帝の小心さを高く評価していた。

何となれば『調停者』としては、ウスベルク帝国に余計な戦争を起こされるのが最も面倒くさかったからだ。

皇帝陛下は、小心者なくらいで丁度良い。

ときおり片腹痛い思いをさせられるが、戦争をされるよりズンとマシだった。

だからクリスタは、恥ずかしい紋章が施された馬車であっても、文句を言わずに乗る。


「なぁなぁ、エウフのおっちゃん。どあごん、二ヒキ……。こぇ、ナニかのぉー？　赤いのと黒いの、ケンカしとぉー？」

「紋章の意味ですか。わたしも詳しくは知らないのです。先々代の皇帝陛下やクリスタさまにお聞きしたのですが、教えて頂けませんでした」

「ヒミツ……！　なぞぉー。ワクワクすゅ！」

「そんなモノに、興味を持たなくていいの……！　それより帝都で美味しいお菓子とか、流行のオモチャなんかを探してみたらどうかしら……？　お友だちやアビーに、お土産も用意するのでしょ？　あたしが、お小遣いを上げましょう」

「ふぉーっ。ピカピカのギンカ……！」

メルはクリスタから数枚の銀貨を与えられると、紋章の謎について考えるのを止めてしまった。

メジエール村に居たら使い道のない金貨や銀貨も、帝都ウルリッヒでは役に立ちそうだった。

「テェートのリョーリは、どんなかなぁー？　オモチャって、マセキをつかうの……？」

帝都のお菓子は、きっと美味しいに違いない。

帝都のオモチャはカッコ良くて、魔法で動くに決まっていた。

「食べたいのォー。見たいのぉー。とこぉーで、ババさま……。テェートは、まだですかね？」

「メルゥー、婆さまじゃないですよ。ク・リ・ス・タ……、です！」

クリスタがメルのエサ袋（ほっぺた）をミュイーンと引っ張った。

大福のようによく伸びる。

「あぅあぅ……。クィシュタしゃま、れす」

「間違ったらダメですよ。間違ったら、ミュイーンってするからね！」

「ウィッ、しゅ！」

まだまだ伸びしろに余裕がある、キュートなほっぺだった。


帝都ウルリッヒは尋常でなく大きい。

その中心部にひときわ高く聳え立つ塔は、城壁の外からでも見ることができる。

教会の尖塔ではない。

帝都ウルリッヒで最も高い塔は、屍呪之王《しじゅのおう》を封じ込めるために建てられた封印の塔だ。

ここ三百年ほどで勢力を伸ばしてきたマチアス聖智教会は、信者がスラムの住民ばかりなので資金繰りに難儀していた。

なので、巨大な礼拝堂やら高く聳え立つ鐘楼など、建築できるはずもなかった。

精霊や妖精の存在を認めないマチアス聖智教会の教義は、実際に屍呪之王《しじゅのおう》を封印しているウスベルク帝国と根底で馴染まない。

では、何処からマチアス聖智教会に活動資金が出ているのか……？　と問えば、お察しである。

マチアス聖智教会の発祥地は、ミッティア魔法王国にあった。

そもそもマチアス聖智教会の前身は、聖樹教会と名乗るアニミズム信仰を教義に据えた集団だ。

これをミッティア魔法王国が徹底的に弾圧し、組織だけを乗っ取り、その名をマチアス聖智教会に変更した。

マチアス聖智教会は、ミッティア魔法王国が民衆の意識操作を目的として立ち上げた組織である。

スラムの住民たちが錬金術師や魔法使いの工房を襲う暴動事件などは、例外なくマチアス聖智教会の煽動によるものだった。

マチアス聖智教会が建立した施設は質素だけれど、その数が尋常ではなかった。

帝都ウルリッヒでは、ミドルタウン、ダウンタウンと、マチアス聖智教会によって占領されてしまったかの如き有様となった。

「また、キョーカイ？」

「そうです。あそこに建っているのも、マチアス聖智教会の礼拝堂ですね」

「なんか、うざぁー！」

メルは嫌そうに顔をしかめた。

帝都ウルリッヒの大門をフリーパスで通過してから此処まで来るあいだに、六から七の教会を目にしていた。

大きい礼拝堂もあれば小さなモノもあった。

どれもが美しい建築物だった。

雰囲気も静謐である。

だが、メルの目には違うモノが映っていた。

黒いアレだ。

人を幸せにするはずの教会が、禍々しい穢れに覆い尽くされていた。

〈これはヒドイ……〉

〈メルー。あそこに近寄るのは、絶対にダメだよ〉

〈ミケ王子にも見える？〉

〈ボクには見えないけれど、鼻が曲がりそうだよ！〉

ミケ王子はメルのメイド服に顔を突っ込んで、なんとか悪臭から逃れようとしていた。

〈スンスン……。メルは精霊樹の匂いがする〉

〈そうなんだ……？〉

メルは辛そうなミケ王子の背中に、そっと手のひらを添えた。

穏やかな浄化の波動が、ミケ王子を癒す。

精霊樹の匂い。

自分では分からない匂いだった。


船旅が陸路に変わってから、メルは頻繁に黒い靄《モヤ》と遭遇した。

気になって仕方ないのだけれど、森の魔女《クリスタ》からは構うなと指示されていた。

『精霊の子として力を振るってもよいのは、メジエール村の中だけです！』と、繰り返し注意を受けた。

考えてみれば当然の話だ。

メルは精霊の子であることを隠しているのだ。

自らバレるような真似をして、良いはずがなかった。

それにしても、マチアス聖智教会の礼拝堂は酷すぎた。

メルが顔をしかめているのは、まさに黒い穢れのせいであった。


「アーロン。これは、どうしようもありませんね」

「はい。いつのまにやら、ゴミ捨て場のような有様です」

「屍呪之王《しじゅのおう》を祓うことができれば、この瘴気も粗方消え失せることでしょう！」

「マチアス聖智教会の処分は、後回しですね」

「いいえ……。マチアス聖智教会のことは、フーベルト宰相にでも託しましょう。帝都ウルリッヒの管理は、『調停者』の役目から外れます。人族に与えた自治権を侵犯する気はありません」

クリスタは厳しい表情で、帝都ウルリッヒの街並みを睨みつけた。

ミッティア魔法王国の不当な介入に、はらわたが煮えくり返るような気分を味わっていたのだ。

「グウェンドリーヌ陛下は、少々やり過ぎです。わが姉弟子とは言え、許しがたい」

「自称だよ。自称……。あたしはグウェンドリーヌを弟子と認めていません。あたしの弟子はアーロンだけです」

「…………………!?」

アーロンが感動を隠せぬ様子で、照れくさそうに俯いた。

森の魔女《クリスタ》を裏切った妹分は、ミッティア魔法王国で女王の地位を得ていた。

そして妖精たちを封印した魔導兵器の開発に、クリスタから学んだ知識を転用している。

(屍呪之王《しじゅのおう》が片付いたら、つぎはオマエの番だよ!)

ちいさなメルをミッティア魔法王国に連れて行くのは、至難の業だった。

であるならば、メルが成長するのをじっくりと待てばよい。

『調停者』には、適切な時期を待つことができた。

これまでだって、気の遠くなるような歳月を待ち続けた。

精霊の子が成長するのを待つくらい、クリスタには容易いことであった。

消えた晩餐会

帝都ウルリッヒに到着したメルは、街中に溢れる瘴気を目にして悲しくなった。

クリスタが施した魔法の偽装があるので分からないけれど、メルの尖がり耳はションボリと垂れ下がっていた。

もう、観光気分どころではない。

眉間が重たくてイラッとするから、早く清浄な場所へ逃げ込みたかった。

それは他のメンバーも同様で、とくにミケ王子がまいっていた。

いつもなら抱っこされるのでさえ嫌がるのに、メルの懐に鼻先を突っ込んで離れようとしない。

〈ごめんね、メル〉

〈謝らなくても良いよ。鼻が敏感なのは、辛いよね〉

〈うん。こんなに酷いのは、初めてだよ！〉

〈お城に着いたら……。婆さまの許可を貰って、浄化をぶっ放してみるよ〉

〈お願い……！〉

微小粒子状物質（PM2.5）の対策が施されたマスクは、この世界で売られていなかった。

そもそもミケ王子が装着できるマスクなど、何処にも存在しない。

穢れが微小粒子状物質かどうかも、定かではない。

前世で花粉症とか喘息とか、ひと通り気管支系疾患の辛さを味わってきたメルは、ミケ王子に同情した。


馬車の席に座るクリスタとアーロンも、口数が少ない。

先程からアーロンは、頻りとハンカチで鼻を押さえていた。

アーロンもミケ王子と同様、穢れに鼻をやられているようだった。

「あーろん。エウフのおっちゃん。こえ、かしたげゅ。クンクンせぇー」

「何ですかコレは……？」

アーロンはメルが差しだした精霊樹の枝を受け取り、その匂いを嗅いだ。

蕾《ツボミ》のそばに鼻を寄せて、クンクンと香りを楽しんでいる。

「はぁー。心が洗われるようだ。鼻の痛みが、スッと引いて行きます。なんて、良い匂いなんだ……。ところで、これはなんですか？」

「それは精霊樹の枝です。気分が良くなったなら、早くメルに返しなさい！」

クリスタがアーロンの質問に答えた。

「ブホォー！　せっ、精霊樹っ……!?　メルさん、お返しします」

「もう、エエんかぁー？　もっと、スゥー、ハァーしても、かまへんヨ。エダ、へらんし……」

メルは気前良さげに、ニッコリと笑った。

精霊樹の枝をだした途端、馬車の空気が清々しいものに変わった。

メルが感じていた眉間の重ったるさも、消え失せた。

ありがたい枝である。

「メル……。その枝は、ひとに渡したらいけません。匂いを嗅がせるなど、もってのほかです」

クリスタが真面目な顔で、メルに注意した。

「えーっ。なんでぇー?」

「精霊樹は、精霊の子にとって本体です」

「うん……」

「昔々、まだ精霊樹がたくさん生えていた頃の話です。今は既に忘れ去られてしまった精霊樹の作法ですが、しっかりと覚えておきなさい……。長寿のエルフであれば、アーロンのように記憶している者もいます」

「はい……。くぃすたセンセェー」

メルも真面目な顔で頷いた。

「コホン……。では、よぉーく聞くのですよ」

「うん。わらし、ちゃんと聞くヨ」

「これは精霊のお話です。精霊の子が知っておかなければいけない、大切な作法です」

「はい」

「かつて現象界には、それはそれは沢山の精霊たちがおりました。精霊たちは、それぞれが寄親《よりおや》とする精霊樹から一本の枝を授かり、大切にしていました。この枝を互いに交換することで、精霊たちの結婚が成立したのです」

「はぁー？」

「メルが精霊樹の枝を預ければ、相手からは『求婚』と解釈されます。またツボミの匂いを嗅がせるのは、自分の匂いを嗅がせるのとナニも変わりません。レディーとして、絶対にダメです！」

「ぶぅーっ！」

メルは淑女失格だった。

ミケ王子ならギリセーフだが、アーロンはダメだ。

メルの顔が、カァーッと羞恥で赤く染まった。

茹でたタコみたいになった。

「わらし……。おまぁーと、ケッコンせぇーへんヨ」

恥ずかしそうにモジモジしながら、メルが言った。

「ややや……。とっ、当然じゃないですか……。分かっていますとも……！」

何故かアーロンも、幼女を相手に赤面していた。

「精霊と精霊の子は違うけれど、誤解が生じないようにすべきです」

クリスタがメルの頭を撫でた。

「メルさんに結婚の話は、些《いささ》か早すぎると思います。お互い、無かったことにしましょう」

「うん、ワスえゆ……♪」

アーロンはハンカチを鼻に当て、何とかして表情を隠そうとした。

非常に気まずかった。

四歳児の匂いを堪能してしまったことが、アーロンの心に深刻なダメージを残した。


そうこうするうちに、メルたちはエーベルヴァイン城へ到着した。

広い敷地内を走った馬車は、宮殿の裏手にある寂しい広場に停まった。

白い馬車から降りても、人影は見当たらない。

「だぁーれも、おらん……?」

「あーっ。出迎えやら、歓迎やらは、すべて無しにしてもらいました」

『調停者』が訪問するさいの、お決まりである。

クリスタは仰々しく出迎えられることを嫌う。

「メルさんの件も伝えていませんから、これが普通です」

「そっかぁー」

実のところ、精霊の子が生まれたコトは、皇帝陛下にも報告していない。

迂闊に知らせたりすれば、城を上げての祝賀パーティーが催されてしまう。

「あたしは権勢欲に塗れた貴族どもを信じていません。連中に精霊の子を披露したいとも思いません。ですからウィルヘルム皇帝陛下との謁見も、あたしだけで済ませます。メルはできる限り人目につかないよう、部屋から出ずに隠れていなさい」

「わかった！」

クリスタの指示に、メルはウンウンと頷いた。

メルだって偉い人に会うとか、面倒くさい行事はメッチャ苦手なのだ。

目的は屍呪之王《しじゅのおう》を解呪するコトと、ラヴィニア姫の救助である。

ウィルヘルム皇帝陛下など、どうでも良かった。

ただ問題がひとつだけあった。

「めし……。わらしの、メシはぁー？」

「自分で作って食べなさい」

「まじかぁー？」

すっかり騙された気分だ。

宮廷での豪華な晩餐会が消えた。

夢見ていたゴージャスな料理たちが、水泡となって消えてしまった。

メルはアーロンに案内された豪華な部屋で、ひとり呆然と立ち尽くした。

いや、ミケ王子が一緒だった。

〈メル……。ボク、お腹が減ったよ。もうあきらめて、メザシを焼こうよ！〉

〈わたし、頭に来た。こうなったら自重するのは、止める！〉

〈ええーっ。何をするつもりさ?〉

〈サンマを焼いてやる!〉

メルは美麗な調度品が飾られた白い部屋で、レースやら刺繍やらがヒラヒラした部屋のなかで、
丸々と肥え太ったサンマを焼くことにした。

モクモクと油煙を立ち昇らせて……。

自重を止めたチート転生者の、腹いせデアル。


こと食材に関して、花丸ショップは驚くほどに優秀だ。

旬でなくても秋刀魚《サンマ》には脂がのって、じつに美味しそうだった。

キラキラとしたまあるい瞳と銀白色のボディーは、秋刀魚の魅力をダイレクトに伝えてくる。

口先は鮮やかな黄色みを帯び、尻尾をつかむと刀のようにピンと立つ。

新鮮な証拠だ。

「すばぁーしぃ!」

前世でのネット知識だが、秋刀魚の尻尾をつかんで立てた経験などない。

スーパーではパックに入っているし、近所の魚屋で商品を手づかみにしたら叱られる。

自分でビニール袋に入れるスーパーもあるのだが、樹生《いっき》は知らなかった。

内臓や頭は取らず、塩を振ってマジカル七輪に載せる。

〈メザシより、おっきいね……〉

〈サンマだからね〉

〈美味しいのかなぁー〉

〈ミケ王子も、今日はサンマだよ。おっきいから、一匹ね〉

〈一匹じゃ、足りないかもぉー〉

ミケ王子は大根おろしを作るメルを眺めながら、もっと欲しいと訴えた。

大根おろしは面倒だけれど、あるとないとでは大違いだ。

ちいさな手で持てるように細く切った大根を鬼おろしでガシガシ削る。

生姜も削る。

『ジュッ、ジュジューッ！』

マジカル七輪に秋刀魚の脂が落ちて、白い煙が上がった。

今日も火の妖精は絶好調だ。

ジュージュー、パチパチと秋刀魚の焼ける音がして、芳ばしい匂いが部屋中に立ち込めた。

ソファーや絨毯、タペストリーにも、秋刀魚の匂いが染みついていく。

だが、知ったことではない。

やさぐれエルフは、秋刀魚を食べると決めたのだ。

〈うわぁー。良い匂いだぁー！〉

〈立派なサンマだから、絶対に美味しいよ〉

〈これ、丸ごとボクの……？〉

〈そそっ。頭から尻尾まで、ミケ王子のデス！〉

〈メル……。愛してるよ〉

〈わたしもミケ王子、大好きぃー！〉

メルとミケ王子は、二人で盛り上がって秋刀魚ゴハンを床に置いた。

お味噌汁は用意していないけれど、作り置きしてあったホウレン草のおひたしを添えた。

黄色いタクアンと高級丸大豆醬油も、お膳に載せてある。

ご飯は幼児用お茶椀に、大盛だ。

口をサッパリとさせる煎茶も、用意した。

ミケ王子は、大皿に秋刀魚オンリーだった。

「いたらきまぁーす」

「ミャァー♪」

「うぉーっ。カワ、パリパリらぁー」

「ふにゃぁー！」

「ナイゾォーが、うまにがぁー！」

幼児の口には、少しばかりハードルが高い秋刀魚の内臓である。

だけどメルは大人（自称）なので、新鮮な秋刀魚の内臓を除けたりしない。

お箸で身をほぐし、大根と生姜を載せて、お醬油を一垂らし。

ホカホカご飯に、焼き立ての秋刀魚。

「うまぁー！」

食べた瞬間、口いっぱいに幸せが拡がる。

ほろ苦い内臓の風味も、秋刀魚特有の旨味である。

サイコーだ。


幼女と三毛ネコは、西洋風宮殿の一室で、心ゆくまで日本の大衆食を満喫した。

エーベルヴァイン城にて……

ウィルヘルム皇帝陛下は、『調停者』を迎えるために会議室を使用した。

権勢を示すために様式化された謁見の間は、ウィルヘルム皇帝陛下が頭を下げるべき相手に相応しくない。

『調停者』に権力を誇示すれば、精霊や妖精たちを敵に回す。

それは愚王のすることだった。

ウィルヘルムの前に、『調停者』と案内役のアーロンが立っていた。

たとえ皇帝陛下と言えども、『調停者』、偉そうに座っているコトなどできない。

機密保持を理由に、臣下たちには席を外させている。

皇帝の権威を問われる心配はなかった。

「クリスタさまにおかれましては……。遠路はるばる、よくぞいらしてくださいました」

「ウィルヘルム……。貴族が好む、儀式めいた挨拶は不要です。あたしは屍呪之王《しじゅのおう》と封印の巫女姫を処置しに来たのです。速やかに、ひっそりと終わらせるのが、もっとも賢いやり方でしょう」

「承知いたしました。封印の塔と地下迷宮への出入りは、ご自由になさってください。それ以外に必要なことがあれば、なんでも承ります」

ウィルヘルム皇帝陛下の腰は低い。

下僕が主人に接する態度と、なんら変わらない。

ウスベルク帝国に於ける『調停者』の地位は、絶対だった。

「引き続きアーロンを借ります。警備の衛兵だけ下げてもらえれば、あとはこちらの仕事となりましょう。結果はアーロンからの報告でよろしいか……？」

「無論です」

デュクレール商会（帝国情報機関）の調査報告を受けて、ウィルヘルムはメジエール村での変化を多少なりとも耳にしていた。

その中には精霊の子や精霊樹の件も、最重要機密事項として含まれていた。

だが『調停者』が口にしない限り、ウィルヘルムは自分から訊ねることを許されていなかった。

（クリスタさまは、精霊の子についてお話にならない？）

それは口外無用を意味した。

こうなれば幾ら知りたくても、言葉にするコトはできない。

デュクレール商会（帝国情報機関）にも、機密厳守を徹底させる必要があった。

結局……。

『調停者』は、会議室の椅子にさえ座らなかった。

用件だけ口にすると、アーロンを伴ってウィルヘルムの前から立ち去った。

あっという間の会合だった。

（クリスタさまは、まったく昔のままだ。お美しい……）

ウィルヘルムにとってクリスタは、子供の頃から美の象徴であり、憧れの女性だった。

皇帝や皇太子を前にして臆するところなく、上から目線でバシバシと注文を付ける女王さまだ。

きっと、だれよりも自分が偉いと思っているに違いない。

そして実際に、『調停者』は途轍もなく偉かった。

権威や権勢など関係ない。

ずっとずっと、己が務めを果たすべく、努力を続けてきた偉大な女性なのだ。

どう考えても頭が上がらない。

ウィルヘルムはクリスタの為であれば、何でもする覚悟があった。

だが、その気持ちはクリスタに届かない。

『調停者』は使命のためだけに、日々を過ごしているのだ。

（黒の貴婦人……）

幼いウィルヘルムが憧れた、美麗なエルフの女王だった。

逆らうことができない恐怖の対象でありながら、ウィルヘルムの心を燃え立たせる美の化身でもあった。

今では憧れが、崇拝の念に変わっていた。

コンコンと扉がノックされた。

「お客さま、こちらにお食事を用意しました。ワゴンを置いておきますので、お召し上がりくださ い」

「むっ……？」

どうやら料理が届けられたようだ。

『自分で作って食べなさい！』とクリスタに言われたので、メルは秋刀魚を食べてしまった。

「おシロのゴハン……？」

もう食べてしまったのだが、ゴージャスな晩餐には興味があった。

声をかけてきた小間使いの足音が遠ざかると、メルは用心しながら扉を開けた。

そしてワゴンを部屋のなかに、運び込んだ。

「なんらー。ゴハン、あゆじゃん！」

クリスタかアーロンが、お城の厨房に注文しておいてくれたのだろう。

そうメルは考えた。

高級そうな肉料理に香草が使われたシチュー、色鮮やかなサラダにクリームチーズや生ハムが載ったカナッペ。

デザートに、プディングまでついている。

メイン料理の骨付き肉に、ウスベルク帝国の国旗が立っているのは、何かの冗談なのだろうか……？

それとも、お子様ランチ……？

「何でもえーわ！」

繰り返すが、メルは食事を済ませている。

お茶椀に山盛りで、二杯も食べた。

お腹はパンパンだ。

普通であれば、どんなご馳走だろうと食べるのをあきらめる。

だがメルは、がっつきエルフだった。

お城のゴハンには未練がある。

取り敢えず、そっとカナッペに手を伸ばした。

「うまぁー♪」

カリッと焼き上げたパンとクリームチーズの相性が、抜群だ。

香味野菜と生ハムの組み合わせも素晴らしい。

シチューもよそって食べてみる。

「うまぁー♪」

これまた知らないハーブの香りがサッパリとして、ついついスプーンを口に運んでしまう。

こうなればメインの肉料理にも、手をつけねばなるまい。

「ゲフッ……。苦《くゆ》しぃー。ドエス、ぬぐ……！」

メルは躊躇せずにメイド服を脱ぎ捨て、カボチャ・スタイルとなった。

ホンキの証拠である。

〈メル、大丈夫……？　そんなに食べると、お腹が破裂して死んじゃうよ〉

「シンパイなぁーわ。ハラ、伸びゆで……」

ミケ王子は目を丸くして、モチャモチャと食べ続けるメルを見守った。

「さあだ（サラダ）、うまぁー♪」

こうしてメルと豪華料理の死闘は、夜半まで続くのだった。


メルが豪華料理と闘っている頃、クリスタとアーロンは地下迷宮に降りていた。

屍呪之王《しじゅのおう》が厳重に封印された石室まで、延々と地下通路は続く。

陰陰滅滅とした閉鎖空間は、強力な封呪によって埋め尽くされていた。

ひと綴りの呪文に、ひとつの命が捧げられている。

まさに命懸けの封印だ。

その呪文が、ゆうに万を超える。

生贄に捧げられた人々の数でもある。

「ここに潜ると、死にたくなる」

「止めてください。冗談でも、そのような言葉は聞きたくありません！」

「はっ。冗談ではないよ。本心さ」

クリスタは掠れた声で笑った。

沢山の人々に死を強要した場所だ。

まともな神経では居られない。

邪霊を封じるとなれば、キレイごとでは済まされなかった。

他人に死を強要した者は、人と同じ地平に立てない。

平穏を捨て去り、孤独に耐え、高みから死すべき人を冷酷に数えるのだ。

救いや許しなんて、何処を探しても見つかりはしない。

クリスタが生きた長い歳月は、絶望の中で約束もされていない救世主を待つ、忍耐の日々だった。

「あたしはメルに感謝するよ」

それこそ、クリスタの本心だった。


立ち入り禁止区域への侵入を阻む鋼鉄の扉が、二人の行く手を塞いだ。

「わたしが開けましょう……」

アーロンが扉に左手を当て、霊力を注ぎこむ。

それと同時に右手が素早く動き、大きな扉の中央付近に解除コードを書き込んでいった。

鈍い響きと共に、ロックが外れた。

ここから先は、屍呪之王《しじゅのおう》が支配する領域である。

高度な遮蔽術式で、呪いから身を守らなければならない。

屍呪之王《しじゅのおう》に呪われて屍食鬼と化せば、屍食鬼を滅するために施された術式で全身を焼かれる。

結果として肉を焼かれ骨となり、その骨もまた粉々に砕かれる。

アーロンと同程度の魔法が使えなければ、この先へ進むことはできなかった。

「以前より、呪力が強まっているね」

「たしかに……。遮蔽術式が綻びないように、注意しましょう」

「アーロン。重ね掛けしておきなさい」

「分かりました！」

アーロンは自分の限界である三枚まで、遮蔽術式を重ね掛けした。

「長居は無用だ。もたもたすれば、それだけ遮蔽術式が侵食されてしまう」

「はい……。急ぎましょう」

侵入禁止の結界を越えると、呪力に反応して遮蔽術式が赤い光を放った。

呪力が遮蔽術式の強度限界を超えている証拠だった。

危険な兆候である。

地下迷宮の中心部に到達すると、宙に浮かぶ二体の死霊が目に入った。

幾度となく退治されては蘇ってきた、魔法使いの狂屍鬼だ。

今や骨だけになり、天井近くを漂っている。

屍呪之王《しじゅのおう》を守護するリッチだった。

「ニキアスとドミトリは、未だに頑張っているのかい？」

「その頑張りを評価してやる気にはなれませんね。死んでまで、腹の立つ連中だ！」

リッチと化した二人の魔法使いは、屍呪之王《しじゅのおう》を創りだした魔法博士である。

そして、最初の犠牲者でもあった。

彼らは千年もの間、屍呪之王《しじゅのおう》に仕えているのだ。

ある意味で、最低最悪の晒しものだった。

リッチたちを見上げている間にも、遮蔽術式が悲鳴を上げている。

呪力と拮抗できなくなった部位から、火花を放って砕け散る。

「これだけ屍呪之王《しじゅのおう》に近づくと、呪力の圧も生半可なモノじゃないね。遮蔽術式があっても、息苦しいよ」

「本体を確認したら、直ぐに引き返しましょう。これでは術式が剝がされてしまいます」

「ここで解呪しなければいけないんだよ。遮蔽術式だって、手を加えなければダメだろう。何処から破壊されたか、ちゃんと覚えておきな！」

クリスタは怯えるアーロンを叱責した。

屍呪之王《しじゅのおう》は、石室の中央で蹲っていた。

赤い眼球から血を流し、ガサガサに爛れた身体を丸めて、低く唸り声を発していた。

その姿は巨大な犬だけれど、体毛が生えていない。

体毛の代わりに無数のコブがあった。

コブには目鼻口があり、それぞれに苦悶の声を上げている。

屍呪之王《しじゅのおう》を創りだすために素材とされた、エルフたちの頭部である。

「まったく……。正気の沙汰じゃないね」

「何度見ても、胸糞が悪くなります！」

「屍呪之王《しじゅのおう》よ……。長いこと待たせてしまったが、ようやく解放してやれそうだ。もう少しだけ辛抱しておくれ……」

クリスタの声音には、深い憐れみの情が含まれていた。

ある意味で屍呪之王《しじゅのおう》とクリスタは、同じ苦しみを分かち合ってきた仲間なのだ。

クリスタとアーロンは立ち入り禁止区域を出るまでに、二枚の遮蔽術式を失っていた。

「ふふっ、表情が死んでるよ。だいぶん、堪《こた》えたようね？」

「はい……。さすがに二枚目の遮蔽術式が消え失せたときは、ダメかと思いました」

「フンッ。オマエは、修行が足りない」

クリスタはアーロンを鼻で笑ったが、正直なところ、かなり余裕のない調査だった。

レベリング

メルはラヴィニア姫のことを考えていた。

ラヴィニア姫の絶望的な状態は、クリスタやアーロンから詳しく説明されていた。

端的に言えば木乃伊だ。

屍呪之王《しじゅのおう》と霊的なリンクで繋がっているから、辛うじて生きている。

「みぃーら。むつかしのぉー！」

アジの干物を海に戻しても、スイスイと泳ぎだしたりはしない。

そもそも、アジの干物は生きていない。

ラヴィニア姫の魂が、木乃伊と化した肉体に取り残されたなら……。

「うはぁー。オダブツだぁー」

先ずは朽ち果てた肉体を再生しなければいけない。

屍呪之王《しじゅのおう》を先に解呪すれば、ラヴィニア姫が死んでしまう。

屍食鬼の能力を保持した状態でなら、霊力による肉体再生が可能かも知れない。

「セェーエイ、ショーカン……」

メルの特殊スキルには、精霊召喚がある。
ミケ王子の話によれば、精霊とは概念《イメージ》と妖精の融合体だ。
となれば重要なのは、概念である。
想像力だ。
一生懸命になって祈ることで、必要な能力を所持した精霊が創造できるかも知れない。
そう……。
メルは精霊召喚を創造と捉え直していた。
精霊召喚は精霊創造であり、詰まるところクリエイトなのだ。
メルは妄想力に自信があった。
しかしメルの精霊召喚は、今のところ『初級』である。
何度も試してみたが、思ったような精霊を呼びだせなかった。
ラヴィニア姫の命運を託すには、頼りなさ過ぎる精霊しか現れていない。
「やぶイシャ……！」
凄腕の医者《ドクター》をイメージしても、見るからにダメそうな爺さまが顔をだす。
問い詰めてみれば、『レベルが足りない！』と来たもんだ。
だから、レベルを上げようと思った。
目指せ……！
精霊召喚（中級）である。

と言うわけでメルは、クリスタにレベル上げの許可を貰おうと話しかけた。

「なぁなぁ、クィスタさま。わらし、エベウ上げたい！」

クリスタとアーロンは、魔鉱の薄い板《プレート》に複雑な呪文を刻み込んでいた。

「えべう……？」

クリスタは作成中の魔鉱プレートから顔を上げ、メルに問い返した。

「チガうわぁー。エベウ……！」

「……って？　何が違うのか分からないけれど、具体的に何をしたいのかしら？」

「ジョーカですェ。クロいの、ぎょぉーさんおるで……。ジョーカすえば、エベウ上がるヨ！」

「ふーん。浄化か……。部屋から出ないでも、できる？」

「あい！」

「それなら許可します」

クリスタとアーロンは新しい遮蔽術式を考案するとかで、頭がいっぱいな様子だった。

そのせいもあってか、クリスタはメルが帝都ウルリッヒに干渉するのを止めようとしなかった。

クリスタの許可を得たメルは、領域浄化（中）を遠慮なくぶっ放すことにした。

エーベルヴァイン城の地下には、屍呪之王《しじゅのおう》が封印されている。

言うなれば、ここは穢れの発生地点だった。

経験値稼ぎには事欠かない。

メルは精霊樹の実を齧りながら、無造作に領域浄化（中）を連発した。

ガンガンと花丸ポイントが増えて行き、途中から領域浄化（中）は領域浄化（大）へとグレードアップした。

使用スキルを領域浄化（大）に変えると霊力の消費量が増えたけれど、一発で加算される経験値も跳ね上がった。

おそらく浄化範囲が、帝都ウルリッヒのミドルタウンやダウンタウンにまで、グンと広がったのだ。

（遮蔽術式は屍呪之王《しじゅのおう》が発生させる呪力から、身を守る魔法だとか言ってたけど……。浄化があれば、必要ないのでは……？）

メッセージには強制イベントの難易度が低いとあったので、メルはエルフの魔法使い二人を訝しげに見つめた。

遮蔽術式の改良はとても難しいらしく、クリスタとアーロンは額に汗を滲ませていた。

ただ文字を綴るのと違って、魔法術式の構成には体力も使うようだ。

そうは言っても、メルにしてみれば他人事である。


「おぅ、なんか来たヨカン……」

朝から夕方までレベリングを続け、ようやく精霊召喚がアップしたようだ。

最近になってメルの知覚は、タブレットＰＣを開かなくてもステータスに変化があったことを感じ取れるようになった。
だが確認は必要だ。

【装備品】
頭：メイドさんのヘッドドレス。（幼児化のバッドステータスを50%カット）
防具：メイドさんのドレス。（いくら食べても破けません。集中力アップ。物事に真面目な姿勢で、取り組めます）
足：メイドさんの靴。（履き心地が良くて、蒸れません。軽くて丈夫。風の妖精さんと相性バッチリです。抱っこしてもらわなくても、頑張れます！）
武器：精霊樹の枝。（たぶん無敵！）
ミスリルのスプーン。（絶対に、こぼれません。こぼしません！）
ミスリルのフォーク。（よく刺さり、獲物が抜け落ちる心配はありません！）
アクセサリー：妖精の角笛。（吹くだけで、小さな妖精さんたちが集合します）
花丸ポイント：200万pt

以下略…。

【ステータス】
名前：メル
種族：ハイエルフ
年齢：もうすぐ五歳
職業：掃除屋さん、料理人見習い、ちびっこダンサー、あにまるドクター、妖精母艦、妖精打撃群司令官。
レベル：16
体力：90
魔力：200
知力：100
素早さ：5
攻撃力：3
防御力：3
スキル：無病息災∞、女児力レベル∞、料理レベル∞、精霊魔法レベル∞。
特殊スキル：ヨゴレ探し、ヨゴレ剝がし、ヨゴレ落とし、ヨゴレの浄化、領域浄化(大)、妖精との意思疎通（念話)、偽装（上級)、瀉血、急速造血、精霊召喚（中級)。
加護：精霊樹の守り。
称号：かぼちゃ姫、妖精女王、暴食幼女。
バッドステータス：幼児退行、すろー、甘ったれ、泣き虫、指しゃぶり、乗り物酔い、抱っこ、オネシヨ。

【妖精パワー】
身体に取り込んだ妖精さんたちが、能力数値を上方修正してくれます。
地の妖精さん：防御力、頑強さを上昇させます。
水の妖精さん：回復力、治癒力を上昇させます。
火の妖精さん：運動能力、攻撃力を上昇させます。
風の妖精さん：判断力、敏捷性を上昇させます。
収容妖精数：妖精打撃群精鋭およそ2万。
（注意事項）
能力の上昇に伴い、霊力《オド》の消費が激しくなります。
精霊樹の実を摂取して、霊力《オド》の補給に努めましょう。
瀉血による失血は、急速造血によって補うことができます。
この際にも霊力《オド》の消費が激しくなるので、精霊樹の実を摂取しましょう。

テレレレッテレー♪

精霊召喚（中級）……。

「きたぁーー！」

精霊召喚（中級）をゲットである。


そしてレジェンドな幼児服も、修復が完了した。

タリサから譲り受けたブルーグレーのワンピースは、ＲＰＧっぽい僧衣に変わっていた。

生地の色まで鮮やかなライトブルーに、染め直されていた。

「むむっ……。コェは……？」

その外観から以前の面影は見いだせなかった。

おまけに司教冠《ミトラ》のような被り物までついている。

詳細を調べてみると、『メルの戦闘服』と表示された。

名指しで使用者固定だ。

（うほぉー。水の妖精さんと相性サイコー。そのうえ、精霊樹の加護が強化されるのですかぁーー！）

水の妖精といえば洗浄魔法だけれど、その本質は生命力にある。

治癒や回復など、生命力のアップを補助してくれるのだ。

今まさに必要な能力だった。

物を大切にするのは良いことである。

付喪神化した幼児服は、レアな僧衣に大変身を遂げた。

もう、勝ったも同然。


「なぁなぁ、クイスタさま……。そえ、いつおわゆ？」

タブレットＰＣを仕舞ったメルが、ベッドの上からクリスタに訊ねた。

「シーッ。いま大事なところだから、おとなしくして……。魔法術式の構成を部分的に書き換えるのは、とても大変なんです」

「そっ……。わらし、ゴハンすゆー！」

「勝手に食べてね」

ベッドから降りたメルは、横目でクリスタとアーロンをチラ見しながら、ワゴンで運ばれてきた今日のご馳走を食べ始めた。

三人分もあるので大変だ。

気合いを入れて食べなければ、食べきれない。

〈メルー。全部、食べちゃうの……？〉

高級チキンソテーを取り分けて貰ったミケ王子が、心配そうに訊ねた。

ミケ王子の皿には、高級チキンソテーとメザシが一連。

小さな鰯が五匹で一連だ。

〈食べます。温かな料理が冷めてしまうまで放置するとか、コックさんに申し訳ありません〉

〈料理は子ども一人分に、大人が二人分。絶対に、お腹を壊すよ〉

〈平らげます〉

魔法バカの二人に、ゴハンを残しておくつもりは毛頭なかった。

妖精たちと作戦会議

ご馳走を食い散らかしてお腹いっぱいになったメルは、プースカと寝てしまった。
クリスタとアーロンには、メザシ定食を用意してあげた。
ご飯はオカワリありの、ホカホカ炊き立てだ。
長ネギと油揚げのお味噌汁に、冷奴。
お漬物も添えた。
二人は喜んで食べていた。
(これで、文句はなかろう……!)
そう勝手に決めつけて寝た。
魔法バカには、いつまでも付き合っていられない。
メザシ定食がミケ王子のついでなのは、トップシークレットだった。

遮蔽術式に限らず、高位魔法というモノはややこしい。
要は妖精に意思を伝える注文書な訳だが、当然だけれどウスベルク帝国の公用語など通じない。

精霊文字なる難解な記号があって、これを魔鉱プレートに刻んで伝達手段とする。

昔の魔法博士や精霊使いと呼ばれた人々が、長い長い歳月をかけて妖精との間に築き上げた共有記号だ。

念話ができるメルとしては、面倒くさくて覚えていられない。

メジエール村の人々や冒険者なども、フィーリングで魔法を使っている。

『酔いどれ亭』のフレッドなど、厨房のコンロも魔法剣も同じ火の妖精に任せっぱなしである。

だがクリスタとアーロンが必要としているのは、もっと信頼性が高くて間違いの起きない指示書の作成だった。

しかも複雑で、驚くほどに要求が多い。

何でもそうだけれど、文書に起こして注文内容を伝えるのは難しい。

だから魔法術式の開発者は、魔法博士とか呼ばれて人々から敬われるわけだ。

だが、メルには関係のない話だから寝た。

二人は徹夜する覚悟のようだが、オネムの時間になったのだ。

＊＊＊＊＊＊＊＊＊＊＊＊＊＊＊＊＊＊＊＊＊＊＊＊＊＊＊＊＊＊＊＊
＊＊＊＊＊＊＊＊＊＊＊＊＊＊＊＊＊

夢を見た。

鮮明な夢だった。

メルは西洋風のイケメンや強面のオヤジたちと、広い会議室にいた。

映像設備まで完備された機能的な会議室は、ブリーフィングルームと呼ばれていた。

最近見慣れてきた異世界の中世風イメージではなく、メルの前世記憶に準拠したオフィスのイメージだった。

居並ぶ男たちは、みな軍服姿である。

メルは会議室の上座に、チョコンと座っていた。

指先でカイゼル髭を弄びながら、偉そうに踏ん反り返っている。

髭だけ黒い。

明らかに付け髭だった。

髭以外は、いつもと変わらぬ幼女だ。

窓の外は大海原である。

どうやら巨大な船に乗っているようだ。

と言うか夢なので、細かいことはどーでも良かった。

メルは自分の姿が見えるのも、然して気にしなかった。

なんとなく映画を観ているような気分だった。


「メル司令官殿……。作戦会議を始めてよろしいですか?」

厳つい赤い髪のオヤジが吠えた。

火の妖精だった。

妖精打撃群副司令官である。

「うん……。いいよぉー」

メルは血気盛んなヒャッハーたちを統括する、妖精打撃群司令官だった。

「本作戦に於ける目的は、帝都ウルリッヒ地下迷宮に捕縛された同志たちの解放にある。従って聖戦である！」

居並ぶ妖精たちに向かって、副司令官が作戦の目的を告げた。

「おおーっ！」

「遂に実施するのですな」

「うむっ。千年は、ちと長すぎた。囚われた仲間たちも、とっくに心を病んでいるだろう」

「心を病んでいようと、同胞を見捨てることなどできぬわ。何があろうとも、奪い返す」

「一気呵成に、燃やし尽くしてやりましょうぞ！」

会議室のテーブルに着いた妖精たちは、やる気を漲らせていた。

地水火風の妖精たちは、それぞれに逸《はや》る気持ちを口にした。

どいつもこいつも、ヒャッハーである。

「諸君、静粛に……！　現在、我々の妖精母艦は、屍呪之王《しじゅのおう》と呼ばれる邪悪な魔法術式をターゲットに捉えている。敵は諸君の足元にある！」

因みに妖精母艦とは、メルのことだった。

妖精たちはメルの身体を基地としているので、一緒に帝都ウルリッヒまで運ばれてきたのだ。

おおよそ二万の軍勢である。

因みに、歴史書に印された偉大な精霊魔法の使い手でも、率いていた妖精の数は五百体に届かない。

「作戦内容は単純だ。妖精母艦により屍呪之王《しじゅのおう》に最接近……。これを阻もうとする障害は、全て妖精航空部隊によって殲滅。その後に、全力を以って屍呪之王《しじゅのおう》を叩く。短期決戦である。諸君には、迅速かつ容赦のない対応を望む……!」

副司令官による、簡単明瞭な作戦内容の説明が終わった。

勿体ぶって席から立ち上がったメルが、ざわつく一同に告げた。

「本作戦をエーベルヴァイン作戦と名付ける!」

会議室に歓声があがった。

＊＊＊＊＊＊＊＊＊＊＊＊＊＊＊＊＊＊＊＊＊＊＊＊＊＊＊＊＊＊＊＊

爽やかな朝だった。

メルが領域浄化（大）を連発したせいか、空気が清々しい。

〈おはよう、メル……♪〉

〈オハァー、ミケ王子！〉

ミケ王子も鼻の痛みが消えて、上機嫌だ。

だが、ベッドに身体を起こしてテーブルの方を見ると、未だクリスタとアーロンは魔鉱プレートに向かっていた。

近づいてみると目が血走っていた。

「おまぁーら、ええカゲンにせぇーヨ！」

メルはクリスタとアーロンのために、紅茶を淹れた。

そして精霊樹の実で作ったジャムをカップに落とし、テーブルに置く。

これは職人気質とか学者気質と、呼ぶべきモノなのだろうか……？

メルにはオタクとの違いが分からなかった。

お母さんが居たら、『あんたたち、いい加減にしなさい！』と叱られるレベルだ。

「ちっ。仕方なし……」

メルはストレージに隠し持っていた、大切なキャラメルナッツを二枚ずつお皿に載せてだした。

「なにこれ……？」

「いい匂いですね。ホッとする」

精霊樹の実が、ほのかに香る紅茶だ。

クリスタとアーロンは魔鉱プレートから顔を起こし、生気のない様子で紅茶を啜った。

「そえ、飲んで……。ポリポリ食べたら……。ねろ！」

メルは二人の大人を叱りつけた。

何であれ、健康を大切にしない連中は許せない。

そこは転生幼女として譲れないラインだった。

「このところ歳のせいか……。眼が霞んで、よく見えないんだよね」

クリスタが力なくぼやいた。

ただの眼精疲労だ。

細かい精霊文字を書き過ぎたのだ。

年齢は、まったく関係なかった。

「わたしは、何だか頭痛がするのです。やっぱり歳のせいでしょうかね？」

違う。

明らかに寝不足と脳の栄養不足が原因だ。

年齢は、まったく関係なかった。

メルはヒステリーを起こしそうになりながら、二人の不健康なオタクを睨みつけた。

精霊召喚

クリスタとアーロンの二人は、心身ともに疲れ切っていた。

地下迷宮の下調べは、クリスタが想像していたより遥かにハードだった。

だが……。

『調停者』である以上は、軽々しく弱音を吐けない。

だから霊的なダメージがあっても、寝食を犠牲にして遮蔽術式の改良に取り組んだ。

何としてもメルの安全を守って、石室まで案内しなければいけない。

屍呪之王《しじゅのおう》を生みだした魔法術式は、精霊の子でなければ解呪できないのだ。

そのためには、遮蔽術式を強化する必要があった。

少なくとも、クリスタはそう考えた。

久しぶりに降りた地下迷宮には、想像を超える濃度の呪素が充満していた。

状況は、非常に悪かった。

封印の巫女姫は、屍呪之王《しじゅのおう》が発生させる呪詛を無力化させるために用意された、強力な浄化装置である。

それが正常に機能していなかった。

ラヴィニア姫は、本当に限界なのだ。

グズグズしていれば、事態は悪化するに決まっていた。

一日たりとも、無駄にはできなかった。

けれど、クリスタとアーロンは爆睡してしまった。

グーグーと鼾をかきながら寝ている。

おそらくは精霊樹の実で作られたジャムが、睡眠導入剤の役目を果たしたのだろう。

身体が休息を必要としていた、明白な証拠である。


「ケンコー、ケンコー♪」

健康オタクのメルは自作の『健康ソング』を口ずさみながら、クリスタとアーロンに毛布を掛けてやった。


エルフの魔法使いたちが作業していたテーブルには、未完成の術式プレートが放置されていた。

メルが見ても、何がなんだか全く分からない。

二人は眠り続けているが、目を覚ましたら大変な騒ぎになりそうだった。

昨夕から、『寝ている時間などない！』と目を血走らせて、術式プレートの記述作業に没頭していたのだ。

自分たちが、ぐっすりと眠ってしまったことに気づいたら……。

「フーム。ギャース、ギャースと、あばえゆかのぉー？」

クリスタは、とんでもなく不機嫌になりそうだ。

遅ればせながら、その可能性に気づいたメルは顔をしかめた。

「そえは、いやらぁー！」

苛々しているクリスタは、ちょっと怖い。

ちいさな幼児は、怒っている保護者《オトナ》が苦手だった。

「わらし、こまった……！」

メルは腕組みして、ウーンと考え込んだ。

「ふぉーっ。わらし、ひらめきましたヨ！」

メルの顔がペカッと輝いた。

クリスタは遮蔽術式の改良を急いで、鬼女みたいな目つきになっていた。

であるなら、クリスタの心を悩ませる問題が消えてしまえば、ご機嫌に戻るでしょう。

もしかすると、すごく喜んでくれるかも知れない。

幼児の思考はシンプルでストレートだ。

幼児化したメルもまた、モチャモチャと思考を弄んだりしない。

（二人が起きる前に、術式プレートを完成させてしまおう……！）

何も自分でやる必要はなかった。

メルはウスベルク帝国公用語の手紙さえ、満足に書けないのだ。

難しい魔法術式を精霊文字で記述するなんて、試すまでもなく不可能だった。

（魔法の記述は精霊文字でされているのだから、偉い精霊さまに何とかして貰うでしょ……！）

都合の良いことに、未完成の魔鉱プレートはテーブルに置いてあった。


「ジッケン、すゆ」

精霊召喚（中級）だ。

ぶっつけ本番なんて絶対にやりたくないと思っていたが、用事もないのに精霊を召喚しては申し訳ない。

精霊召喚（初級）を使って、呼びつけるたびに往還した老賢医《やぶ》の精霊は、すっかりしょげ返っていた。

メルがプライドを傷つけてしまったのだ。

そんな理由から精霊召喚（中級）の使用を躊躇してきたのだが、いま頼みごとができた。

クリスタとアーロンのために、遮蔽魔法の術式プレートを完成させるのだ。

「セイエー、ショーカン！　おいでませぇー。マホォー王！」

メルは精霊召喚（中級）を使った。

ミケ王子もメルの隣にチョコンと座って、精霊が現れるのを待っていた。

妖精猫族のミケ王子は、ネコ並みに好奇心が旺盛だった。

〈わぁー。召喚魔法も中級になると、霊力の勢いが凄いや！〉

召喚魔法で生じる眩い光の柱が、沢山のオーブを吸い寄せていく。

〈メル……。なんだか、集まってくるオーブがミドリだねェー〉

〈ウンウン……。緑だと、地の妖精さん……？〉

〈そそっ……。緑は、土属性です〉

『魔法王』を構成するオーブが殆ど緑色なのは、主として地の妖精が集まっているからだった。

魔法王は知識と合理性が強化された、土属性の精霊である。

光の周囲を舞っていた緑のオーブが凝集して、あっという間に実体化した。

「ふぉーっ。魔法王、きたぁー！」

メルの霊力を三割ほど吸い上げて、『魔法王』が降臨した。

新規の精霊創造であれば、霊力の半分以上が持って行かれてしまう。

それが三割程度で済んだということは、どうやら既に存在する精霊のようだった。

〈ほぉー。何処の召喚師に呼ばれたのかと思えば、おまえは新しい妖精女王ではないか……!?〉

魔法王はメルを見て、少しばかり驚いたような顔をした。

〈魔法王さま……。よくぞ、お越しくださいました〉

メルはペコリと頭を下げた。

〈初めまして、魔法王さま……。ボクは、ミケと呼ばれています。妖精女王さまの家来です〉

その隣で、ミケ王子も頭を下げていた。

〈そちらは、妖精猫族の王子さまじゃな?〉

〈はい……。なんかもう王子と言うか、妖精猫国《キャットランド》を追い出されたノラなんですけどね〉

ミケ王子が照れくさそうに顔を伏せた。

〈ふむふむ。二人とも小さいのに、お行儀が良いのぉー。して、お願いはなんじゃ……?〉

魔法王の外見は、よくファンタジー作品で見る魔法使いそのものである。

灰色の長衣を着た背の高い老人で、長いひげと鍔広の三角帽子が実に似合っていた。

『魔法王が魔法学院の校長先生をしていても、僕は驚かないぞっ!』と、メルは思った。

〈さあ……。遠慮せずに、頼みごとを言うがよい〉

メルの頭を優しく撫でながら、魔法王が促した。

〈これなんですけど……。わたしには、精霊文字が読めないんです。魔法王さま、お願いです。どうか疲れ切ってしまったクリスタとアーロンのために、この魔法を完成させてください〉

メルは未完成の術式プレートを魔法王に突きだした。

頭を下げて、『お願いします』のポーズだ。

〈なるほど、可愛らしい妖精女王の頼みごとは理解した。では早速、その術式プレートを見せておくれ……〉

魔法王はメルから金属のカードを取り上げ、メガネの焦点を合わせながらジッと魔法術式を眺めた。

口もとに、笑みが浮かんでいた。

見るからに嬉しそうである。

〈ううーむ。なかなかに素晴らしい。良く工夫された遮蔽術式じゃ。こうした高位魔法の術式は、ただ眺めているだけでも楽しくなるわい……。できれば、完成するまで待ちたいのぉー。完成してから、改めて見てみたいのぉー〉

〈あのですねぇ、魔法王さま……。申し訳ありませんが、かなり急ぎなんです。どうか魔法王さまのお力で、シュパーン！　と完成させちゃって貰えませんか？〉

〈どうしても……？〉

〈どうしても……！〉

魔法王はとても残念そうに溜息を吐くと、テーブルに置いてあった新しい魔鉱プレートを手に取り、カリカリと精霊文字を刻んでいった。

〈エエーッ！　新しいのを作るんですか？〉

〈あーっ。そっちの二枚は、完成しても使えんからのぉ。途中で数か所ほど、依頼すべき妖精の属性を取り違えておるのじゃ……。こういうのは自分で気づくのが、大切なんじゃがなぁー〉

〈…………クッ！〉

この魔法教師は、生徒に間違えさせて学ばせるスタイルのようだった。

〈ふむっ。折角じゃから、二人の作品を添削しておいてやろう……♪〉

〈あぅあぅ……〉

しかも熱血教師のように、自己顕示欲が強かった。

教わるべき生徒は、二人とも熟睡していた。


目を覚ましたクリスタは、日が沈みかけていることを知って慌てふためいた。

そして遮蔽術式の魔鉱プレートを手に取り、黙り込んだ。

「…………!?」

メルが横目でチラ見すると、こめかみに青筋が浮いていた。

すごい迫力である。

（コワァー！）

良かれと思ってしたことが、想定外の結果を招いてしまった。

「どういうことですか……？　いつのまにやら、完璧な魔法術式が……。クリスタさまが、完成させてくださったのですか？」

「あたしじゃないよ！」

「メルさん。わたしたちが寝ている間に、なにがあったんですか？」

アーロンがメルに説明を求めた。

「んーっ。こびとさんがぁー。やった！」

メルは視線を逸らせて、思いついたでまかせを口にした。

「プレートのスミに、ちゃっかり魔法王と署名されておるわ！　そのうえ……。ご丁寧にも、間違った箇所まで指摘しおって……。『もうすこし、頑張りましょう！』って、どういう意味じゃ!?」

クリスタの口調は、怒りのあまり森の魔女に戻っていた。

〈わたし、なんにも悪くないよね？〉

〈うん、メルのせいじゃないよ〉

プライドを傷つけられた黒い女神の額から、霊的な角が生えていそうで怖い。

鬼女だ、鬼女……。

「わたしは三角マークで、四十点です。魔法王って、あの魔法史に記載されている偉大な精霊でしょうか……？」

「メルが精霊召喚を覚えたんだよ。えべう上げがどうとか言ってたし、御大を呼びつけたんじゃないかい？」

「ヒッ……！」

メルの口から、押し殺した悲鳴が漏れる。

三十六計逃げるに如かず。

ちいさなメルとミケ王子は、大人たちの視線を避けて床に這いつくばり、コソコソと撤退した。

絨毯の上を匍匐《ほふく》前進だ。

赤ちゃんなら、ハイハイである。

「クリスタさまは、何点を貰いました？」

「勝手に見るんじゃないよ!!」

平和と健康を望んだら、とんでもない騒ぎになってしまった。

メルは塹壕《ベッド》の陰に縮こまり、ミケ王子と抱き合ってプルプル震えた。

ヤクザになろう

マジカル七輪に載せた小さなフライパンから、芳ばしい匂いが立ち昇る。
白ごまの撥ねるパチパチという音が、耳に心地よい。
ごまが含んでいる余分な水分を飛ばして香りをだしたら、加熱を止める。
ゴマは焦げやすい。
これは少し冷ましてから、すり鉢であたる。
冷めるのを待つ間に、茹で上がったオクラを刻む。
ヘタを切り落として半分に切ったら、ボウルに入れておく。
冷ました白ごまをすりこぎ棒でゴリゴリと擂《す》る。
フワフワの粉になるまでは、擂らない。
半分は粒を残して良い。
ゴマ粒の食感も、美味しさの内だから……。
そこに少量の三温糖と薄口醬油、それに適量のダシ汁を加えてよく混ぜる。
更に刻んでおいたオクラとごまを絡めたら、オクラの白ごま和えが完成。

ここですり鉢にへばりついた白ごまを捨てるのはノーグッドだ。
勿体ないオバケがでてしまう。
「ゴハン、よそぉー♪」
炊き立てご飯をすり鉢に入れて、味のついた白ごまと混ぜる。
このゴハンを適量ラップに包んでから、巻きすを使って俵形に整える。
黒い板皿に格好よく並べて、ゴマの俵むすびが完成だ。
同じお皿に、オクラの白ごま和えを添える。
春っぽい色合いが、目に楽しい。
今日のおかずは、イワシの丸干しである。
マジカル七輪にイワシを載せて炙る。
それと同時に、メルは魔法の鍋でシジミ汁を作った。
「ふたぃとも、できたでぇー!」
『苛々はカルシウム不足が原因です……!』
との科学的な根拠を踏まえてメルが拵えた、カルシウムたっぷりの晩御飯だ。
もちろん不機嫌なクリスタのために、無い知恵を絞って作りました。
愛情もタップリだよ。
シジミ汁には、肝臓機能を高める効果もある。
お疲れな様子のクリスタとアーロンには、ピッタリなお味噌汁でしょう。

メルとミケ王子の分はない。

メルとミケ王子は既に食べてしまった。

今日もまた、お城の豪勢なゴハンを三人前。

二人の保護者《オトナ》が寝ている間に、こっそりと晩御飯《ディナー》を完食。

ワゴンは廊下の外へ。

罪滅ぼしの、和風定食デアル……。


「そぇ食って、キゲンなおせや」

「「…………ッ！」」

そういう問題ではなかった。

『魔法王』に傷つけられた自尊心は、美味しいゴハンを食べても癒されない。

それとコレは、話が別だった。

けれど話が別なので、クリスタとアーロンは黙ってメルのゴハンを味わった。


「メルの作るゴハンは、いつも美味しいねェー」

「はいっ……。とても不思議な、優しい味です」

ジジババにもヤサシイ。

それが和食というモノだった。

デュクレール商会（帝国情報機関）の幹部と対面したフレッドは、始末すべき悪人たちの調査書と共に、幾つかの依頼を口頭で言い渡された。

『バスティアン・モルゲンシュテルン侯爵を筆頭とする悪質な貴族たちは、ウスベルク帝国の法によって、正しく処罰したいのです』

だから貴族には手を出してくれるな、と言うコトだった。


「貴族どもには手出し無用……。地元ヤクザの抗争を装って、闇商人の組織を潰せとさ」

「バスティアンの手下どもを処分できないのは残念だが、奴らは自領に引きこもってやがる。やるなら、そこら辺の調査から始めないとダメだ」

「ヨルグの言う通りだ……。帝都から離れての活動は非効率だし、守りに入った貴族どもを始末するのは難しいだろう」

「バカ言うない。おれなら気づかれずにやれるぜ！」

ワレンが陰気な眼つきで、フレッドとヨルグを睨みつけた。

「わたしとしては、ウスベルク帝国の言い分に理があると思いますね。バスティアンの如きは、キッチリと法で裁かれるべきでしょう！」

貴公子レアンドロが指先で軽くテーブルを叩きながら、ワレンの台詞を否定した。

「どういうことだ、レアンドロ……？」

狩人のワレンが、不愉快そうに訊ねた。

「何であれ暗殺などという手段は、真っ当じゃありません。この件に関しては、ウスベルク帝国が内外に権威を示すべきです」

「だれが殺そうと、結果は同じじゃないのか……？」

「特権者の地位を悪用した者は、悪人であると公的に断定したのち、処刑すべきです。ただ殺したのでは、虐げられた人々が納得できません。白日の下で、悪事が裁かれないと駄目なんです」

「面倒くせぇーな」

「ワレン……。その考えは捨てろ。俺たちは、メジエール村に雇われた兵だ。何をしていようが、メジエール村の代表だと思っておけ……。誇りを持て……。オマエが悪徳貴族どもに毒矢を使うのは、『調停者』がウスベルク帝国の依頼を受けてからだ」

フレッドは闇討ちをかけたそうなワレンに、釘を刺した。

「ウスベルク帝国は皇帝の権威を取り戻すために、見せしめを必要としているのさ。だから貴族どもの始末は、連中に任せようと思う……。俺たちは、ミッティア魔法王国から忍び込んだ間諜《スパイ》を取り除く！」

「マチアス聖智教会と闇商人ども……。それに加えて、冒険者ギルドの胡散臭い連中だな？」

「そうだ。ミッティア魔法王国の軍関係者が、身分を偽って忍び込んでやがる。けっ。あっちが身分を隠しているんだ、こっちも気づきませんでしたで、済ませちまおうって話だな」

「いいねぇー」

ウドがナイフの手入れをしながら笑った。

「そんな事情があってだ……。俺たちは貧民窟《スラム》に、新興ヤクザの事務所をおったてる」

「なんじゃそりゃ……？」

「嫌そうな顔をするなよ、ヨルグ……。俺たちはスラムの住民を助ける、正義のヤクザ者になるんだよ。毎日の炊き出しとかもするんだ。折角の機会だから、人助けを楽しもうぜ！」

「そんな資金はないだろ」

「ところが、たんまりとあるんだよ……。皇帝陛下が、ポケットマネーをだす」

皆がポカンと呆れた顔になった。

そして誰からともなく『グフフ…ッ！』と笑いだし、やがて腹を抱えての大爆笑となった。

「いいじゃん、地元権力者《ヤクザ》！」

「気に入ったよ。是非ともやろうぜ！」

「飢えたチビどもを助けて良いんだな……？」

「勿論です。虐げられている女性たちも、助けましょう」

「なんせ、皇帝陛下のポケットマネーだからな。せいぜい豪勢に、楽しませて貰おうじゃないか！」

貧民窟を支配する既存勢力に向けた、あからさまな挑発行為である。

「ヤクザの抗争かぁー」

「都《みやこ》でアルアルな事件だよな！」

ウドとワレンが子供のようにはしゃぐ。

「肩がぶつかったら、そっこー排除でいいか？」

「そこは……。ちゃんとした文句《インネン》を考えておくべきだと、思いますね」

レアンドロがウドを窘《たしな》めた。

「肩がイテェー。骨が折れたぁー！」

「それはダメだろ。ウド……。その台詞は、治療費を請求するやつだぜ！」

すかさず、ヨルグの突っ込みが入る。

当座の隠れ家として占拠したボロ小屋に、笑い声が弾けた。

かつての陰気な暗殺者たちは、ノリノリで正義の俠客《ヤクザ》を演じることにした。


「みんな、勘違いするなよぉー。真の目的は、隷属魔法を使う悪党どもの排除だ。それと、ターゲットにはミッティア魔法王国から持ち込まれた、違法な魔法武器の所有者も含まれる。言うまでもないが、奴隷にされた帝国民の救助も俺たちの大切な仕事だ。であるからして……。何でもかんでも喧嘩を吹っ掛けるのは、ナシだぞ！」

盛り上がる傭兵隊のメンバーに、フレッドが釘を刺した。

「相手から喧嘩を売られたら、どうするんだ？」

「……んっ。そんときゃ、殴っちまえ！」

ヨルグが無責任に言い放った。

「なるたけ優しくな……」

フレッドも、ヨルグの発言を否定しない。

帝都ウルリッヒの大掃除が、これから始まろうとしていた。

フレッドたちは、当分の間メジエール村に帰れそうもなかった。


ユリアーネ魔法医師はラヴィニア姫の保護布を取りかえながら、ここ数日の異変に首を傾げていた。

（瘴気の濃度が、異様に下がっている。ラヴィニア姫を蝕むケガレが、浄化されているように感じるのだけれど……。ソンナコト、アリエナイ……！）

それは嬉しい変化であったけれど、事態が根本から改善されなければラヴィニア姫は救われない。

ラヴィニア姫が、封印の巫女姫から解放される。

幾度となくユリアーネの見た夢であるが、夢は夢でしかない。

奇跡を期待したところで、その後により強い絶望が待ち構えている。

いつの間にかユリアーネは、期待を抱かなくなった。
この世には、救いなどないのだ。
どれだけ待ったところで神の采配は無く、精霊たちが助けに現れることもない。
封印の塔には、人々の冷酷な無関心と嫌悪だけが沈殿していく。
ここは捨てられた場所デアル。

扉をノックする音が聞こえた。
「ユリアーネ……。アーロンです。調停者さまと『精霊の子』をお連れしました」
耳に馴染んだアーロンの声が聞こえた。
(アーロンが来た……。調停者さまと一緒……？　精霊の子ですって……？)
俯いていたユリアーネは、ハッとして椅子から立ち上がった。
椅子が、音を立てて倒れた。
何故だか、膝から力が抜けて転びそうになった。
急いで扉を開けなければいけない。
早く……。
一刻も早く、ラヴィニア姫を助けてください。
ユリアーネは水中を泳ぐような非現実感を味わいながら、頑丈な扉にしがみついた。

覚醒する女児

『魔法王』を召喚した翌日になって、メルたち一行は封印の塔を訪れることになった。

メルが夢の中で会ったラヴィニア姫は、キュートで可憐なプリンセス（推定年齢四歳）だった。

だが現実に封印の塔で眠るラヴィニア姫は、三百年物のヴィンテージである。

エルフではなく人間だ。

人間の三百年物は、たぶんカピカピに乾涸《ひから》びている。

メルの仕事は木乃伊となったラヴィニア姫をちゃんとした人間に戻すコトだった。

実に簡単な話である。

カップ麺なら、お湯を注いで三分間待つだけだ。

メルには勝算があった。

欠片も負ける気がしなかった。

メルの精霊召喚は、完璧な筈だった。

だが……。

木乃伊はダメだ。

ガジガジ虫と並んで人間の死体とか、普通に怖い。

ホンモノとか勘弁して欲しい。

だって、幼児だから仕方がないのだ。

ラヴィニア姫は生きているし、怖いのは外見の問題でしかない。

木乃伊がイヤなら、まじまじと見なければよろしい。

そんなことは分かっている。

メルだって、分かってはいるのだ。

可哀想なラヴィニア姫は、助けてあげなければいけない。

本心から、助けてあげたいと思っている。

それなのに、胃の辺りがじんわりと冷たくなるのは何故ですか……?


「なぁなぁ、クイスタさま。わらし、いきとぉーないヨ」

メルが駄々をこねた。

「今さら何を……。さっきまで頑張るって、言ってたよね?」

「わらし……。おなか、イタイかな……?」

わざわざ足を止め、メイド服のスカートを捲って、ポッコリと膨らんだ腹をクリスタに見せる。

明らかに、食べ過ぎで突き出た腹だ。

イカ腹な上に、食べ過ぎだった。

「かな？　じゃないでしょ……。勇気をだして、ラヴィニア姫を助けてあげましょうね。さあさあ……。もたもたしないで、とっとと歩く。日が暮れたら、もぉーっと怖くなるよ！」

「あぅー！」

メルはクリスタに手を引かれて、厭々《いやいや》ホラーな現場へと向かうのだった。

忌み地である封印の塔は、エーベルヴァイン城の建築群から切り離されて存在した。

塔の周囲は穢れの浄化を助けるバルマの樹で囲われ、大切な用事がない限り近づく人もいない。

悪戯者たちが怖いもの見たさや好奇心に駆られて近寄れるような、そういった気軽な場所ではなかった。

立ち込める瘴気の濃度が、余りにも高すぎるのだ。

その酷さは、霊障が生じるレベルにあった。

だが、そんな忌み地なのに、今日は空気が澄んでいた。

やけに清浄だ……。

「おかしいですね。普段なら、この辺りで鼻が痛くなる筈なのに……。瘴気が薄まっているのでしょうか？」

「なるほど……。メルの浄化が、効果を上げたようです。エーベルヴァイン城に到着してから、ずっと浄化を繰り返していましたからね！」

「うーむ。メルさんが幼げなので、ついつい忘れてしまいますけれど、本当に素晴らしい力をお持ちですね！」

アーロンは感心したようにメルを見つめた。

そのメルは未だにクリスタの束縛から逃れようと、悪あがきをしていた。

しかし、ギュッと握られたクリスタの手から、自分の小さな手を引き抜くことができなかった。

横をついて歩くミケ王子は、メルから顔を逸らして素知らぬふりだ。

「みぃーら、イヤよぉー！」

メルが大きな声で訴えた。

情けないことに、ポロポロと涙を流している。

アーロンもまたミケ王子と同じように、駄々を捏ねるメルから視線を逸らした。


クリスタはメルの正面にしゃがみ込んで、優しく諭すように話しかけた。

「いいかいメル。オマエさまが怖がっているのは、ラヴィニア姫の姿なんかじゃない。世間から捨て置かれて、無情にも忘れ去られたものが怖いのさ」

「そうなの……？」

「あたしには、そういった捩じれを感じ取る才能があるんだ。オマエさまは、ラヴィニア姫を助けたいと思っている。それが本心だよ。だから此処で逃げだせば、もっともっと怖くなってしまうよ」

「………ウッ！」

メルは考えた。

何が怖くて、嫌なのかを考えた。

「どうしてオマエさまがラヴィニア姫に自己投影したのか、あたしには分からない。けどね……。

これだけは言っておく。メルは捨てられたりしないよ。オマエさまには、フレッドやアビーがいる。

メジエール村の連中だって、メルが大好きだ。妖精たちは、みーんなメルの味方だ！」

「うん……」

「ラヴィニアには、とっても味方が少ない。だから、オマエさまが助けてあげるんだろ……？」

「うん」

「だったら、泣いてちゃダメじゃないか！」

その通りだった。

メルが封印の塔に行きたくなかったのは、病院での孤独な経験があるからだった。

自分だけが、家族の負担となっている悔しさ。

皆から取り残されていく寂しさ。

忘れられてしまう悲しさ。

『いずれは、捨てられてしまうだろう……！』と、いつも恐れていた。

ラヴィニア姫の状況は、あの頃の自分よりずっと酷かった。

そのような場面を直視するのが、イヤだった。

(だけど夢の中で、ラヴィニア姫は助けを求めていた。きちんと言葉で確認しなかったけれど、僕には分かる。僕はラヴィニア姫を捨てた連中が、許せなかった。捨てられた結果として、変わり果てたラヴィニア姫の実状を直視するのが怖かった)

メルが寄り添うべきはラヴィニア姫だった。

無情にもラヴィニア姫を捨て去った連中ではない。

そいつらの腐った心根を否定しないから、ラヴィニア姫が怪物になる。


メルはラヴィニア姫を捨てた連中が許せないと思いながらも、仕方のないことだと許容してしまった。

屍呪之王《しじゅのおう》を封印するために、誰かが犠牲にならなければいけないのなら、仕方がない。

そんな話が、受け入れられるはずもない。

メルは樹生なのだ。

そもそも封印しなければならないような怪物を欲しがったのは、どこのどいつなのか……!?

その根源的な敵と対峙しないから、心が揺らぐ。

激しい恐怖は、認めるべきではないものを認めてしまった反動だ。

(僕は無意識のうちに、自分自身の恨みをラヴィニア姫の中に読み込んでいたんだ)

メルは己の心理に気づいて、呆然とした。

突き詰めてみれば、自分の影（憤怒）に怯えていたのだ。

『役立たずは切り捨てるべき……！』という冷酷な考え方が、いつの間にかメルの心を侵食していた。

それは過去世の価値観やウスベルク帝国の冷酷無慈悲な貴族たちに影響された、救いようのない解釈だった。

「くっそぉー」

メルは涙を拭って立ち上がった。

（ふざけやがって……）

顔を上げて前を見ると、焼却炉の煙突みたいな塔が建っていた。

（ラヴィニア姫は、生ゴミなんかじゃないぞ！）

帝都ウルリッヒの現状が、メルを怒らせた。

早く用事を済ませて、メジエール村に帰りたかった。

タリサたちと遊び、トンキーと転げまわり、アビーと畑いじりがしたい。

サツマイモをたくさん育てるんだ。

帝都は精霊の子に相応しくなかった。

ちっとも楽しくない。

きっとラヴィニア姫も、メジエール村が好きになるだろう。

「いいかいメル。オマエさまは、妖精たちを助けてあげたように、ラヴィニア姫を助けるんだ。それが翻って、オマエさま自身の救済に繋がるよ」

「わらし、わかった！」

メルは十全に己の内面を把握した。

前世から、心に巣食っていた闇が払われた。

そこには生を賛美したいという、シンプルな欲望が息づいていた。

（僕は生きているコトを喜びたかった……。みんなも、そうあって欲しいと願う……！）

このときメルは、ようやく精霊の子として生まれ直した。

「わらし……。ちゃんと、わかった」

デイパックから、メルが精霊樹の枝を取りだした。

精霊樹は何のために枝を持たせたのか、その枝が何であるのか、今ならメルにも理解できた。

「サイセェー（再生）のエダ！」

帝都で救うべきは、ラヴィニア姫だけじゃなかった。

既に死んでしまったが、封印の巫女姫は何人も存在した。

それだけでなく、生贄に捧げられた数えきれないほどの人たちが、屍呪之王《しじゅのおう》と共に封印されているのだ。

「すべて、助けゆ……！」

メルは青空に向かって、精霊樹の枝を突き上げた。

眠り姫

封印の塔をくだる途中で、メルが言った。

「わらし、フクゥーきがえゆ！」

「えっ。そのメイド服は、とても良いモノなんだよ。あたしが魔法で、強力な加護を付与しておいたんだから……！」

「知っとぉーよ。でも……。アヴィニア助くるに、ちからぁー足らんヨ」

メルはメイド服をぱっぱと脱ぎ捨て、鮮やかなライトブルーの僧衣に着替えた。

プラチナブロンドの頭には、大きな司教冠《ミトラ》を載せる。

付喪神化したレジェンドな幼児服である。

「くっ……。精霊の加護が、テンコ盛りじゃないか……！　その衣装は、どこで手に入れたんだい？」

「どこぉ……。ウーム？」

『何処で手に入れたのだ……？』とクリスタに訊ねられても、メルには答えようがなかった。

もとはメジエール村で貰ったお古だけれど、色々とあって今に至る。

その説明は難しく、面倒だった。

「マホォー？」

「はぁー。もういいよ……。こんな差し迫った場面で、問い質すコトじゃなかったね。さっさと着替えてしまいなさい。その衣装に関しては、後で説明してもらうとするよ。オマエさまには、お勉強が必要だろうしね」

「うはぁー。わらし、アホちゃうヨォー。セツメェーでけへん、だけでしょ」

メルはカチンと来て言い返した。

言葉が分かっても、ちゃんと伝えられないことなんて山ほどあるのだ。

そもそも花丸ショップを何と他人に説明したらよいのか……？

異世界には、ビデオゲームなど存在しない。

共有するイメージがないので、『ＲＰＧみたいな……』とか言ったところで無意味だ。

顕微鏡のない時代には、目に見えない病原菌を説明するのが難しかった。

そんなものは、哲学者や博士の仕事である。

片言のメルにも説明できるのは、目で見て触れる物くらいだった。

「ふんっ。クィスタさま……。ムチャ言う、ババさまやねェー」

「この姿のときに、ババアと呼ぶんじゃない！　誰が見ても、若くて美人なエルフだろうに……」

「キェーやけど、わからずやネ。ノーミソ、ローカしとぉーよ」

「くぅーっ！　まったく、失礼なちみっ子だね」

メルはペチンと叩くようにして、クリスタの手を握った。

クリスタはメルと手をつなぎ、ニンマリ笑った。

メルが普段の調子を取り戻したので、ホッとしたのだ。

「すっかり、元気になったみたいね！」

「わらし、ずっと元気ヨ」

「さっきまで、泣いてたのに……？」

「グヌヌヌッ……。むかぁーしの話《はな》すは、トシヨリのショォーコでしょ！」

「さっきと昔は、ぜんぜん違うでしょ!?」

言い争う二人の後ろに、アーロンとミケ王子が付き従った。

「ミケ殿……。こんなに封印の塔が賑やかなのは、わたしが知る限り初めてのことですよ」

「にゃー？」

「でも、何だか勇気が湧いてきました。本当にラヴィニア姫を助けることができそうな気がして、言葉にならないほど嬉しい」

「にゃ……」

アーロンが、ひとり勝手に感動していた。

ちょっと涙ぐんでいた。

「フニャニャ……！」

一行の最後尾について階段を降りるミケ王子は、瘴気の気配をヒゲに感じ取って尻尾を太くした。

鼻がツンとして、ヒクつく。

メルたちはラヴィニア姫が眠る部屋の前に、到着したのだ。


封印の巫女姫が居る部屋は、古びた頑丈そうな扉で入口を閉ざされていた。

かつて扉には、金属製の立派なドアノッカーがついていたようだ。

今では可動部分が朽ち果て、台座を残すだけである。

この場所で、瘴気に耐えながら修復作業をこなせる職人は居なかった。

アーロンとユリアーネは、自分たちで扉の蝶番《ちょうつがい》などを交換していたが、ドアノッカーまでは手が回らなかった。

それに、そのようなしゃれた道具は要らなかった。

見舞客など、ついぞ訪れた例《ためし》がないのだ。

アーロンが、右手で軽く扉をノックした。

「ユリアーネ……。アーロンです。調停者さまと『精霊の子』をお連れしました」

部屋の中で、人の立ち上がる気配がした。

ついで、家具の倒れる音が響いた。

覚束ない足音がした後で、重たい扉がゆっくりと開いた。

イエローブラウンの髪をひっつめにした、表情の乏しいエルフ女性が顔をだした。

「お久しぶりね。ユリアーネ」

「ようこそおいでくださいました。調停者さま……」

ユリアーネは人形のように美しい顔で、素っ気ない挨拶の言葉を述べた。

だが目は丸く見開かれ、驚きを感じているようでもあった。

「そちらのお嬢さんは……？」

ユリアーネがメルを見ながら訊ねた。

メルは大きく足を広げると、前傾姿勢を取った。

右手を前に差しだして、口上を述べる。

「おひかえなすって、おひかえなすって……。さっそくのおひかえ、ありがとうござんす。お初にお目にかかいましゅ。そぇがしメルとモォーします、ちんけな流えモンでござんしゅ。アネさんには、どぉーかヨロシュー、お見知りおきくだせぇヤシ！」

ウスベルク帝国の南方で無宿人が挨拶に使う、仁義だった。

「はぁー？」

更にユリアーネが目を丸くした。

「あいたっ！」

クリスタがメルの頭をパシッと叩いた。

司教冠が、ポトリと転げ落ちた。

「何だねそれは……？　いったい、だれに教わった挨拶だい？」

「ミセェークゆキャクに、おそわった。テェートでエライ人とあったら、こおせぇー言わえたヨ！」

「二度とやるんじゃないよ！」

「えーっ！　やらヨォー。せっかく、おぼえたのに……」

これはもう、どこで破裂するか分からない危険な爆弾だ。

メルをウィルヘルム皇帝陛下と会わせずに良かったと、胸を撫でおろすクリスタだった。

「わらし、ワユくないヨ！」

「オマエさまは、騙されたんだよ。分かんないのかい？」

「そんなん、知らんわぁー！」

ユリアーネは口もとに薄く笑みを浮かべた。

感情を遮断しているのに、僧衣を纏った女児の口調が愉快だった。

「済まないねぇー。別に茶化している訳じゃないんだよ。なにせ幼児だから……」

「構いません。良い子だと思います」

「こんな無作法の後でなんだけど、コレが精霊の子さ。名前はメル」

クリスタがメルを押しだした。

「初めましてメルさま。わたしはユリアーネと申します。封印の巫女姫を見守る魔法医師です」

「アヴィニアの、おイシャさま？」

「はい……。ずっと、ずっと……。わたしが主治医を務めて参りました」

メルはユリアーネと握手を交わした。

琥珀色をしたメルの瞳には、ユリアーネに対する尊敬の念が溢れていた。

この人が三百年もの間、ラヴィニア姫の看病をしてきたかと思うと、自然に頭が下がった。

自分も前世では医療関係者に迷惑をかけまくった手前、ユリアーネのような人を見ると申し訳ない気持ちが込みあげてくる。

お医者さんや看護師さんに、悪態を吐きまくった記憶は消えていなかった。

「わたしたちが此処を訪れたのは、今度こそ屍呪之王《しじゅのおう》を始末しようと決めたからです。しかし屍呪《しじゅ》之王《のおう》を滅すれば、今はまだ生きているラヴィニア姫も無事では済みません」

アーロンは穏やかな口調で話しだした。

「はい。屍食鬼として生き永らえている姫は、屍呪之王《しじゅのおう》が解呪されたなら意識を取り戻すことなく亡くなられるでしょう」

「あたしはラヴィニア姫を助けたい。精霊の子も、それを望んでいます。だから先ず、封印の塔を訪れました」

クリスタがメルの肩を叩いて、発言するよう促した。

「センセー。わらし、アヴィニアを助くゆ。心配せんでえーヨ！」

メルは胸を張って言い放った。

「はい……。メルさま。どうか、ラヴィニア姫をお救いください」

今度こそ、ユリアーネは喜びの表情を見せた。

これが心霊治療だ

ラヴィニア姫は特殊なベッドに身を横たえていた。

身を起こすどころか寝がえりさえ打てないので、シーツを替えるにも身体を浮かせる必要があった。

その為の牽引装置が、ベッドの上に設置されている。

幅の広い何本ものベルトを身体の下に潜り込ませてから、牽引装置で宙に浮かせてシーツを替えるのだと、魔法医師のユリアーネが説明してくれた。

「もっとも、しばらく前からシーツは替えていません」

ユリアーネが悲しそうに言った。

なるほどラヴィニア姫の身体は、すっかり木屑のように乾いてしまったので、もうシーツを汚すことはないのだろう。

それどころか下手に負荷をかけると、朽ちた体組織がパラパラと剝がれ落ちてしまいそうだ。

実際、ラヴィニア姫の頭部には、一本の毛髪も残されていなかった。

頭部を詳細に観察すれば、角らしきものを見つけることができる。

額付近に現れる小さな突起は、屍食鬼に顕著な特徴だった。

乾いて引きつった顔の筋肉に引っ張られて、ラヴィニア姫の口は開きっぱなしだ。

その口腔《こうくう》から、肉食獣のように尖った歯が覗いている。

一方で水分を失った眼球は縮こまり、閉ざされた瞼が内側に落ちくぼんでいた。

もちろん手足の関節が動くはずもなく、全身の状態は黄土色の棒だ。

触った感触は朽ち木だった。


「アヴィニア……。わらし……。ヤクソクどおり、来たでしょー」

『木乃伊でも怖がったりしないよ！』と、メルは心の中でラヴィニア姫に語りかけた。

ラヴィニア姫の身体はメルが想像していたより、ずっと大きかった。

ウスベルク帝国に於ける成人女性の、平均的な身長であろう。

夢の中で出会ったラヴィニア姫の年格好は、せいぜい四、五歳でしかなかった。

ちゃんと意識を保っていられたのは子供の頃だけで、記憶にある自己イメージが其処で止まっているのだろう。

あとはベッドに身を横たえた状態で、身体だけ成長したのだ。

それ以上の推理は無意味だった。

三百年を眠り続けたラヴィニア姫の肉体年齢は、三百歳だ。

只の木乃伊でしかない。

「まぁ、いくつでもええわ。プリップリのヨージョに、戻したるでぇー。あたぁーしい、ジンセーら。チビから、イッショにヤリなおそっ！」

メルがイタズラっぽく笑った。

実のところ幼児の生活は屈辱塗れなので、仲間が増えるのは喜ばしいことだった。

同士が増えれば、それだけで心の支えになる。

「はじめゆ……！」

メルは先ず、強力な浄化を放った。

ラヴィニア姫に巣食っている穢れを除去するためだ。

ラヴィニア姫の身体から滲みだしていた瘴気が、一発で払われる。

気合いのこもった浄化だった。

「これはすごい……。桁外れの霊力だ！」

アーロンがボソリと呟いた。

精霊の子が放つ霊力に、圧倒されたのだ。

「この数日ほど、やけに部屋が清浄だと思っていたのですが……。メルさまの霊力だったんですね」

「浄化だよ、ユリアーネ。精霊の子には、穢れを祓う能力があるらしい」

浄化を使用したのは、メルが意識を集中するためでもあった。

これから行うのは、単なる精霊召喚じゃなかった。

とっておきの精霊創造である。

クリエイトなのだ。

前世記憶から捏造した概念《イメージ》と妖精たちの融合だ。

〈ホントに大丈夫なの……。メル?〉

〈結局、ぶっつけ本番になってしまったけど、大丈夫。絶対にやれる。イメージ・トレーニングは、イヤってほど積んできたもん……。わたしは成し遂げる!〉

メルは心配そうなミケ王子に、念話で答えた。

これまでに幾度となく治癒能力を持つ精霊の召喚に挑んでみたが、呼び出せたのは老賢医《ヤブ》だけだった。

治療のイメージと老賢医は、分かちがたく繋がっているようで変更が利かない。

ちょっとした難病程度であれば、老賢医は素晴らしい名医なのだろう。

だがラヴィニア姫を助けるには、どう考えても力不足に見えた。

そこら辺に関して、メルが自分の直感を疑うコトはなかった。

ダメなものは、どうしたって駄目なのだ。

だったら自分で生みだせばよい。

メルは集中治療室(ICU)と医療スタッフをイメージした。

どのような状態であろうと患者に命さえあれば修復できる、魔法の集中治療室(ICU)だ。

医療スタッフは、生命を扱う秘術に長けたスペシャリストたち。

前世記憶にある最先端医療技術とファンタジー世界の秘術《オカルト》を融合し、あらゆる状態異常から患者を回復させる。

失敗はない。

完璧だ。

オペレーションの失敗なんか、絶対にしないのだ。

(完全無欠な心霊医療チームと、ハイテクでオカルトな医療設備……。念じろ。イメージするんだ。強く、祈れ……！)

メルは額に汗を滲ませながら、更なる霊力を込めた。

そして宙に向かって叫んだ。

「おイシャさまのセェーレー。いらたいませっ！」

メルの体内から、ゴッソリと霊力が奪い去られた。

光が爆発した。

部屋の中が青一色に染まる。

水の妖精たちだ。

これまで呼び集めてきた水の妖精たちが、ラヴィニア姫の部屋に集結していた。

輝くオーブが宙を舞い、ファンタジーな集中治療室（ＩＣＵ）のイメージと結びついていく。

「うおぉぉーっ！」

「ものすごい量の生命力を感じます」

「水の妖精だね。よくもまあ、これほど呼び集めたもんだよ」

メルほどに見えなくても、三人は集合する妖精たちを知覚していた。

やがて水の妖精たちはイメージを具現化しつつ、ラヴィニア姫の部屋に集中治療室（ＩＣＵ）の精霊として降臨した。

（くっ……。なんだか、ちょっと違う。僕の集中力が足りなかったか……？）

全貌を現した集中治療室（ＩＣＵ）の精霊は、少しばかりおどろおどろしかった。

メルがラヴィニア姫の姿にショックを受けていたせいで、前世記憶に残るホラームービーやゲームのビジュアル・データが混ざってしまったようだ。

生命維持装置はあり得ない作動音を立て、ドクドクと脈動していたし、医療スタッフたちの頭部には顔が無かった。

白い手術衣はラテックスっぽい光沢を放ち、意味もなく裾が長い。

（水色の機能的な手術衣は、何処へ消えちゃったの……？　てか、目鼻口が無くて、ちゃんとした医療ができるんですか……？）

メルは幼児の脆弱な精神力を嘆いた。

だけど創造してしまったものは、仕方がない。

今さら修正は利かなかった。

それに外観が多少グロテスクでも、『精霊の能力には影響しない！』と直感が告げていた。

このまま行くしかなかった。

〈祝福を……〉

メルは念話で語りかけてきた集中治療室（ＩＣＵ）の精霊に、視線を向けた。

〈えっ？　祝福って……？〉

〈精霊の子よ。我に祝福を与えたまえ！〉

集中治療室（ＩＣＵ）の精霊が、メルに祝福を要求した。

〈祝福って、血ですかぁー？〉

五人ほどいる医療スタッフたちが、それぞれに身振りで肯定した。

メルは霊力の残存量を確認してから、『瀉血』を唱えた。

部屋に紅い花が咲く。

〈おおーっ！〉

〈我ら祝福を得たり……！〉

〈新しき精霊として、現象界に受肉した〉

〈精霊の子よ。我らに使命を与えよ！〉

〈集中治療室（ＩＣＵ）の精霊たちよ、ベッドで眠る女の子を助けてください〉

メルは医療スタッフのリーダーらしき精霊に、依頼を伝えた。

〈心得た〉

〈精霊の子よ。妖精女王ヨ。精霊樹の枝を……〉

メルは手にしていた精霊樹の枝を差しだした。

集中治療室（ＩＣＵ）の精霊は恭しく両手で枝を受け取ると、一枚の葉を千切ってラヴィニア姫の胸に置いた。

〈こちらは、お返しする〉

〈うん……〉

メルは大切な精霊樹の枝を受け取り、精霊に頷いて見せた。

霊力の枯渇で、足元が頼りなくふらつく。

〈わが同胞よ！〉

リーダーがスタッフに呼びかけた。

〈われらは、妖精女王より祝福を得た〉

サブリーダーと思しき精霊が、呼応した。

〈長き苦悩の歳月は、過ぎ去った〉

〈悲願は叶い、未来を覆う憂いは消え失せ、迷いは晴れた〉

〈生贄の巫女姫に、目覚めの刻《トキ》を告げましょう〉

〈さあ、オペを始めようじゃないか！〉

順次スタッフたちが言葉を発し、最後にリーダーが命じた。

〈全てをあるべき姿に戻すのだ……〉

医療機器の四方からチューブが飛びだして、ラヴィニア姫に絡みついた。

動けるはずのないミイラ化したラヴィニア姫の身体に、痙攣が走った。

乾き切った体内に、過剰なまでの生命力が注ぎこまれる。

精霊樹の葉が眩い光を放った。

「ヒギィィィィィィィーッ！」

ラヴィニア姫の乾涸びた喉から、軋るような声が漏れた。

苦悶に満ちた、辛そうな声だ。

〈生贄の巫女姫よ〉

〈封印の聖女ヨ〉

〈穢れた肉体を脱ぎ捨て、生まれ直すがいい！〉

〈新しい身体は、貴女《アナタ》の胸に……〉

精霊たちは念話でラヴィニア姫に語りかけながら、一枚ずつ魔法術式を展開していった。

光り輝く魔法陣が、幾層も幾層も重ね掛けされていく。

それらは、特殊な結界魔法のように見えた。

悍《おぞ》ましい叫び声を上げながら、ラヴィニア姫の身体は崩れて散った。

粉々に砕けた木屑の中央に、光を発する精霊樹の葉がポツリと残された。

否……。

医療機器とチューブで繋がれた若葉は、胎芽のような姿に変化していた。

緑色の小さな胎芽は、間違いなく生きていた。

内にラヴィニア姫の魂を宿して……。

「なんてことだ。これは奇跡か!?」

「あーっ。ラヴィニア姫……」

三百年間の緊張状態から解放されたユリアーネが、その場に泣き崩れた。

「メル……。偉いじゃないか。やり遂げたんだね?」

クリスタがメルに視線を向けると、疲れ果てた顔の女児が床にへたり込んで、精霊樹の実をムシャムシャと頬張っていた。

まだ屍呪之王《しじゅのおう》が残されている。

これで、全てが終わった訳ではなかった。

屍呪之王《しじゅのおう》を解呪しなければ、遠からずラヴィニア姫は木乃伊に逆戻りだ。

メルは一心不乱に霊力をチャージした。

立ち塞がる襲撃者

集中治療室（ＩＣＵ）の精霊は、メルにオペレーションの成功を確約した。

〈我らは、このまま娘の成長を促す〉

〈目覚めるときには、五、六歳の女児となろう〉

〈ただし……。精霊樹より新たなる生命を得たので、普通の人ではない〉

〈封印の巫女姫は、精霊樹の加護を授かるだろう〉

〈色を……。精霊樹より、与えられし色を……。その身に、引き継ぐコトとなる！〉

メルはラヴィニア姫がゴブリンのような緑色になったら可哀想だと思ったけれど、赤ん坊を見る限り肌は血色の良いピンク色だった。

緑がかっているのは、ポヤポヤと頭に生えた和毛《にこげ》だけである。

まだ目が開かないので、瞳の色は分からなかった。

（エメラルドグリーンかな……。若葉色かな……？）

メルは愛らしい赤ん坊の世話を集中治療室（ＩＣＵ）の精霊とユリアーネに託し、ラヴィニア姫の部屋を後にした。

後ろ髪を引かれる思いだけれど、屍呪之王《しじゅのおう》が待っている。

ラヴィニア姫のためにも、ハンテンを救ってあげなければいけない。

クリスタとアーロンが先に立ち、メルの横にミケ王子が並んだ。

〈メル……。ボクもメルの祝福を受けちゃった♪〉

〈うんうん……。同じ部屋に居たら、あの血は避けられないよね。祝福かぁー。それって、なんだか気持ち悪くない?〉

〈気持ち悪い……? 全然さ。なんだか、自分がピカピカになった気分!〉

〈ふーん〉

メルには理解不能な、妖精たちの感覚だった。


メルたち一行は、宮廷の精霊宮から地下通路へと降りた。

警備の衛兵は居ない。

クリスタとアーロンが、前もって衛兵たちを下がらせたのだ。

メルの存在を隠すために……。

今もなお、メルは偽装の魔法で人間の女児を装っていた。

だが、その偽装の魔法も地下迷宮の強力な魔術結界に足を踏み入れたなら、一発で剝ぎ取られてしまう。

「オマエさまの素顔を知る者は、ひとりでも少ない方が良いのです。あたしとしては帝都のボンクラ貴族どもに、精霊の子が存在するコトさえ隠しておきたい！」

「クリスタさまのお気持ちは分かりますが、それは無理と言うモノでしょう。屍呪之王《しじゅのおう》が解呪されたなら、自然と人々の意識は精霊の子に向かいます」

「アーロン……。あたしは、道理の話などしていません。帝都の貴族どもが嫌いだと、メルに伝えているのです」

「あはーん。わらし、テェート好かんわ。はヨォ、村に帰りたいのぉー」

クリスタは喜び、アーロンが暗い表情になった。

何となれば、この数日でアーロンは和風定食の虜となっていた。

メルがメジエール村に帰ってしまえば、カレーうどんも和風定食も食べられなくなってしまう。

美食家エルフとしては、看過することのできない大問題であった。

「メルさん。わたしが頑張って、帝都ウルリッヒを素晴らしい都にします。そうしたら、メルさんの料理店をだしてもらえるでしょうか……？　いえいえ……。もちろんお店をだす経費諸々は、わたしが負担いたします」

幼気《いたいけ》な女児に、持ちかける話ではなかった。

「イヤら……！」

「はや。即答ですか……」

アーロンは鰾膠《にべ》も無いメルの態度に、酷く落ち込んだ。

頼りない魔法ランプの光で照らされた地下迷宮を進む一行は、前方に人の気配を感じて歩調を緩めた。

三人と一匹の足が止まる。

「警備の衛兵が、残っているのかい？」

「それはあり得ないと思います。なので用心しましょう！」

「情報が漏れたか……？」

「ウスベルク帝国は、これまで他国と事を構えた経験がありません。だから機密情報の扱いにも厳格な規則《ルール》などなく、まさに笊《ざる》の如きありさまです」

「駄々洩れかい？」

調停者との繋がりがあるデュクレール商会（帝国情報機関）は機密保持に厳格だったけれど、ウィルヘルム皇帝陛下の周囲が笊だった。

「わたしが先行して、様子を見ましょう！」

「頼むよ。だけど無理をする必要はない。敵であれば、あたしも力を貸そう」

「承知しております」

アーロンがメルたちから離れて、地下通路の先へと向かった。

「キサマら、何者だ!?」

前方で通路が枝分かれする地点に立ち、アーロンが誰何《すいか》の声を上げた。

右折した先に、何者かが待ち構えていたのだろう。

次の瞬間、紅蓮の炎が巻き上がり、爆音がメルたちの鼓膜を叩いた。

「強力な精霊魔法だね！」

「アーロン、たおれとゆ……。死ぬろ。死んじゃう……？」

「心配するんじゃない。あれは攻撃を避けるために、転がったのさ。あの程度で、死にゃぁしないよ」

「グヌヌヌッ……。わらし、怒った！」

メルの身体から、無数のオーブが飛翔した。

どのオーブも紅い光を纏っていた。

メルに祝福された、ヒャッハー！　な妖精たちである。

このとき妖精打撃群による、エーベルヴァイン作戦が始動した。

妖精たちは妖精母艦《メル》の周囲を守るように、素早く展開していった。

その数、凡そ一万。


「アーロン！　皇帝陛下の相談役ともあろう者が、だらしない格好だな」

野太い男の濁声《だみごえ》が、地下通路に響いた。

「エルフの分際でウスベルク帝国に喰わせて貰いながら、余計な真似をしやがる。屍呪之王《しじゅのおう》を消し去ろうなどというトチ狂った暴挙が、許されると思うんじゃねぇぞっ！」

「わがウスベルク帝国の長きに渡る平和は、屍呪之王《しじゅのおう》あってのもの……。これを退治するなど、もってのほかである」

「この国賊が……！」

「所詮エルフは、エルフでしかないわ。虫けらのように、殺してくれん！」

地下通路に伏せて魔法攻撃を躱したアーロンが、ゆっくりと身体を起こした。

「モルゲンシュテルン侯爵家の食客ですか……？　それとも、スラムのならず者共に雇われたか……？」

「べちゃくちゃと、うるさきゃ男ね！」

マスクで顔を隠したリーダ格の青年が、アーロンを怒鳴りつけた。

「その訛りからすると、出身はミッティア魔法王国かな……？　まさかマチアス聖智教会の僧侶じゃないでしょうね？」

「そのエルフをとっとと黙らせろ！」

又もや紅蓮の炎が立ち昇った。

「ほぉー。わたしと会話をしたくない。あなた方は、敵ですね。敵と認識してよろしいか……？」

「すかしてんじゃねぇぞ！　俺さまの魔剣で、焼きエルフにしてくれるわ」

炎を操る剣士が、アーロンを罵る。

「エルフに魔法勝負を挑むとは、バカですね！」

アーロンはリングで束ねられた魔鉱プレートを手に滑らせた。

そして目で確認することもせずに、複数の魔法術式を起動させる。

次々と眩い光を放つ魔法陣が現れて、アーロンの守りを堅くしていく。

「どうやらミッティア魔法王国から密輸された魔法武具をお持ちのようだが、あなた方に使いこなせるとは思えません」

言いながらアーロンが、数発の雷撃を放った。

「ウギャァー！」

「ちくしょー。盾の魔法防御が破られた！」

魔法防御が破られたのではない。

元から雷撃に対する備えが無かっただけだ。

そこをアーロンに見抜かれた。

然して殺傷力の高くない攻撃だが、襲撃者たちを狼狽えさせるには充分な威嚇となった。

そしてアーロンの攻撃とは別に、メルの航空部隊が襲撃者たちに襲い掛かる。

いきり立った妖精たちのターゲットは、ミッティア魔法王国で作られた魔法具だった。

最初のターゲットは、炎の魔剣だ。

隷属魔法の術式によって封じ込められた妖精たちを救出すべく、メルの血で祝福された妖精たちが次々と魔法具に特攻をかける。

忽ちのうちに隷属の魔法術式を破壊された魔法具から、怒り狂った妖精たちが解放された。

ただでさえ沸点の低い火の妖精たちである。

解放された途端、自分たちを酷使してきた所有者に怒りの攻撃を浴びせた。

「うぉーっ。これ、メルさんですか?」

アーロンの見ている前で、襲撃者たちを弄るように焔が舞い踊る。

単なる炎ではなく、怒りと恨みを内包する焔だ。

「ヒギャァー!」

「あちぃ……。あちっ! 魔剣が、ぶっ壊れやがった!」

「おい、やめろぉー。なんでオレに火をつけやがる?」

「助けてくれぇー」

阿鼻叫喚の地獄絵図である。

恐ろしい有様だった。

「メルさん……。生かしておかないと、取り調べができなくなります。お願いですから、妖精たちを止めてください」

怒り狂った妖精たちを止めろと……。

そんな真似は、メルにできるはずもなかった。

「メル……。この妖精たちは、いったい何だい?」

「んーっ?」

「率先して人を襲うのは、邪妖精だけじゃろ。オマエさま、どこで集めてきた!?」

「わらし、知らんヨ!」

妖精打撃群司令官は責任回避をせんと、頬かむりを決め込んだ。

命令するなよ！


アーロンを襲った男たちは、ミッティア魔法王国から密輸入された魔法具で身を固め、悪党らしく確《しっか》りと顔を隠していた。

けれど魔剣に封じられた火の妖精たちが解放されたので、覆面を燃やされて顔を隠すどころではなくなった。

地下道の床に転がって、どいつもこいつも苦しそうに身を捩っている。

おそらくは焔に目を焙られたせいで、何も見えていない。

「眼がぁー。顔がイテェー」

「ゲホォ、ゲホォ！」

「くっ、苦しぃー」

周囲には、髪の毛を燃やした異臭が漂っていた。

頭髪が無事な悪党は、ひとりも居なかった。

呼吸器系に火傷を負ってしまい、満足に動けそうもなかった。

この場に放置すれば死んでしまうだろう。

「喧しいわ。カス共が……！　おとなしくしていれば、応急処置くらいしてやろう。少し黙っていなさい」

「グホッ！」

クリスタが魔法の杖で、火傷に苦しむ男の腹を突いた。

情け容赦のない一撃だった。

メルは姿を知られる心配がなくなったので、おずおずと男たちに近づいて見下ろした。

「こえが、生のあくかぁー」

映画でもゲームでもない本物《リアル》だ。

メジエール村には棲息していない生物なので、この機会に悪党どもを観察しておく。

分かり切っていたことだが、悪党どもは大人なので図体がでかい。

幼児にとっては、身体のサイズからして既に脅威だ。

そのうえリーチがある武器を手にして振りまわすのだから、おっかない。

このような恐怖感は咄嗟の判断を狂わせ、本来であれば使用できる能力を低下させるので、払拭しておくべきだった。

危険を知り、適切な対処を行うのは正しい。

だが、無暗に恐れるのは違う。

魔法ランプで照らされた地下迷宮は、目が慣れると思いのほか明るかった。

襲撃者たちは揃いの黒装束を身に着けていたが、アーロンの目は誤魔化せなかったのだろう。

素人だ。

街をふらつく与太者レベルである。

正式な訓練を受けた、荒事の専門家とは思えなかった。

「なんらぁー。ビビッてソン（損）したわ」

図体が大きいだけである。

魔法タケウマがあれば、ちっとも怖くなかった。

「いちいちビクビクすゆんわ、よぉーじ（幼児）のサガじゃのぉー」

強がりを口にしてみると、何となく勇気が湧いてきた。

メルは腕を組んで、格好よくポーズを決めた。

仁王立ちの幼児に威張られる悪党……。

偉そうな悪態を吐いていたが、こうなると惨めなモノだった。

燃やされて無意味になった覆面が、虚しい。

（オジサンたち、身体と声が大きいだけじゃないか……。怒った妖精さんの方が、おっかないや。

暴れだすと容赦ないし……！）

メルは妖精たちの強さを反芻して、うんうんと頷いた。

メルが率いる妖精打撃群は、初陣で見事に勝利を収めたのだ。

「おまぁーら、ザコ！」

偉そうに踏ん反り返る幼児は、なかなかに憎たらしかった。

だが残念なことに、悪党たちは誰一人としてメルを見ることができなかった。

アーロンがしゃがみ込んで、指揮官らしき男の所持品を調べていた。

馬鹿なのか、舐めているのか、男は身分証の如きものまで懐に忍ばせていた。

アーロンは紋章入りのカードを眺めて、呆れ顔になった。

「メルさんが妖精たちを止めてくださったお蔭で、死亡した者はいません。これなら簡単に、証拠集めができそうです！」

「そう……？　よかったネ」

メルは焼け焦げた男たちに、治癒魔法を施すアーロンとクリスタを眺めながら、曖昧に返事をした。

「まったく……。オマエさまが妖精たちを解放する際には、よくよく気をつける必要があります。まかり間違えば、悪人どもを殺してしまう。精霊の子に、人殺しは相応しくありません」

クリスタがメルをチラ見して、ため息を吐いた。

「あーっ。それなぁー。ちょっと無理ヨ……。ヨーセェーさん、怒っとるデ。むつかしわぁー！」

妖精たちを焚《た》きつけたように言われても、困ってしまう。

メルは何も命じていなかった。

「そこを頑張らないと……。メルは、妖精女王なんだから……」

相変わらず要求が厳しいクリスタだった。

（エェーッ。妖精女王だからって、無理なものは無理です。僕自身は、何もできない幼児だしなぁー。そもそも、妖精たちに命令するのは違うと思うんだよ。騙されて魔法具に封じられたら、誰だって腹を立てるデショ。それを人の都合でやめさせるとかさぁー）

メルは怒り狂った火の妖精が怖かったので、攻撃中止を命じなかった。

悪人たちが助かったのは、タマタマ偶然である。

火の妖精たちが疲れ切っていたせいで、悪人たちを焼き尽くせなかったのだ。

（ヒャッハーたちが元気だったら、消し炭も残らないよ。灰だよ灰……。こわぁー！）

火の妖精たちは魔剣に組み込まれて酷使され、霊力が枯渇しかけていた。

いまはメルの中に収容されて、霊力をチャージしている。

魔法具に閉じ込められた妖精たちは、傷ついた心が癒えるまでメルから離れようとしないだろう。

それは防具や衣装などの魔法付与に利用されていた妖精たちも、同様である。

みな怯えていたし、疲れ切っていた。

ちいさな妖精たちは恨みや呪いごとではち切れそうになっていたし、無理やり働かされて邪妖精になりかけていた。

（何だかさぁー。やさぐれた、不良中学生みたいになってるし……）

妖精たちは強制労働に従事させられると、途端に善良さを失う。

自発的に人助けをするときは無尽蔵と思われる善意で尽くすくせに、隷属魔法で労働を強いられるといきなり不貞腐れる。

目に見えて、やる気を失ってしまう。

妖精たちの本質は自由だ。

子供と同じで、無理強いされるのが大嫌いなのだ。

(あーっ、そっか。命令じゃなくて、お願いすれば良いのか……!)

メルは次回の機会があれば、攻撃中止を頼んでみようと思った。

妖精打撃群司令官なのだから、指揮官としての責任はキチンと果たすべきだった。


治癒魔法で回復した悪党たちの一人が、すっかり油断していたメルの足首をガシッとつかんだ。

「ウヒャー!」

「こんのガキがぁー。はぁはぁ……。こんな真似しやがって、ただで済むと思ってやがるのか?」

男は掠れるような声で、メルに凄んで見せた。

「ムーッ!」

メルはレジェンドな僧衣の懐からホットチリペッパーの小瓶を取りだして、男の顔に赤い粉を振りかけた。

「目つぶし……」

「ウッ、ギャァーッ!」

地下迷宮に男の悲鳴が響いた。

「フンッ」

悪党が穢れた手で妖精女王陛下の玉体に触れることは許されない。

それ相応の罰が下されるのは当然だった。

アーロンが悪党たちの手足を縛りあげて通路に転がすと、クリスタはメルの手を引いて歩きだした。

「とんだ邪魔が入ったね。まったく……。ウィルヘルムには情報管理をちゃんとさせなきゃ、ダメだよ！」

「元老院ではモルゲンシュテルン侯爵の勢力が強すぎて、今のところ対処できない状態です」

「皇帝を名乗りながら、なんて軟弱な……！」

「それは初代の頃から変わりませんよ。揉め事さえなければ、よい皇帝なんですけれどね。余計なことは、一切しませんから……」

「ウスベルク帝国が抱えた問題を考慮するなら、もう少し緊張感があっても良さそうなものでしょう。アーロン、物事はバランスです。ウィルヘルムを育て損なったのではないですか!?」

「いやぁー。そのように責められますと、申し訳ありませんと頭を下げるほかないです」

アーロンはクリスタに問い詰められて、謝罪した。

歴代の皇帝たちを教育してきたのは、相談役のアーロンである。

確かにウィルヘルム皇帝陛下の緩い性格は、生まれついての性質だった。

しかし、それを矯正せずに放置したのは、間違いなくアーロンだ。

『皇帝陛下と言っても単なる飾りなのだから、穏やかな性格でよい』と、アーロンは考えていた。

実際にウスベルク帝国を管理しているのは、代々の宰相を筆頭とする優秀な家臣たちだ。

だからウィルヘルムが皇子だった頃に、ちょっとばかり甘やかして育てた。

アーロンには、その自覚があった。

緊張感を維持できないのは、アーロンの性質だ。

心根の優しいアーロンは、小さな子供に殊のほか甘いのだ。

そのせいでウィルヘルムは、人間味あふれる緩い皇帝に育ってしまった。

「陛下があーなのは、明らかにわたしのせいです」

未だにアーロンは、ウィルヘルム皇帝陛下がやらかした事実を知らない。

ウィルヘルム皇帝陛下に派遣された騎士隊は、このときバスティアン・モルゲンシュテルン侯爵の魔導甲冑によって壊滅させられようとしていた。

忙しく立ち回るアーロンやフーベルト宰相に隠れて、こっそりと盤上のコマを動かした結果が、この有様である。

ウィルヘルム皇帝陛下の目も当てられない失策にアーロンが慌てふためくのは、まだ先のことであった。


ウィルヘルム皇帝陛下は、善良な人物だった。

だが残念ながら、駆け引きのセンスを磨いていない。

厄介な揉め事を解決するには、圧倒的に経験が不足していた。

それだけを取り上げるなら、統治者として相応しくない人物と言えよう。

ただしウィルヘルム皇帝陛下の善良さは、妖精女王との親和性を約束するものでもあった。

人間万事塞翁が馬デアル。

迫りくる危機

帝都ウルリッヒの地下迷宮は、何処までも延々と続く。

中心部に位置する石室に至るまで、通路は幾つもに枝分かれして侵入者を惑わす。

クリスタとアーロンは、正規の道順に沿って地下通路を進んでいた。

道を間違える心配はなかった。

だが、それでもかなりの距離を歩かなければ、屍呪之王《しじゅのおう》を封印した石室にはたどり着けない。

平面に描かれた迷路と違い、現実世界は何処であろうと立体だ。

二層、三層、四層と、階段を使って迷路の難易度を上げているために、メルはジワジワ追い詰められていった。

『道順が覚えられない……！』とか言う、高度な問題ではない。

単純に、肉体的な問題である。

「ひぃ……。ツカれたぁー」

普段であれば、抱っこ一択だ。

しかし、困ったことに『メルの戦闘服』は、幼児化のバッドステータスを七十パーセントもカットしてしまう。

そうなると恥ずかしくて、抱っこして欲しいとは口に出せない。

アーロンが回復魔法を使ってくれるのだけれど、期待したほどの効果は得られなかった。

意地を張って、我慢しているだけだ。

(バッドステータス。バッドステータスって言うから……。これまでずっと、悪いものだと決めつけていたよ。こうしてみると幼児化のバッドステータスって、メルにとって必要なんじゃないの……？　いいや、絶対に必要だと思う！　この僕に……)

手足の短い幼児ボディーでは、クリスタとアーロンについて行くのが精一杯だ。

歩調を緩めてもらっても、長距離の移動は小さな身体に応える。

しかも階段を上がって下がって、登ったり、降りたり。

「よいしょ、よいしょ……」

その一段一段が、幼児に優しくなかった。

確《しっか》りと大人の歩幅だ。

もう足が棒になっていた。

そのうえ先程から、微かな尿意を感じている。

(くっそー。幼児化のバッドステータスに襲われていたときは、平気で用を足せたのに……！)

メルがトンキーと散歩しているときに道の端っこで小用を足せたのは、バッドステータスのお蔭だった。

そんな場所でお尻をだす恥ずかしさより、下穿き《カボチャ》を汚さずに済んだ満足感の方が大きかった。

正直に言えば、『ひとりで出来た……！』と自慢したいくらいだった。

それなのに今は、トイレに行きたくても、どうしたら良いのか分からない。

馬鹿みたいだけれど、恥ずかしくて言いだせないのだ。

『わらし、シッコでるヨ！』

そう言って、ペロンとカボチャを脱いでいた自分が、とんでもない勇者に思えた。

(アビーとの入浴が平気になったのも、バッドステータスの効果だったのかぁー！)

何と言うことであろうか……。

メルがメジエール村での生活に馴染めたのは、全てバッドステータスの賜物であった。

樹生であった自我は、幼児化を恥ずかしい現象であると解釈し、深く考えるコトもなく避けたがった。

だが幼児化のバッドステータスは、羞恥心自体を無効にしてくれたのだ。

だからこそ、樹生は幼女《メル》でいても平気だった。

片言で、思うように意思が通じなくたって、ストレスに苛《さいな》まれて円形脱毛症に罹ることもなかった。

タリサたちとだって、いい感じに友情を育んでこれた。

アビーやフレッドのことも、大好きになれた。

なにより、生きているのが楽しくなった。

「メルさん、無理をしてはいけません。抱っこしましょう」

「イヤら！」

男に抱っこされるなんて真っ平ごめんだし、かと言ってクリスタはタワワ過ぎた。

幼児化のバッドステータスがカットされている状態で、女性に抱きついたりしてはいけない。

そんな破廉恥で卑怯なやつは、絶対に許せなかった。

メルは歯を喰いしばって、ズンズンと先へ進んだ。

急がなければならない。

急いで屍呪之王《しじゅのおう》を解呪しなければいけない。

そして完全無欠な幼児《メル》に戻るのだ。

さもないと……。

(漏らしちゃうよ！)

メルは必死だった。

(バッドステータスのカットなんて、要らない。そもそも幼児なんだから、メルが幼稚だって問題ないでしょ……！)

だが、今は駄目だった。

今はまだ、ライトブルーの僧衣を脱ぎ捨てるときではない。

此処から先は、幾度となく死と向き合ってきた樹生のロジックが、どうしても必要だった。

『人は死ぬ。どうせ死ぬ。死ぬときは、どうしようもなく死んでしまう。人は生きている限り、死後のことなど知りようがない。死んでしまえば、死を恐れても意味などない。だから生者が死を恐れる行為には、詰まるところ意味なんてない。まったくの無駄デアル……！』

最悪の診断結果を聞かされたときや、リスクの高い手術を前に繰り返してきた哲学的な思索の至るところだ。

屍呪之王《しじゅのおう》を解呪するに当たり、この乱暴とも言える諦観の姿勢が求められていた。

何となれば……。

幼稚なメルが屍呪之王《しじゅのおう》を目にしたら、腰を抜かして逃げだすに決まっていたからだ。

幼児とは生命と活力の結晶であり、何がなんでも生きようとするモノだ。

死の気配を傍に置いて、耐えられるはずがない。

不条理や怪物と対峙するには、恐怖に鈍麻したひねくれ者の魂《スピリット》が必要だった。

己の死を無感動に見据える、酷く老成した自我だ。

それは樹生が大嫌いな自分だった。

樹生のロジックは恐怖を封じるが、全てを虚無に帰す。

ニヒリズムだ。

真に不健康な理屈であった。

だが今……。

樹生が恐怖を封じ込めたロジックは、死中に活を求める行為へと昇華された。

大きくて頑丈そうな鋼鉄の扉が、メルたちの進む地下通路を塞いでいた。

「メル……。ようやっと立ち入り禁止区域に、到着したよ。ここからは、それほど歩かずに済む。屍呪《しじゅ》之《の》王《おう》が封じられた石室まで、あと一息さね！」

「さすがに疲れたでしょう。メルさん……。少しばかり、休息を取りますか？」

アーロンが、心配そうな顔でメルを見た。

冗談ではなかった。

時間を無駄にする余裕などなかった。

「わらし……。休み、いらんわ！」

砂糖漬けにした精霊樹の実を齧りながら、メルは答えた。

「アーロン。扉を開けておくれ！」

「分かりました……」

アーロンが扉に設置された石板を手のひらで撫で、複雑な解除コードを指先で書き込むと、鋼鉄の扉が重そうな音を立てながら左右に開いた。

壁一面にビッシリと封印の呪文が施された通路は、生贄にされたものたちの怨嗟で満ちていた。

死を受け入れられない犠牲者たちは、壁から手を突きだして呻く。

何かを攫《つか》もうとする腕の動きは、怨霊たちの足掻きだ。

メルは目を細めて、薄暗い通路の様子を眺めた。

怨霊たちの痩せ細った腕が、まるで壁から生えた草のように揺れている。

それは、精霊の子による霊視だった。

クリスタとアーロンには、怨霊たちが見えていなかった。

メルとミケ王子が立つ足元を陰気な風が吹き抜けていく。

それだけで、背筋に悪寒が走った。

〈酷い穢れだよ……！　ものすごぉーく、瘴気が濃い〉

〈ミケ王子。鼻は大丈夫……？〉

〈大丈夫な筈がないでしょ。いきなり鼻炎が再発したよ！〉

〈邪魔くさいから、とっとと浄化してしまおう！〉

メルはクリスタから遮蔽術式の魔鉱プレートを渡されていたが、幾ら説明されても使い方を理解できなかった。

何とか使えるようになったと思っても、また直ぐに忘れてしまうのだ。

だから穢れは、浄化してしまうに限った。

「ジョーカ！」

メルは精霊樹の枝を手にして、強力な浄化を放った。

その瞬間、轟音と共に青白い雷光が壁面を走り去った。

バチッ。バリバリ、ズガァァァァーン!!

地下通路に突風が逆巻く。

メルの三つ編みが踊り、ライトブルーの僧衣が捲れ上がった。

これまでに何度も浄化をしてきたが、初めての現象である。

「うわっ……！　いったい何をしたんだい、メル……!?」

「イカヅチだ。イカヅチが通路の奥へ、走り去った」

「ジョーカ、すゆ。ケガレ、じゃまヨ！」

二発、三発と、メルが浄化を連発する。

立ち入り禁止区域の壁面が、チロチロと青白い焔を上げた。

「ハァー？　あんなに濃かった瘴気が、消えちまったよ」

「メルさんの浄化って……！」

遮蔽術式は不要になった。

クリスタとアーロンの徹夜は、無意味だった。

「頑張って作った、遮蔽術式の魔鉱プレートが……。あっ、あたしの苦労が……」

クリスタは術式プレートを手にして、プルプルと震えた。

「そえっ……。マホォー王のデショ！」

メルはクリスタの手元を覗き込み、魔法王のサインを指さして言った。

そして、とっとこと通路の奥へ向かって行った。

ミケ王子がメルの横に、ピッタリと寄り添っていた。

〈ヒャッハァー！〉

〈立ち入り禁止区域の瘴気が除去された。怨霊の鎮静化を確認した〉

〈了解。作戦計画を始動する〉

妖精打撃群航空部隊が、次々とメルの前方に飛び立っていった。

〈これより妖精打撃群は、要救助者のもとへ向かう！〉

〈ラジャー！〉

〈攻撃部隊……。復讐を誓いしモノ、妖精母艦の前方に展開します〉

〈防衛部隊、回復部隊、予定通り配置につきました！〉

〈ヨロシイ……。障害として立ち塞がるモノは、容赦なく殲滅せよ。あらゆる隷属の魔法術式は、発見次第、速やかに破壊するのだ〉

〈妖精女王。我らに祝福を……〉

〈祝福を与えたまえ！〉

メルが足を止めることなく、精霊樹の枝を高く突き上げた。

「シャケーッ！」

地下通路に、美しい紅い花が咲いた。

キラキラと光る紅い花だ。

四方に散った花弁は、やがて細かな霧となって広がり、宙を舞う数え切れないほどのオーブに吸収された。

立ち入り禁止区域に於いて、エーベルヴァイン作戦は佳境を迎えた。

即ち、妖精戦争の始まりである。

狂気の死霊術師

狂犬病という感染症がある。

傷口から侵入したウイルスにより発症する、極めて致死率の高い病気だ。

この病気に対する恐怖をイメージソースに使用して、妖精たちを融合させた邪霊が屍呪之王《しじゅのおう》である。

人狼、ワーウルフ、ライカンスロープなども、おそらくは狂犬病がもとになって作られた怪物のイメージだろう。

メルの前世にも、山ほどクリーチャーのイメージは存在した。

異世界が前世と異なるのは、イメージだけで済まされない処だった。

『屍呪之王《しじゅのおう》は恐ろしい怪物ですが、実際に人々を震え上がらせたのは狂屍鬼の群です』

『屍食鬼が集まって狂屍鬼になると、集落や村を探して彷徨い始める。これを撃退する側は、鬼に変わり果てた知り合いや身内を惨殺しなければならん。言葉にすれば簡単じゃが、実際には非常に恐ろしい……。身近な者たちを殺すには、それ相応の狂気が必要となるからのぉー』

『狂屍鬼の集団は、暴徒の恐ろしさを何倍にもしたものです』

『いいやぁー。それより遥かに怖いよ』

『ふーん』

自分の目で暴動なんて見たコトもないメルは、ただクリスタたちの説明から想像してみるしかなかった。

いきなり襲い掛かってくる、アビーやタリサたち……。

スコップを手にして迎え撃つ自分。

『あかぁーん！』

考えるのも嫌だった。

ビィービィーと、泣いてしまいそうだ。


屍呪之王《しじゅのおう》が手当たり次第に人を襲って、屍食鬼を大量発生させる。

数の増えた屍食鬼たちは、狂屍鬼へと姿を変えて人々が暮らす集落になだれ込む。

集団を形成して村に襲い掛かる狂屍鬼は、飢えた野犬の群を連想させた。

そして屍呪之王《しじゅのおう》は、病に苦しむ巨大な魔犬である。

痛くて苦しくて狂っているから、見境なしに人々を嚙む。

相手が獣であろうと、構わずに嚙む。

嚙まれたものは例外なく、狂気の呪いを引き継ぐ。

屍呪之王《しじゅのおう》は人が生みだした災厄であり、哺乳類全てを脅かす邪霊だ。

封印するために生贄を用いたのは、妥当である。

他の手段がなかったのだから仕方ない。

クリスタとアーロンは、そう考えて自らを慰めたかった。

だが実際に多くの人々を生贄とするとき、そんな慰めが何の役に立とう……？

確かに、屍呪之王《しじゅのおう》を創造したのは人間だ。

その責任は、人間が負うべきであろう。

贄を払って封印しなければ、世界が滅亡してしまうのだから……。

しかし生贄として捧げられるのは、人とエルフの戦争が続いた暗黒時代を知らない、まったく関係のない人々なのだ。

その場面に立ち会えば、どうしようもなく足がすくむ。

胸が痛いほどに息は詰まり、心が軋む。

人が己の手で生みだした魔法兵呪に、全てを滅ぼされようとしている皮肉。

これを気の利いたブラックジョークだと笑えるのは、心を病み腐らせたひねくれ者だけだろう。

そんな奴は居ない。

居る筈が無いじゃないか！

メルは、そう考えた。

考えながら、立ち入り禁止区域の奥へと進んでいった。

「ゲヒィヒヒヒッ……！」

「ウシャシャシャシャ……！」

地下通路に、下品な笑い声が木霊した。

「なんぞ……？　わろぉーとヨ！」

メルの眉間に、深い縦ジワが刻まれた。

この先にクレージーな奴らが潜んでいる。

「魔法博士です」

アーロンが嫌悪の表情を浮かべた。

「ニキアスとドミトリだね。屍呪之王《しじゅのおう》を創造した魔法博士が、死霊術師《リッチ》となって縛られているのさ。とんでもない自縛霊だよ！」

「まじか……？」

クリスタは地縛霊と言わず、自縛霊と呼んだ。

石室に立てこもるニキアスとドミトリは、自発的に邪霊の護衛を務めていた。

魔法術式によって封印された石室から、隙あらば屍呪之王《しじゅのおう》を解き放つつもりである。

「よろしいですか？」

「ああっ、開けとくれ」

「では、開けます」

アーロンが解除キーを扉に翳《かざ》して、魔法のロックを外した。

重い音を響かせながら、石の扉が開いていく。

「うほぉー!!」

クリスタの背後に隠れて石室を覗き込んだメルは、腰を抜かさんばかりに驚いた。

「なんじゃここは……!?」

立ち入り禁止区域の最奥に位置する石室は、床面積が大講堂のように広く、天井も驚くほど高い。

とても地下の建造物とは思えない、常識はずれの大きさだった。

その中央に、太い鎖で屍呪之王《しじゅのおう》が繋がれていた。

「アーッ。あっこに、なんか浮かんでマス!」

そしてボロボロの長衣を纏った二体の骸骨《リッチ》が、天井付近を漂《ただよ》っていた。

「ウシャシャシャシャシャシャシャシャシャシャ……」

「ゲヒゲヒ、ゲヒーッ!」

ニキアスとドミトリは軋るような声を上げて、侵入者を嘲笑した。

「ウヒィ。そんなんされたら、ビビゆわ。ヨウジおどかすなや、ボケェー。おまぁーら、そこで何してますかぁー!?」

「アハハ……!　本当に、何をしているのかねぇー。千年も宙に浮かんで、バカじゃなかろうか……」

「ふぉーっ。センネン……。それは、ガマン強いのぉー。わらし、あきれました」

「あいつらは、どうしても世界の破滅が見たいのさ」

「唾棄すべき連中ですが、幾ら打ち倒しても蘇るのです」

「まったく……。死んでも自尊心の塊みたいな、救いようのない愚か者たちだよ！」

屍呪之王《しじゅのおう》に付き従う二体の死霊術師は、始末に負えない狂気のエリートだった。

呪われた墓所に君臨する、忌まわしい怨霊だった。

メルはクリスタの後に続いて石室に足を踏み入れると、頭上に浮かぶ二体の死霊術師を睨み据えた。

「いく度《たび》よみがえろうと、アクはショ処します！」

妖精打撃群はメルの意図を受け、死霊術師たちを敵と見做した。

一方、死霊術師たちは手にした分厚い魔法書を開き、メルたちに攻撃を加えようとした。

「ひゃっ!?」

「…………あぎゃ!!」

だが、死霊術師たちの魔法書は、いきなり焔を上げて燃え始めた。

火の妖精が襲い掛かったのだ。

『ドォーン。ドドーン!!』

「ガッ！」

間髪を容れずに、風の妖精が強烈な攻撃を放つ。

「ゲヒィイイイーッ!!」

エアバーストの連打を浴びて粉々に砕けた死霊術師の残骸が、床に落下して散らばった。

しかし流石は死霊である。

砕け散った骨の欠片が集まって、元の姿へと戻っていく。

「キヒィヒィヒィー！」

「ウヒャヒャヒャヒャーッ！」

長衣と魔法書は燃えてしまったが、少しも気にしていないようだ。

「くっ……。ドミトリめ。相変わらず忌々しいヤツだ！」

アーロンが怒り狂って紅蓮の炎を呼びだした。

「アーロン、相手は骨だよ。これ以上は、燃やしても意味がなかろう！」

クリスタはニキアスに風の斬撃を加えながら、アーロンを詰《なじ》った。

クリスタが指摘した通りで、アーロンの攻撃はドミトリの衣装を炭に変えたけれど、本体にダメージを与えなかった。

そのボロボロだった長衣さえ、燃え尽きたと思ったら再生されていく。

実にイラッとする敵だ。

「ひゃっ！」

「ふひゃ！」

魔法書までが、ニキアスとドミトリの手元に再生される。

「グヌヌヌッ……。バカにされとゆよぉーで、ハラが立ちマス!!」

「メル……。平常心だよ。アイツに嚙まれたり引っ掛かれたりしたら、屍食鬼になっちまうからね！　そばまで、近づけるんじゃないよ！」

「うほぉー！」

スス－ッと飛来してきたドミトリがメルを襲おうとした瞬間、横合いからミケ王子が割って入った。

「フギャァーッ！」

風の妖精に力を借りた猫パンチがドミトリの髑髏を切り裂き、メルに対する攻撃を空振りさせた。

ついで床の石畳が粉々に砕け散り、メルの左側面に即席の壁を形成した。

地の妖精が作りだした防壁に弾かれて、隙を突こうとしたニキアスの身体は吹き飛ばされた。

砕けたあばら骨と小さな骨の欠片が、メルの足元に散らばった。

「アリアトォー。ミケおうじ」

「ミャア……！」

「チのヨォセエーさんも、さんくす！」

メルは感謝の言葉を口にした。

「ワォォォォオオォォーン！」

石室の中央に拘束された屍呪之王《しじゅのおう》が、苛立たし気な遠吠えを上げた。

なんともやるせない、悲しそうな声だった。

「わかっとぉーヨ。すぐ助けてやうで、もうちっと待とォーな！」

メルが叫んだ。

屍呪之王《しじゅのおう》はノソリと身を起こして、重そうな鎖を引っ張った。

霊的な封印が施された特別製の鎖は、屍呪之王《しじゅのおう》に自由を許さない。

天井近くまで高度を上げたニキアスが、砕かれた頭部《ドクロ》の再生を待っていた。

その少し下方をドミトリがフワフワと漂っている。

どれだけ攻撃しても、キリがなかった。

クリスタとアーロンは急激に攻撃魔法を連射したので、心もち息が上がっていた。

このままでは、疲れを知らない死霊たちが有利だ。

「メルさん……。アイツらは砕いても燃やしても、一切のダメージを負いません。力任せで、物理的に足止めするしかないんです！」

「悪霊どもを縛る用意はしてきたよ……。あとは一か所に押し込めて、ちょっとの間だけ動きを封じればよい！」

思ったように効果の上がらない攻撃を加えながら、クリスタとアーロンが攻略法を説明した。

クリスタは拘束用のネットを手にして、メルに見せた。

「いらんわぁー！　そんなもの……」

メルは既に切れかけていた。

幼児化のバッドステータスが無くても、樹生の沸点は低い。

前世では思い通りに行かないと、コントローラーを投げ捨てるタイプのゲーマーだった。

〈こんなのクソゲーじゃ！〉

メルのこめかみには、クッキリと青筋が浮いていた。

「シビトはおとなしく、ジメンに埋まっとけやァー！」

地の妖精が、メルの怒りに呼応した。

封印の石室は地下に存在する。

そこは地の妖精たちが支配する領域だった。

ヒャッハーな火の妖精や間断なく攻撃を仕掛ける風の妖精より、地中では地の妖精が力を発揮する。

水の妖精たちが、水中でこそ猛威を振るうのと変わらない。

妖精母艦《メル》の守りに徹していた地の妖精たちに、攻撃部隊の統括権が移動した。

〈妖精女王の希望を実現する……。航空部隊は、ターゲットを頭上から攻撃せよ。連中の高度を可能な限り下げさせるのだ〉

〈了解した……！〉

〈土牢を用いる〉

妖精打撃群航空部隊が、一斉に死霊術師たちの頭上から圧をかけた。

途切れることのない連続攻撃を浴びせられた死霊術師たちは、少しずつ床へと追いやられて行った。

〈ゴレムよ。咎人を埋葬せよ！〉

するると床の石畳を押しのけて生えた巨大な二つの腕が、ニキアスとドミトリをガッチリ捕獲した。

「なっ、デカイ手が……！」

「これは、メルの仕業かい？」

「ウーム。たぶん……」

メルたちが見守る中……。

泥で造られた巨人の腕は死霊《アンデッド》たちを埋葬すべく、ズブズブと床下へ沈んでいく。

「フゴゴ……。カフッ！」

「ガボッ……！」

どれだけ骸骨《リッチ》が足掻こうとも、ゴレムの剛腕は二人を放そうとしない。

魔法を使いたくても土塊《つちくれ》が詰まった口では、悲鳴すら出せない。

「こぇからは、ドロのなかでハンセェーせぇ。おまぁーらの自尊心《プライド》が、朽ち果てるまでなぁー！」

死霊術師たちを握ったまま、泥の腕は地中深くへと消えていった。

「……………ッ！」

「精霊の子って、容赦ないですね」

クリスタは驚嘆するアーロンに、返す言葉を思いつかなかった。

呪縛からの解放

死霊術師とメルたちの闘いによって、広い石室は壁が煤け、石畳が砕け散り、惨憺たる有様となっていた。

ではあるモノの、石室の中央に蹲った屍呪之王《しじゅのおう》は、ジッとメルの様子を窺うだけで暴れだしそうな素振りも見せない。

辛そうに半分閉じた目ヤニだらけの眼《まなこ》で、精霊樹の枝を見つめている。

大きく裂けた口の端からは血の泡を垂らしながら、グルグルと喉を鳴らしていた。

「おっきいのォー！」

かつてクリスタが説明した通り、床に伏せた屍呪之王《しじゅのおう》はゾウのように大きかった。

その体表には一本の体毛も生えておらず、皮膚病を連想させる無数のデスマスクに覆われていた。

見るからに、気色の悪い怪物である。

それだけでも充分に不幸だった。

「エウフ……？」

メルは苦悶の表情を浮かべるデスマスクの群に、長く尖った耳を見つけて、エルフかと訊ねた。

「はい……。屍呪之王《しじゅのおう》を具現化する際に、大勢のエルフたちが殺されました。そもそも屍呪之王《しじゅのおう》は、人がエルフを殲滅せんと創造した邪霊です。皮肉なコトに屍呪之王《しじゅのおう》が暴れたのは、人の暮らす領土でしたが……」

「贄《にえ》じゃよ。死の間際に発せられるエルフたちの霊力が、魔法術式に利用されておる。屍呪之王《しじゅのおう》を生みだす魔法術式の記述に使われたのも、純血種に近いエルフの血じゃ！」

「うーむ！」

メルの倫理観に照らせば、それは許されない非道であった。

エルフの血が云々ではなく、腹に据えかねたのは邪霊の創造である。

贄にされたエルフも屍呪之王《しじゅのおう》も、狂屍鬼《きょうしき》にされた昔の人たちや地下迷宮を造る為に生贄とされたスラムの住人たちも、ラヴィニア姫を筆頭とする封印の巫女姫たちも、みんな訳の分からない暴力にさらされて可哀想だった。

メルが目にしている魔法は、だれも幸せにしない。

不幸と怨嗟を大量生産するための、呪われた魔法術式だ。

目的を失い、長い歳月を経て変質してしまったヒトの悪意。

もはや、それは傍迷惑な祟りだった。

「わらし、好かんヨ！」

だが……。

穢れていようと歪んでいようと、この世の悲惨な不条理は濃密な霊力を吸い寄せる磁場の如きモノだった。

こうした澱《よど》みは、精霊樹の苗床でもある。

メルは精霊樹に導かれて、帝都ウルリッヒを訪れたのだ。


〈メルー。こんな日も差さない地下に植樹して、ちゃんと根付くの……?〉

〈ダヨネェー。でもさぁ……。たぶん精霊樹って、普通の植物じゃないと思うんです〉

〈ボクたち妖精猫族が、普通のネコでないのと同じ……?〉

〈そそっ……。ミケ王子がネコっぽいだけなのと同じで、精霊樹も植物っぽいだけだと思うのね〉

〈なるぅー〉

なんにせよ精霊の子は精霊樹の枝に従って、為すべきことを為すのみである。

精霊樹の枝は、屍呪之王《しじゅのおう》に根を張りたいと訴えていた。

調停者クリスタとアーロンに、ミケ王子。

更に三万を越える妖精打撃群が、固唾《かたず》を呑んで見守る中……。

メルは恐るおそる屍呪之王《しじゅのおう》に近づいて、その鼻面に精霊樹の枝をくっつけて祈った。

全てが救われますようにと……。


「くぅーん」

「はぅっ!」

屍呪之王《しじゅのおう》は小さく鼻を鳴らすと、ゆっくり瞼を閉じた。

メルが予期していた、激しい戦闘はなかった。

巨大な邪霊との対決は、鼻先に精霊樹の枝を立てるだけで終わった。

メルが祈りを捧げた精霊樹の枝は問題なく屍呪之王《しじゅのおう》に根付き、地下迷宮に溢れていた怨霊たちを集めだした。

枝についていた蕾《ツボミ》が綻び、薄紅色の花を咲かせようとしていた。

「はぁーっ。はんてん……。ハンテン！　息しとらん。おまぁー、死んどぉーヨ！」

屍呪之王《しじゅのおう》の鼻に触れたメルが、悲しそうな顔で叫んだ。

今、呪われた生が、ようやく幕を閉じた。

そして……。

屍呪之王《しじゅのおう》を千年の長きに渡って封じ込めてきた忌み地の、浄化と再生が始まろうとしていた。


ラヴィニア姫は灰色の部屋で、ずっと待っていた。

必ず迎えに来ると言った不思議な娘が、再び訪れるときを……。

娘から貰った果実は瑞々しくて、とても甘かった。

生命が染みわたるような感覚と共に、ラヴィニア姫の記憶も蘇った。

ラヴィニア姫が暮らす夢の世界は、かつてのように色鮮やかな景色を取り戻した。

でも、それは一時のコトでしかなかった。

日を置かずして、全ては脆くも瓦解してしまった。

諦めと虚無と忘却が、ラヴィニア姫の小さな世界を容赦なく侵食していった。

草花の名を覚えておこうとすれば、お城の部屋が消え失せた。

せっかく喋りだした両親は、ちょっと目を離した隙に居なくなってしまった。

そうこうするうちに、お城を走り回っていた人々の喧騒は遠ざかり、何もかもが朧な影法師へと姿を変えた。

そしてラヴィニア姫の世界が、ひとつずつこぼれ落ちていく。

幾ら泣いたところで、壊れていく世界を繋ぎとめるコトなどできなかった。

ラヴィニア姫には、灰色の四角い部屋だけが残された。

家具もベッドもない、ガランとした四角い箱だ。

ラヴィニア姫はハンテンを両手で抱いて、ひとつだけ残された扉を見つめていた。

約束した娘が訪れるときを待って……。

窓ひとつない部屋で、その扉だけが外界との接点だった。


「わんわん……！」

ハンテンが激しく吠えたてた。

「どうしたのハンテン……？」

ハンテンはラヴィニア姫の腕から飛びだして、盛んに扉を引っ掻いた。

「ワンワン、ワンワンワン……！」

「やめてよハンテン。あなたまで、わたしを見捨てるつもりなの……？」

ラヴィニア姫は慌てふためいて、外に出たがるハンテンを止めようとした。

ひとりは駄目だ。

ひとりぼっちにされるのだけは、耐えられなかった。

だが無情にも固く閉ざされていた扉が開き、ハンテンは勢いよく飛びだして行った。

「わんわん！」

扉の向こうで、ハンテンが吠えた。

ラヴィニア姫に、『こっちへ来い！』と吠えまくる。

「まって……！　わたしを置いてかないで……」

ラヴィニア姫はハンテンを追って、扉の外に足を踏みだした。

勇気を奮って、何もない光の空間へと……。

足元に、地面が感じられなかった。

「キャァー！」

ラヴィニア姫の身体が、成す術もなく落下した。

どんどん速度を上げて落ちていく。
吠えたてるハンテンの姿が豆粒のように小さくなり、遂に見えなくなってしまった。
そして……。

『バクン!!』と、心臓が脈打つ。

「はぅ……!」
いいいい、目が覚めた。
ラヴィニア姫は、柔らかなベッドに身を横たえていた。
視界が霞んでよく見えない。
力を入れても手足が動かない。
声を上げたいのに、喉が掠れていた。
だけど、世界には色があった。
若葉の匂いがした。
指先がシーツを探る、微かな手ごたえを感じた。
「はっ、はっ……。ふぅーっ、ふぅーっ」
ゆっくりと、力強く呼吸をする。
カーテンを揺らし、爽やかな風が吹き抜けた。

ラヴィニア姫の傍に、ハンテンの気配はなかった。
どうしようもなく、心が痛い。
(はんてん……)
ラヴィニア姫の目から、大粒の涙が溢れだした。
泣きだしたら止まらなくなった。

大きなベッドの上で……。
若葉色の髪をした愛らしい女児が、シクシクと泣いていた。

とってもブルー

帝都ウルリッヒの地下迷宮で屍呪之王《しじゅのおう》を解呪してから、メルのご機嫌は斜めだった。

別に漏らした訳ではない。

ヨイコの尊厳を守るためにもハッキリとさせておくが、エーベルヴァイン作戦に於いて妖精打撃群司令官は漏らさなかった。

カボチャパンツは無事だった。

興奮の余り、カウントもせずに『瀉血』を繰り返したので、体内血流量が落ちて尿意は消えてしまった。

ついでに意識の方もヤバくなったので、帰りはアーロンの抱っこだった。

だがしかし……。

イケメンエルフの兄さんに抱っこされたから、機嫌を損ねている訳でもない。

そもそもメルは意識朦朧として、アーロンに抱っこされたことを欠片も覚えていなかった。

真面目に、真剣に、屍呪之王《しじゅのおう》からハンテンらしき存在を救出できなかった件について、どんよりと気落ちしていたのだ。

メルの思い描いていたハッピーエンドは、笑顔のラヴィニア姫がハンテンを抱いてスキップしているビジョンだった。

「はんてん……」

あの不細工なチビ犬が欠けてしまうと、喜び半減どころか、ダイナシデアル。

たぶん、おそらくは、屍呪之王《しじゅのおう》を形成していた妖精たちも精霊樹によって回収され、充分に回復したなら元気に飛びまわったりするのだろう。

当初の計画通り、妖精打撃群は要救助者を確保した。

それはそれで大団円だ。

だけれど、ラヴィニア姫にハンテンと呼ばれていた小犬の精霊は、跡形もなく消えてしまった。

毛の生えていない、ピンクの不細工な犬は、もう居ないのだ。

あのとき精霊樹の枝にせかされて、メルが昇天させてしまった。

もし仮に、瀉血による解呪を屍呪之王《しじゅのおう》に施していれば……？

実戦にタラレバは通用しない。

セーブもコンティニューもリトライもない。

現実はＲＰＧと違って、非情だった。

（あーっ。申し訳ねぇー。ホント、申し訳なさすぎぃー！）

三百年間も一緒に過ごした犬である。

只の駄犬とは訳が違った。

〈僕なんか、トンキーが焼き豚にされただけでキレるよ。それなのに、三百年もハンテンだけをお供にしてたラヴィニア姫に、『その場のノリで、やっちゃいました……！』なんて、言える筈ないでしょ！〉

メルはラヴィニア姫に合わす顔がなかった。

〈メル……。大丈夫……？　どこか具合でも悪いの？〉

ミケ王子が心配そうに声をかけてきた。

〈どうして、そんなに悲しそうなの……？〉

〈ミケ王子……。わたし、旅に出たいなぁー。それでもって朝露のように、ひっそりと消えてしまいたい〉

メルはソファーに寝転がって、天井を見つめた。

客室の天井には、青空を舞う精霊や妖精たちが描かれていた。

美しい絵だったけれど、メルの心には響かなかった。

〈ボクはメザシが食べたいよ。今日の分がまだでしょ……。消えるのはあとにして、メザシを焼こうよ〉

〈ミケ王子の、食いしん坊……〉

〈食いしん坊はメルでしょ。三人前をペロリと食べちゃうんだからさ。メルだけには、食いしん坊とか言われたくないね！〉

猫パンチ一発とは言えども……。

地下迷宮でピンチから救ってくれたミケ王子に、ぞんざいな態度は取れない。

仕方なくソファーから起き上がったメルは、約束のメザシをマジカル七輪に並べて、せっせと焼くのだった。


メルの落ち込みように反して、クリスタとアーロンのご機嫌は最高潮だった。

アーロンはラヴィニア姫の部屋を宮廷に用意したり、魔法医師のユリアーネを手伝ったりと忙しく日々を過ごし、完全にメルを放置していた。

『スヤスヤと眠るラヴィニア姫を近くで見守りたい！』

臆面もなく、そう言い放つアーロンは、時間が許す限りラヴィニア姫の部屋に居座った。

こうした事情があったので、アーロンとメルは接触する機会を持たなかった。

だからメルも、アーロンの浮かれっぷりを知らずに済んでいた。

だけどクリスタは……。

クリスタはメルの保護者を自認していたので、ずっと一緒だった。

そしてクリスタもまた、千年に渡る苦悩から解放された反動で、陽気な姐さんに変貌していた。

それだけ『調停者』の責務が、重かったのだろう。

「メルちゃぁーん。どうしたのかなぁ～？　そぉーんな、不機嫌そうな顔しちゃって……。ほぉーら、かわいく笑ってごらん。にっこり笑おう……♪」

「ウがぁー！　や、やっ、やメェー！」

メルは物理的に笑顔を作らせようとするクリスタの手から、必死になって逃げだした。

許可も得ずに、頬っぺたを引っ張らないで欲しい。

（ちっ……。うざったい！）

メランコリックな女児に、他人に対する寛容性など求めるべくもない。

いや、端《はな》から求めてはイケナイ！

それなのに、すっかり緊張が解けてしまったクリスタは、グズグズの酔っぱらいみたいなしつこさで絡んでくる。

近くに居れば、一時たりともメルを放っておいてくれない。

「そぉーんな顔してると、くすぐっちゃうぞ！」

「キャァー。やめれぇー！」

メルにだってクリスタの嬉しい気持ちは理解できたけれど、一緒にはしゃげない事情があるのだ。

ハンテンの存在は、これまでの犠牲を考えたらちっぽけかも知れない。

でもメルには、ちっぽけだからこそ無視できなかった。

前世の自分を重ねてしまい、じんわりと泣けてくる。

（僕は……。見捨てるのも、見捨てられるのも、イヤなんだ！）

消えてしまったから忘れるとか、とんでもない話だった。


「わらし、ぶるーヨ！」

脱力、失望、五月病……。

取り返しのつかない喪失感が、小さな幼女《メル》を打ちのめす。

「クィスタさま、はヨォー。うち、帰ろ！」

メルはメジエール村に帰りたかった。

アビーにしがみついて、思いっきり泣きたかった。

「後始末が済んでいないから、もう少し待ってね。今後のことをウィルヘルム皇帝陛下やフーベルト宰相と相談しなければいけないし、フレッドたちの件も確認しておかないと……！」

またもや、大人の都合だ。

ウスベルク帝国の事情なんか、どうでも良かった。

メルの知ったことではない。

「もぉー。わらし、ひとりで帰ゆヨ……」

「無理を言わないの……。そうだ、メルー。メルはまだ、帝都を観光してなかったでしょ。あたしが、案内して上げる」

「カンコー？」

「メジエール村に帰るにしても、お土産とか買わなきゃ……。きっと、アビーやお友だちだって、楽しみにしてると思うよ」

クリスタはメルを膝にのせて、楽しそうに語った。

「カンコー。そえっ、楽しいかぁー？」

「勿論でしょ……。メルが欲しいモノ、なんでも買ってあげます。頑張った、ご褒美ね。好きなものを好きなだけ食べていいよ。一日中、ブラブラしましょう」

「ほぉー。食べあゆき、ええのォ～♪」

沈みっぱなしだったメルの気分が、ちょっとだけ上向いた。

（はんてんの供養に、ヤケ食いってのは悪くないかも……。動けなくなるほど食べたら、少しは元気が出るかも知れない）

そんなふうに考えるメルだった。

巻末書き下ろし特典　メルが不在のメジエール村

メルは小さな女児である。
メジエール村の中央広場で酒場を経営している夫婦の養い子だ。
そのメルが、春先になって父親のフレッドと帝都ウルリッヒに出かけた。
母親のアビーは手間のかかる父娘《おやこ》が不在とあって、昼間から大いに羽を伸ばしていた。
「世はなべて事も無し……、かぁー。ぷはぁーっ！」
アビーはカップに注いだ酒を飲みほした。
口喧しいフレッドやメルが居たら、昼日中から酒を飲んだりできない。
『鬼の居ぬ間に洗濯』と言う。
これぞ命の洗濯だ。
愛する亭主と娘が世界の危機を救おうとしている時に、美味い酒を飲む。
それでこそ、【闘姫アビー】の二つ名に相応しい振舞だった。
家族の安否を気遣ってばかりいたら、寿命が縮まる。
冒険者の嫁、かくあるべしだ。

「あふぅーっ。眠たい」

精霊樹の梢を鳴らす春風が心地よい。

春の日差しは麗《うら》らかで、昼寝に最適だった。

「ちょっくら、寝るべ……」

ミッティア訛りが、アビーの口から零れ落ちた。

メルの留守中は、畑仕事に手間が掛かる。

雑草や害虫の駆除で、手一杯だ。

丸々と肥えた芋虫が憎い。

「ふひぃー」

アビーは重たいおっぱいを食堂のテーブルに載せて、だらしなく突っ伏した。

トンキーもアビーの足元で寝ている。

『酔いどれ亭』は、主人が留守なのでお休みだった。

またメジエール村を守る傭兵隊の指揮は、フレッドからアビーに引き継がれた。

故にフレッドの不在で困る者は、一人として居なかった。


だが……。

メルの不在は違った。

メルは幼児ーズにとって唯一無二の存在である。

そしてメジエール村の悪童たちにすれば、メルが居ない今こそ領土拡大のチャンスだった。

大きなパワーバランスの変化は皆の知るところとなり、メジエール村の泥団子戦争は激化の一途をたどった。


ここより先は、アビーの与り知らぬ出来事である……。

子供たちの戦史だ。


「完全に雑木林を占領されてしまいましたね」

「悔しいヨォー！」

ティナが俯き、タリサは地団太を踏んだ。

メルが留守をしている間に、メジエール村の悪童たちは幼児ーズの領土に攻め込んだ。

泥団子の攻撃が激しさを増し、とうとうタリサとティナは雑木林からの撤退を余儀なくされた。

普段であれば、メルに撃退されていたはずの敵である。

「タリサたちが逃げた。俺らの勝ちだぁぁぁぁぁぁぁーっ！」

ひときわ身体の大きなトビアス・ロッシュが、雄たけびを上げた。

トビアスは雑木林の襲撃を目論んだ、悪童たちのボスだった。

「イエェーイ」

「とうとう、勝ったぜ！」

「ざまぁーみろ。この林は、オレたちのもんだ」

「「「エイエイオーッ!!」」」

得意げに勝鬨を上げる悪童たちの姿が、忌々しい。

今年で十歳になる少年（トビアス）が十人もの手下を率いて、いきなりタリサたちを襲ったのだ。

これはもう虐めだった。

「くっそぉー。何としても、取り返さなきゃ！」

「そうは言うけれど、どうやって……？　多勢に無勢だよ」

ティナがタリサに訊ねた。

「ダヴィを連れてこよう」

「エェーッ。ダヴィは陣取り合戦に参加しないって、言ってたでしょ」

「そんな我儘は、リーダーのあたしが許さない」

たかが雑木林と侮るなかれ。

その雑木林は、特別な場所である。

季節と関係なく、瑞々しいフルーツが豊富に実り、種々様々な食材を提供してくれるスーパーマーケットのようなエリアだった。

しかも無料。

妖精たちに感謝さえすれば、無料《ただ》で宝物《オヤツ》が手に入る。

メジエール村の中でも、取り分けたくさんの妖精たちが住む聖地なのだ。

「ティナだって、ベリーが食べられなくなったら嫌でしょ？」

「それは勿論です。でもぉー。メルちゃんが居ないから、あいつらには勝てません」

「あたしたちは毒蛇や蜂を追い払って、雑木林の安全を確保したんだよ。あんな乱暴者どもに追い出されるなんて、我慢できない」

「わたしも悔しいです。だからタリサの気持ちは分かります。だけど本気で戦ったのに、あっさりと負けてしまいました。この経験を踏まえるのであれば、メルちゃんの帰りを待つのがよいと思います」

「それで……？　まぁーたメルに、偉そうな顔をされるわけ!?」

「うーん」

「あの子の、オラついた態度はキライ。普段はお人形さんみたいに可愛いけど……。偉そうにされると、すんごいムカつくの！」

「うんうん……。確かに……。あの威張りくさった顔は、よくありませんね。わかります」

ティナがタリサに同意した。

メルのドヤ顔は、幼児ーズの女子に不評だった。

まあ、百戦錬磨のフレッドをへこませるドヤ顔だから、幼児であれば至極当然の反応と言えよう。

それ相応の事情があったとは言え、魔法タケウマやらなんやらで、タリサたちを挑発しまくったメルが悪い。

「あー、ああっ。けっこう、汚れちゃったね」

「ママに叱られます」

ティナのスカートは泥団子をぶつけられ、汚れてしまった。

「丁寧に洗えば落ちると思う」

「そうですね……」

運が悪ければ、衣服にかぎ裂きを作る可能性さえあった。

これは戦争なのだから、多少の損耗はやむを得ない。

ただし両親に、その言い訳は通用しなかった。


メジエール村は幾つもの集落を持つ、広大な農村地帯だ。

各集落は離れて点在し、タルブ川に最も近い区画を中の集落と呼ぶ。

余所者は勘違いしがちだが、中の集落や中央広場はメジエール村の玄関口であり、東の端っこに位置した。

まあ、メジエール村の中央付近には、ぐるりと見渡す限り耕作地しかない。

そして余剰の作物を貯蔵する倉は、中の集落にあった。

各集落の正式名称は、メジエール村の地図を作成するさいに決定された。

その地図は、ファブリス村長と森の魔女が保管していた。

自然と血縁家族の単位で集落が形成されたので、各集落のまとめ役には苗字が与えられた。

その苗字は、同時に集落の名称となった。

実例を挙げよう。

ロッシュの集落で暮らす農民たちは、雇われた季節労働者を除けば、一人残らず苗字がロッシュである。

本家も分家もロッシュだ。

一見シンプルで、分かりやすそうに思えるが、そうではなかった。

やがてロッシュの縁者が、また離れた場所に集落を形成すると、黒岩のとか、沼地のとか、勝手な名で呼ばれるようになった。

地元に住む者はそれでよいが、その集落で暮らしていない者にはさっぱり分からない。

厳密な徴税制度がないので、そこら辺はかなり杜撰《ずさん》だった。

話をもとに戻すと、幼児ーズが自治権を主張している雑木林は、中の集落からほど近い場所にあった。

怠け者のメルが野菜を収穫しに行けるのだから、本当に目と鼻の先だ。

タリサやティナの家から少しばかり離れていたが、悪童たちの集落からは更に遠い。

雑木林は、誰のものなのか……？

普通に考えるなら、中の集落に所属する雑木林だ。

中の集落が権利を持つ。

さもなくば、村の共有地であろう。

そもそも遠くから、わざわざ雑木林を訪れる者など居ない。

しかし問題の雑木林は公共の道に接していたし、公共の用水池を擁していた。

農閑期に村人たちが協力して造った道と用水池が、雑木林の所属をあやふやにした。

そのうえ係争地となった雑木林では、見たこともない甘い果実が採れる。

メルの前世記憶にある、品種改良された美味しい果実だ。

悪童たちが目の色を変えたとしても仕方ない。

それゆえの子供戦争だった。


だが、メルに留守を任されたダヴィ坊やにとっては、オヤツの取り合いで済まされないものがあった。

オヤツより大切なのは、幼児ーズの名誉を守る任務だった。

ダヴィ坊やは非常に賢いので、まだ四歳なのに責任の意味を理解していた。

「オマエたち、負けたのかぁー!?」

「なによ。あたしは負けてなんかいないわよ」

「そうです。わたしたちは降参していません。撤退しただけです」

「はぁーっ？　そんなん……。逃げたら、負けでしょ！」

タリサとティナは、ダヴィ坊やに怒鳴りつけられた。

「ダヴィは参加しなかったくせに、偉そうにしないでよ！」

「オレは戦いのジュンビをしてたんだ。オレが良いと言うまで、ケンカはするなと言っただろ。オレたち幼児ーズは、無敗でなければならないのだ」

「なによぉー。コイツ、ムカつく！」

「準備って何ですか……？」

「カチコミには、道具が要るだろぉー」

幼児たちの会話が、とんでもなく物騒だ。

子供らしい無邪気さが、メルの影響を受けてヤクザ色に染まっていた。

ダヴィ坊やが見せたのは、幼児でも使えるように縮小されたラクロスのスティックだった。

「これが道具だ」

泥団子に限らず、手で投擲する物体は遠心力で飛ぶ。

従って円周の半径が伸びれば、運動エネルギーも上昇する道理だ。

「エエーッ。これっ、ダヴィが作ったの……？　すごいけど、意味わかんない!?」

「あらまあ……。ネットまで張ってあります。これを作るのは、さぞかし大変だったでしょう……。それでダヴィは、お魚さんを獲るんですか……？」

四歳児に、そのような工作など不可能だと知りながら、ティナはダヴィ坊やを誉めそやした。

最後に皮肉も忘れない。

『負けて逃げた！』と詰《なじ》られたことに対する、意趣返しである。

ダヴィ坊やはタリサとティナから視線を逸らし、恥ずかしそうに白状した。

「いや……。これはメルねぇが用意した。オレのは、そっち……」

ダヴィ坊やが拵えたのは、カチカチに乾燥させた硬い泥団子だった。

わざわざ粘土を掘り出して作った、子供戦争のルールに抵触しかねないグレーゾーンの泥団子だ。

「ここにボールがある」

「ボール⁇」

「ボールって、何ですか……？」

「ボールと言うのは、この玉だ。これで特訓する」

「わかった」

「やってみましょう」

こうして幼児ーズはラクロスの練習を始めた。

玉をネットに載せ、的に向かって投擲する練習だ。

「オレの腕前を見ろ」

ダヴィ坊やがスティックを構え、お手本を披露した。

スティックから放たれたボールが、勢いよく的に命中する。

『バコーン。ズゴォォォォーン！』と、物騒な音が中央広場に響いた。

タリサとティナが真顔になった。

「当たったらメッチャ痛そう」

「血が出そうですね」

ラクロスのスティックは、まさに戦局をひっくり返すであろう秘密兵器だった。


とうとう、その日がやって来た。

幼児ーズとトビアス・ロッシュが率いるロッシュ組は、雑木林の近くにある空き地で対峙した。

ロッシュ組のメンバーは、泥団子で服が汚れないように半裸だ。

一方の幼児ーズは、メルが用意しておいた幼児用の迷彩服を着ていた。

裸でトビアスの泥団子を喰らえば、痛くて泣いてしまう。

かと言って、泥だらけの服では家に帰れない。

そこら辺を考慮したメルは、ダヴィ坊やに三人分の迷彩服を託していたのだ。

子供戦争で、制御の甘い妖精パワーを使わせる訳にはいかない。

ラクロスのスティックや迷彩服は、苦肉の策であった。

「チビども……。おまえら馬鹿じゃないのか……？　なんだ、その棒きれは……？　そんな棒きれ一本で、この俺さまに勝てるとでも思っているのかよ！」

大きな図体をしたトビアスが吠える。

十歳にもなって、本気で四歳児を恫喝する。

しかも幼児ーズの三人は、そのうち二人が女児だった。

どうしようもない悪ガキなので、もう討伐するしかなかった。

「メルねぇが立てた作戦だ。ザコは放置する。トビアスだけを狙い、三人でボコボコにする。降参しても叩きのめす。泣いて謝っても、ようしゃなく叩きのめす」

「わかった」

「やっつけましょう」

幼児ーズの三人が頷き合った。

こうした場面で、幼児ーズの結束は岩より硬い。


後日、トビアス・ロッシュは語った。

『オマエら、調子こいて粋がってるけどよぉー。中の集落や幼児ーズには、絶対に手を出すんじゃねぇぞ。あいつらは危ない。とんでもなく危ないんだ！』

近隣の集落で悪名を馳せたガキ大将たちに狂犬とまで恐れられたトビアスが、苦々しい顔で『危ない！』と口にした。

それからと言うもの、幼児ーズは不可侵のオーラを纏った。
名声という名のオーラだ。

だがしかし、メジエール村のガキ大将たちはメルを知らない。
未《いま》だ、小鬼《ゴブリン》の存在を……。

あとがき

お久しぶりです。
夜塊織夢です。

【エルフさんの魔法料理店】を手に取って下さった皆さま、ありがとうございます。
一年ぶりに、二巻をお届けします。
一巻をまだお読みでない方、これは二巻です。
できましたら一巻を手に入れ、最初からお読みくださいませ。
お買い求め頂けたら、幸いです。

という訳で、作者が世間の料理人気にあやかりたい一心で、魔法料理店とタイトルをつけてしまったこの作品。
いよいよ不安になってまいりました。

魔法料理店はどこ……？

主人公のエルフが、料理店で働いていないんだけど……。

【エルフさんの魔法料理店】は、メルが料理店経営をしていないからタイトル詐欺だ。

そのような非難の声が、何処《いずこ》からともなく聞こえてくるような……。

幻聴か。

幻聴だよね!?


だが、ちょっと待って欲しい。

ちょっと待とうか……！


メルは幼児です。

幼児だから、真面目に仕事なんてしません。

メルがしているのは、あくまでも料理屋さんゴッコなのです。

ピクニックシートを地べたに敷いてマジカル七輪や魔法の鍋をてんと置けば、それで魔法料理店の完成。


へい、らっしゃい！

一品につき銅貨五枚の店だから、お皿はツルツルした大きな葉っぱだよ。

んっ？

失敬な……。

裏の林で採取した、新品の葉っぱです。

使うまえに洗浄《ピュリファイ》もしてあるよ。

ヌォォォォォーッ！

ちゃんとした皿に盛れとか、贅沢ぬかすボケはどこのどいつじゃ!?

文句があるヤツは、帰れ、帰れ、帰れ！


店主は生意気なエルフ幼児だから、接客態度も最低です。

お客さまはご近所の小母さんたちと、幼児ーズのメンバーだ。

更に付け加えると、飽きたり疲れちゃったり、他に面白いことを見つけたりすると、勝手に店主が居なくなります。

お店は、ほったらかしです。


営業時間は短くて不定期、お店の場所も断りなく移動します。

エルフさんの魔法料理店は、そんなお店です。

決してタイトル詐欺ではありません。

タイトルをシンプルにまとめたくて、ゴッコをはぶいただけデス。
モチロン最初から、すべて計算していました。

はい。
自己正当化、完了。
フムフム、完璧な弁明じゃないか。

それでは今回も、書籍化に当たってご協力して下さった方々に、深く感謝です。

可愛らしいイラストを描いて下さった沖史慈宴さまに、感謝を……。
ありがとうございました。
担当して下さった編集さまにも、感謝。
ありがとうございました。
また、出版に協力して下さった全てのスタッフさまに、感謝です。
ありがとうございました。

そして忘れてはならない。

何より、ご購入して下さった読者さまに感謝です。

ありがとぉー。

三巻で、また会おう。
だがしかし、三巻を出版してもらうには、二巻が売れないといけないのは分かっているよね。
二巻が出版できたのは、読者の皆さんが一巻を買って下さったからです。
ここは何卒、二巻も、よろしくお願いします。

お友だちにも、宣伝したってな……。
ぎょうさん売れへんと、続刊がでぇーへんよってって（メル談）。

ではご縁があれば、またお会いしましょう。

幼き日の樹生を思い、B.B.QUEENSの【しょげないでよBABY】を聴きながら。

わいい!
無自覚な天才少女は気付かない
〜あらゆる分野で努力しても家族が全く褒めてくれないので、家出して冒険者になりました〜
辺境の貧乏伯爵
嫁ぐことになったので
領地改革に励みます
〜ドラゴンと公爵令嬢〜
生贄第二皇女の困惑
敵国に人質として嫁いだら不思議と大歓迎されています
追放された聖女ですが、実は国中から愛されすぎてて怖いんですけど!?
毎月1日刊行!!!!!!!!

強くてか
無自覚聖女は今日も無意識に力を垂れ流す
今代の聖女は姉ではなく、妹の私だったみたいです
異世界転移して教師になったが、魔女と恐れられている件
～王族も貴族も関係ないから真面目に授業を聞け～
エルフさんの魔法料理店
妖精女王として転生したけれど、まずはのんびりお料理作りまくります！
転生料理研究家は今日もマイペースに料理を作る
あなたに興味はございません
最新情報はこちら！
EARTH STAR LUNA
アース・スタールナ

転生したら最愛の家族に
もう一度出会えました
前世のチートで
I make delicious meal for
my beloved family
美味しいごはんをつくります
あやさくら
Illustration CONACO
EARTH STAR LUNA

ちびっこの作るお料理に、
大人たちもメロメロで!?
これ! しゅごくおいちい!

EARTH STAR
LUNA

エルフさんの魔法料理店 ②
妖精女王として転生したけれど、まずはのんびりお料理作りまくります！

発行 —— 2023年12月1日　初版第1刷発行

著者 —— 夜塊織夢

イラストレーター —— 沖史慈宴

装丁デザイン —— 村田慧太朗（VOLARE inc.）

発行者 —— 幕内和博

編集 —— 筒井さやか　児玉みなみ

発行所 —— 株式会社アース・スター エンターテイメント
〒141-0021　東京都品川区上大崎 3-1-1
目黒セントラルスクエア　7F
TEL：03-5561-7630
FAX：03-5561-7632

印刷・製本 —— 図書印刷株式会社

ISBN 978-4-8030-1829-5